北政所様の御化粧係《きたのまんどころさまのおけしょうがかり》

~戦国の世だって美容オタクは趣味に生きたいのです~

二

[著] 笹倉のり
NORI SASAKURA

[絵] Izumi

TOブックス

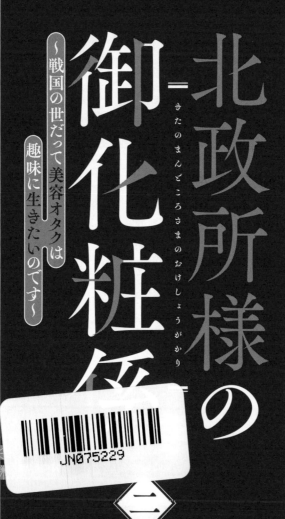

きたのまんどころさまのおけしょうがかり

目次《もくじ》

イラスト　Izumi
デザイン　AFTERGLOW

人物紹介《じんぶつしょうかい》

与《よ》祢《ね》

本作の主人公。現代から戦国時代末期へと転生した。山内一豊・千代夫妻の娘。大名の一人娘という立場をフルに使って趣味の美容に邁進していたら、北政所様（寧々）の御化粧係に就任することになる。大谷吉継に片想い中。

寧《ね》々《ね》（北政所《きたのまんどころ》）

天下人・羽柴（豊臣）秀吉の正室。戦国最強の女権力者で、与祢の美容知識に目を付けて御化粧係に抜擢した張本人。与祢のことは、実の娘のように可愛がっている。

大《おお》谷《たに》吉《よし》継《つぐ》（通称：紀《き》之《の》介《すけ》、大《おお》谷《たに》刑《ぎょう》部《ぶ》）

羽柴家臣団の最年少行政官僚。堺で与祢の窮地を救ったことで惚れられるが、与祢のことは妹のようなものだと思っている。最近、体調を崩しがち。

孝《こう》蔵《ぞう》主《す》

寧々の筆頭女房の尼僧。完璧な礼儀作法に回転の速い頭を備えた有能なキャリアウーマンだが、時々寧々に転がされて遊ばれてしまう。

石《いし》田《だ》三《みつ》成《なり》（通称:佐《さ》吉《きち》、石《いし》田《だ》治《じ》部《ぶ》）

羽柴家の若手随一の行政官僚。有能だが頭が良過ぎて他人が馬鹿に見えるタイプのため、周囲と衝突しがち。大谷吉継、福島正則とは小姓時代からの付き合い。与祢とはちょいちょい仕事で顔を合わせる。

福《ふく》島《しま》正《まさ》則《のり》

羽柴家若手トップの武将。情に厚くて義理堅く、面倒見も良いが、並外れた酒乱・酒好きのためトラブルを起こしがち。妻のりつにあたまが上がらない。

千《り》代《よ》

与祢の母にして山内一豊の正室。娘と夫のことが大好き。明るく、どこか少女のような天真爛漫さを持っていて好奇心も旺盛だが、夫の夢のためならば手段を選ばない一面もある。

プロローグ　きみがために【寧々と藤吉郎・天正十五年八月末】

近頃の寧々は、夜の化粧が好きになった。

湯浴みを終えたら、丁寧に髪を乾かす。柔らかい木綿で水気を吸わせ、椿の油と柘植《つげ》の櫛《くし》で梳《す》いて艶を出す。

実のところ、髪はあまり長くしていない。長い髪は頭が重くなるうえに、気軽に洗いにくくなるからだ。

いくら体面があっても嫌だから、背中に掛かるほどで揃えている。孝蔵主が渋い顔をするけれど、知らんぷりだ。大仰な場では、かもじを付ければいい。それだけの話なのだから、文句は言わせない。

髪が乾けば寝間小袖を整えて、寝所に向かう。最近になってやっと慣れてきた広い部屋の隅には、鏡台と化粧箱が置いてある。

掛けた鏡は南蛮製。映りが良くて、夜でもちゃんと用をなす。

その鏡の前に座って、まずは軽く髪を確かめる。乱れていないか、おかしな癖はないか。前髪が少し気に入らない。指で調整して、自分に合う流し方にする。

納得がいったら、次は肌の手入れだ。

脱脂綿——綿花をほぐして平らにしたものらしい——に桃の葉の露《つゆ》を垂らす。

桃の葉の露は、この夏から寧々の元に通ってきている、山内家の与祢姫にもらったものだ。肌の荒れや乾きを良くしてくれる代物なので、たっぷりと使うといいと言っていた。

ひたひたになるほど露を脱脂綿に含ませて、顔と首へまんべんなく当てていく。肌を擦らないように、けれどもしっかりと、露を吸わせるように。丁寧に優しく肌を潤していく。

最後に顔へ手を当てて、体温を移すように軽く押す。そうすることで、より肌の潤いが増すそうだ。

手のひらの濡れがあまりなくなったら、次は柚子の香りがする軟膏《なんこう》を薄く塗る。これを塗ると肌の潤いが閉じ込められて、滑らかになるのだという。

首までまんべんなく塗ったら、その上からべたつきを抑える夜用の白粉《おしろい》を手に取る。

この白粉は倭鉛《わえん》の灰と天花粉《てんかふん》を調合したもので、螺鈿《らでん》のような輝きを持つ粉が足してある。肌に乗せると適度に肌の色を整えて、綺麗な艶を与えてくれるから不思議だ。

夜の化粧は薄めに、と聞いたから、よくよく心掛けて毛先のやわらかな化粧筆で肌を刷《は》く。

丁寧に白粉を乗せたら、一度筆を置いて鏡を確かめる。ムラはない。厚塗りにもなっていない。

手のひらで触れても、崩れる様子はなかった。

なかなかの仕上がりではないだろうか。

鏡の中の自分が、満足げに唇の端を持ち上げている。あとは軽く眉を引いて、夜用の玉柱紅《ぎょくちゅうべに》を引くだけだ。

「別嬪《べっぴん》さんだなぁ」

「きゃ⁉︎」

ぬぅ、と微笑む自分の肩口に、愛嬌たっぷりの男の顔が現れる。

慌てて振り返ろうとした寧々の頬に、温い手が触れた。

「……お前様、何をするの」

寧々は自分の頬を両手でもちもちと遊び出した夫――藤吉郎秀吉を、鏡越しにじとりと睨んだ。

「いやぁ、触り心地がええもんで」

「やめてくださいな、白粉が剥げますから」

「えぇーいけずぅー」

「いけずじゃないですよ、もうっ」

軽く叱りながら、悪戯《いたずら》をする手を引きはがす。

秀吉は口を尖らせたが、拗ねてはいないようだ。目がしっかりと笑っている。

まったく困った夫だ。何かにつけて寧々をからかっては楽しむ癖は、昔からずっと変わらない。

手を取ったまま、体の向きを変える。寝間小袖を着た秀吉が、じーっと寧々を見つめてくる。

「まっこと別嬪さんが増したじゃないか、寧々」

「しみじみ言わないでくださいな」

「恥ずかしがることはないだろぉ、昨日よりうんと綺麗になっとるぞ?」

離れようとする寧々を秀吉の腕が捕まえた。小柄な体躯に似合わない強さで、でも優しく引き寄せられる。

胸に飛び込んできた寧々を抱えて、鼻がつくほど近くに顔を寄せてきた。燈明を反射して輝く大きな目に、寧々だけが映っている。

「ん、きらきらしとるなぁ。珠みたいな肌じゃあないか。わしゃ好きだなー、きらきらしとる寧々」

頬が燃えるように熱くなる。この人は、なんでこういうことを恥ずかしげもなく口にできるのか。

うんと昔、必死に口説かれていたころを思い出して、気恥ずかしさで胸を掻きたくなってくる。

でも、そんな衝動に駆られる一方で、寧々はひそかに安心した。

まだちゃんと、夫婦でいられている。秀吉のことを、寧々はまた男として愛おしめている。つい先ごろまで感じていた、うすら寒さが嘘のようだ。

「寧々ー？」

秀吉が大きな目を瞬かせている。

大げさすぎる表情が滑稽《こっけい》で、真面目な気持ちがどこかへ飛んで行った。

馬鹿らしくなって笑ってしまう。夫婦だけの時間なのだ。何を不安に思う必要があろうか。

昔みたいに、楽しく過ごせばいいだけだ。ぎゅっと秀吉に抱きついて、なんでもないと頬に口づけてやった。

「肌がきらきらしているのは、この白粉のおかげよ」

「おしろいとな？」

「これこれ、先ごろ山内家から献上されたんです」

螺鈿細工の香合《こうごう》を開けて、中身を見せる。

ふわりと薄い香色めいた白粉を、秀吉の節くれだった指が掬《すく》った。

指先に付いた白粉を擦ったり、嗅いでみたりしてから、秀吉は猿のようにひょうげた仕草で首をひねった。

「まことにおしろいなんか、これ？」

「左様です。山内伊右衛門殿の姫が考案してね、宗易殿のとと屋が任されて作ったのだとか」

「ほぉ、伊右衛門の娘！　もしかして先に言っておった、お前の女房に召し上げるって姫か？」

「ええ、そうよ。珍しきことをよく知っている子なの。このきらきらはねえ、太刀魚の鱗から採れる箔と、雲母の粉が元なんですって」

「ふんふん、ところでよ、寧々」

寧々の言葉を秀吉が遮ってくる。

きょとんと見上げると、満面に期待と好奇心を浮かべた秀吉がいた。

あっ、これは。そう思ったが、もう遅い。秀吉の目が、別の意味できらりと光る。

「伊右衛門の娘はどんな姫だ？　千代の子だろ？　さぞかし美し、」

「お前様」

肉の薄い秀吉の手の甲を、寧々は力いっぱい抓《つね》る。

情けない悲鳴は無視だ、無視。この見境のなさだけは、許してやらない。

渾身の力を込めて、痣になれとばかりに抓りながら睨む。

「お与祢はまだ八つ、ほんの女童《めのわらわ》ですよ」

「はー、八つかぁ」

「……昔みたいに庭に吊るされたい？」

「んんっ、八つは可愛い盛りの子供だなぁ！　うん！　子供だ、ちっさい子供！」

声を落とす寧々に、秀吉は一瞬で態度を変えた。

まったく油断も隙もない。一応、与祢姫のことを話題にしたら、秀吉がこうなるだろうという予感は薄々していた。

しかし、本当にそっちの意味で興味を持ちかけるとは。八つの子にまでとは、我が夫ながら見下げ果てる思いだ。

この調子では与祢姫が城奥に上がったら、一層警戒しなくてはならなそうだ。

伊右衛門と千代が、掌中の珠と言い切る姫だ。贔屓目に見ても愛らしい。父親と母親の良いところを合わせた見目だから、長じれば人並み以上の容色を持つだろう。

ちゃんと見張っておかないと、秀吉が食指を動かしかねない。万が一があったら、寧々の無理を承諾してくれた伊右衛門たちに、申し訳が立たないことになる。

気を引き締めねば、と寧々は心に決めた。

「お前様、けっっっっっっしてお与祢に手をお出しにならないでね？」

「……ちょっとだけなら」

「伊右衛門殿に頭から唐竹割りにされたい？」

「いやいや、伊右衛門はそんな馬鹿なことせんだろ」

「わかりませんよ、恐ろしいほどに溺愛なさってる姫のことだもの。命と家と引き換えにしてくるやも」

秀吉が黙り込む。斜め上を見て、顔を引きつらせ始めている。

おおかた伊右衛門の本性あたりを思い出しているのだろう。

山内の夫婦《めおと》はああ見えて、なかなかに怖いモノを腹の底で飼っているのだ。

下手を打たない方が、わりと良い。

「あたくしも可愛がってる姫なんです。お前様も普通に可愛がってやってちょうだい」

「ずいぶん入れ込んどるなあ」

「そりゃあもう」

この腕の中にいる幸せを、また思い出すきっかけをくれた子なのだ。

恩を感じているし、純粋に可愛らしくも思っている。

それに、なにより。

「幸《さち》がね、思い出されて」

「幸、て」

ぎくりと、秀吉が凍りついた。軋《きし》むように寧々の方へ、顔を戻す。

浮かぶ表情は、複雑だ。恐れるような、戸惑うような。それでいて、何かに縋るような。

天下人らしくない表情だが、しかたない。

幸の——寧々が産んで、すぐ息絶えた娘の話は、ここ十数年に渡って夫婦の禁忌だったのだから。

こわばる頬に手を添えて、寧々は頷いた。

「あの子が大きくなれていたら、お与祢のようだったんじゃないかしらって思ってしまうの」

「そんな、姫なんか」

「変よね、赤子のまま死んだ幸とお与祢が似ているかなんて、」

わからないのに、という言葉が喉の奥で消える。

秀吉と寧々の間に子ができたのは、たった一度だけ。

夫婦になって十年をゆうに数えた頃に産まれた、幸だけだ。

秀吉も寧々も大喜びをして、産まれる日を心待ちにした。

女遊びが激しい癖をして、秀吉には子ができにくいとわかってきた頃だった。

稀《まれ》なる幸運を掴めたと、あの時ほど神仏に感謝したことはない。早くから産まれる子の名を、男なら『幸丸』、女なら『幸』と決めたりもした。

必ず親子三人で幸せになれると確信して、夫婦揃って舞い上がりすぎたせいだろう。


幸が産まれて一日で死んだ不幸に、寧々たちは耐えきれなかった。

秀吉は、寧々から夜離《よが》れしてしまった。寧々が難産で散々苦しんで、死にかけたせいだ。

また子ができて、愛しい寧々が死にかけたら。

またできた子が、幸のように逝ってしまったら。

心底恐れてしまったから、秀吉は寧々に触れられなくなったのだ。

寧々も寧々で、離れる秀吉を止められなかった。自分が不甲斐ないばかりに、愛し子をちゃんと産んでやれなかった。

あれだけ秀吉を楽しみにさせておいて、ちゃんと子を抱かせてやれなかった。

罪悪感が気後れさせて、でも我慢ならなくて。周りが怯えるほどの大喧嘩をしたり、今は亡き信長に直接愚痴ったりと、色々やった。

それでも離縁しなかったのは、子がなくともお互いが大切だったからだ。

子がない。それだけの理由で切れるような、生半可な情愛を結んだ仲ではない。お互いを想い合うからこそ、寧々と秀吉は前にも後ろにも進めなくなった。

ゆえに、寧々たちはだんだんと幸のことから目を背けた。

夫婦ではなく戦友のように振る舞って、我が子の代わりに引き取った子供たちを育てた。

前田家から引き取った豪姫、秀吉の甥たち。小姓として連れてこられた市松や佐吉たちもいた。

賑やかに忙しくすることで、寧々は寂しくはなくなった。秀吉も出世と時々女遊びに励んで、寂しさを忘れたようだった。

子が無くたって、そこそこ幸せ。夫婦揃ってそう思いかけていた。


与祢姫の化粧と手入れのおかげで、秀吉がまた寧々に触れるきっかけを得てしまうまでは。

「お与祢がね、あたくしたちを夫婦に戻したのよ」

「……寧々よぉ」

「あの子はあたくしに幸せを運んできてくれたの。幸がこの腹に宿ったと知った日のように」

あの姫が、寧々に幸せを思い出させた。

だから、寧々の中で眠っていた欲が目を覚ました。

(この人に、子を抱かせてやりたい)

もう自分では無理だから、自分以外の女に産ませた子でもいい。

子さえできれば、欠けたままの秀吉の幸せを埋めてやれる。

そのためには、与祢姫の力が必要だ。あの姫の手で城奥の女たちを変えさせる。まずは子を成しやすい体にさせよう。

第二子ができぬと悩んでいた千代が、与祢姫の影響で嫡男を得たのだ。与祢姫の指南があれば、城奥でも同じくできるに違いない。

近頃の秀吉は女は好きでも閨事《ねやごと》への興味が少し薄れているようだが、問題はあるまい。

現に、秀吉は姥桜《うばざくら》の寧々と、喜んで閨を共にするようになった。

与祢姫ならば、女たちに秀吉を強く惹きつける魅力を持たせることもできるはずだ。

(なんの心配も、ない)

「安心してくださいな」

何か言いたげな秀吉を強く抱きしめる。

「お前様も、幸せにしてみせます」

「……そうか」

「ええ、そうよ」

きっと、上手くいく。寧々が上手くいかせてみせる。

「あたくしが必ず、藤吉郎殿に子を抱かせてさしあげる」

秀吉のために、寧々が全力を注ぐのだ。ならぬものも、必ずなる。

ぎこちなく抱き返してくれる腕に縋って、寧々は強く目を瞑った。

秀吉が今、どんな顔をしているか。

それに、気づかないように。

1　鸞《らん》は旅立つ、都の華へ【天正十五年九月】

京の都に、城ができた。

場所は大宮通と一条大路の交わるあたり。神泉苑からも、そう遠くないところ。

何町にも渡って広がる敷地には、数多の御殿が建ち並び、白と金の天守がきらきらしい姿を誇っている。

堀の外には大名屋敷。天下人の威光に服した日の本中の武家たちが、城を守るようにその邸宅の甍《いらか》を争う。

史上稀に見る壮観な光景で、さしもの都人たちすら唖然とさせる。

城の名は、聚楽第。主人の名は、関白豊臣朝臣羽柴秀吉。

これぞ天下人が築いた、日の本を統べる政庁である――

(なんて、格好良く言っても、うちの京屋敷の近所なんだけどねー)

都に戻ってから気付いたよ。あの近所の、頻繁に工事していた大規模エリアが聚楽第だって。

ちょっと前までは、お子様には危険なエリアだったんだよね、あそこ。

毎日のように大きな石とか材木とかがいっぱい運ばれていて、いろんな人が頻繁に出入りする混沌とした場所だったのだ。

だから、あそこには近寄るなって母様をはじめとした近隣の大人は、子供たちに散々口を酸っぱくしていた。

下手に近づいて事故や誘拐に遭ったら、絶対洒落にならないからって。

まあそれは百歩譲っていいんだけど、騒音にはいっつも迷惑していた。

朝から日が暮れるまで、とにかくうるさかったのだ。

大工仕事の音はもちろん、現場の皆さんの怒声罵声掛け声荒っぽい注意喚起のオンパレード。

おかげでお昼寝がしにくかった。午後のまったりタイムをぶち壊される日も、かなりあった。

今日こそは怒鳴り込んでやろうかって、何回思ったことか。

しかし、そんな迷惑な建設工事の現場が、天下人の都の城とはね。勢いに任せて怒鳴り込まなくて、本当によかった……。

「与祢、どうしたの?」

はっと我に返る。母様が私の帯を結びながら、顔を覗き込んできた。

「帯、きつく結びすぎたかしら?」

「あっ、ううん! そんなことは!」

「ふふ、ならどうしたの。ぼんやりしちゃって」

母様がくすくす笑う。

マスタードイエローに銀刺繍の帯を可愛らしく整えて、今度は小袖の襟の調整を始めた。

「ちょっと大きかったかしら」

「そんなこともないでしょ」

「袖が長いような気がするのよねえ」

「着てたらそのうち、ちょうどいい塩梅になるって。私の体、すぐに大きくなるんだから」

成長期の子供の服なんて、ちょっと大きいくらいでいい。

去年に堺でおりきおば様に買ってもらった小袖なんて、もう着られなくなっちゃってるんだもの。

この赤みがかったアプリコットピンクの小袖だって、すぐにダメになるに違いない。

服代がかさむなあ、子供の体。合成ウルトラマリン関連の利益のお裾分けで、山内家のお財布が潤沢じゃなきゃ大変だった。

「本当にね、私と伊右衛門様に似たら、ずいぶんと大きくなっちゃうでしょうね」

「そしたら着物に困るねえ」

「いいじゃない、与祢が古着なんて着る必要はないのですからね」

そのつど合うものを仕立てれば良いわ、と母様は言ってのける。

おお、お金持ちの親な思考だ。実際うちは、お金持ちなんですけどね。

ちゃんと父様も母様も、基本的に自制心を持って成金な振る舞いはしない。家計のやりくりは堅実かつ適切で、家臣団への俸禄や福利厚生にもちゃんとお金を使っている。

領地経営にも、しっかりお金を突っ込んでいるみたいだ。

さすが私の両親。後の幕末まで続く一国一城の主とその妻だけあって、とても上手に家を切り回している。

でも、私や弟たちの衣食住や教育に関しては別なのだ。手加減無しの全力で、莫大なお金とコネを投入してくる。

実に親馬鹿。松菊丸が甘々お馬鹿なボンボンにならないようにしてね……？

将来土佐をもらったのに、松菊丸が馬鹿殿すぎて改易されましたなんてことになったら、とっても寝覚めが悪いから。

「さ、できたわよ」

ポンと軽く母様が私の胸元を叩く。

回ってみるように言われて、その場で一回転する。長めの裾がふわりと円を描く。大きな花のようでとっても綺麗だ。

自然と口元が笑みに変わってしまう。母様も、控えている母様の侍女やお夏たちも、みんな満足げに笑っている。

晴れやかな気分が胸を満たして、体から溢れ出しそうな心地だ。

「どう？」

「完璧よ！　さすがわたくしの与祢だわっ！」

ぎゅっと母様に抱きしめられる。

いつもながらの激しいハグだ。少し苦しいけれど、私も力いっぱい母様を抱きしめ返す。

今日が過ぎればしばらくはお預けになるんだもの。

たっぷりと母様を補充しておかなきゃね。ホームシックになっちゃうかもしれないし。

「奥方様、姫様」

佐助が部屋の入り口に現れる。

いつもよりぱりっとした服装で、髪もぴしっと結い上げた頭を恭《うやうや》しく私たちに下げた。

「女輿の準備が整いました、出立の刻限でございます」

母様と顔を見合わせる。目を合わせて、じぃ、と言葉の要らない会話を交わす。

先に笑ったのは、母様だった。私の手を取って、立ち上がる。

私も笑って、手を握り返した。少しだけ、強めに。

「では、参りましょうか」

母様の声に従って、佐助や侍女たちが深くこうべを垂れる。

さらさらと打掛の衣擦れを零して、母様が廊下を歩き出す。二、三歩ほど後ろに、佐助たちが続く。

母様に手を引かれる私は、しっかりと前を見て歩いた。

まだほんのりと夜の名残の闇をわだかまらせた、長くて静かな廊下。

夜明け直後の青い空気を漂わせ、そこここに朝露を宿す庭。

ゆっくり進む私に、どこか寂しげな顔で平伏する家臣や使用人たち。

見慣れた屋敷のすべてが、今日でいったん見納めだ。

次に帰れる日は半年後だから、一つもこぼさず目に焼き付けておく。

玄関近くにたどり着くと、そこは随伴してくれる護衛たちや、女輿を舁《か》く者たちで賑々しかった。見送りに出てきてくれている者も大勢だ。お祖母様や康豊叔父様、丿貫《へちかん》おじさんに乳母が抱えた弟たちの姿も見える。

「おまたせいたしました」

母様の声で、みんなが振り向く。

すぐさま近しい家族が、私と母様の側に来てくれた。

お祖母様が丿貫おじさんに支えられながら身を屈めて、私と目を合わせて微笑む。

「与祢、体に気を付けなさいね。無理などせぬように」

「はい、お祖母様」

「秋が過ぎたらすぐ冬や。朝晩は十分にあったこうして過ごすのやで」

「丿貫おじさんたら、わかってるよ」

皺《しわ》の多いお祖母様と丿貫おじさんの手が、交互に私の髪を梳く。

この人たちはわりと最近仲良しだ。私という孫と茶の湯が共通の話題らしい。

老夫婦というよりは、近所の友達みたいな感覚で一緒にいる。私が家を空けても、ちょっとは寂しくないはずだ。

心の中で安心していると、康豊叔父さんが弟たちを抱えてしゃがんでくれた。

「松菊丸と拾丸にも挨拶をしてやりなさい」

「うん、叔父様。松菊、拾、姉様がいなくても、どうか健やかに。次に会える時を、楽しみにしているからね」

目を覚ました拾が、あう、と声を上げる。もちもちの手が、隣の松菊丸の頬に当たった。

ちっちゃな指がむにむにと動く。起こすようにくすぐられて、松菊丸のおめめがぱちっと開いた。

お目覚め早々、松菊丸が、むきゃーとうきゃーの中間みたいな大声を出す。

至近距離でくらって思わず身を引く。心臓がちょっと縮んだんですけど！

ビビる姉の私をよそに、松菊丸はすっきりした顔をしている。ぐずったわけではなさそうだ。

松菊丸なりの別れの挨拶か……この赤ちゃん怪獣め……。

「これ！　松菊丸！　変に姉上を脅かすでないぞ、まったく」

うごうご暴れ出す松菊丸を器用に抑えながら、叔父様が渋い顔になる。

そういや叔父様、なりゆきで二人の傅育《ふいく》を任されているんだったな。心中はお察しします。

こないだも突然ハイハイを開始した松菊丸の進撃に、めちゃくちゃ振り回されてたもんね。

「めちゃくちゃ元気でなによりだけど、この子っていつもこうだよね」

「拾丸の大人しさを見習ってほしいものだがな」

「言えてるけど、まだ言い聞かすのも見習わせるのも難しいと思うよ……」

「そうかぁ……赤子だもんなぁ……」

がっくりと叔父様が肩を落とす。

育児、がんばって。私は仕事をしながら、見守っているから。

近いうちに松菊丸を大人しくさせられるようなおもちゃでも考えて、作らせてみようかなあ。

「家のことは気にせずとも良いのだぞ」

そんな私の思考を読んだ叔父様が、ため息まじりに言った。

「与祢には大事なお勤めがあるのだ。しっかりと専念してまいれ。それが家のためになるし、お前のためにもなるのだからな」

「はい、叔父様。心掛けます」

「よろしい。たまには文も書いてくれよ」

叔父様の小さなお願いに頷いて応える。嬉しそうに笑って、叔父様はゆっくり立ち上がった。

弟たちを抱えたまま、お祖母様とノ貫おじさんとともに道を開ける。

開けたその向こう。玄関の間に、父様がいた。

「では、参ろうか」

ふっくらとした頬を緩めて、父様が手を伸ばしてくれる。

母様に促されて、私はその大きな手を取った。支えられながら、新調したばかりの草履に足を通す。

母様も私に続いて、父様に支えられて草履を履いた。親子三人で、ゆっくりと玄関を潜る。

「姫様、ご息災で！」

「いってらっしゃいませ！」

「お体にお気を付けてっ」

見送りの家臣や使用人から声が飛ぶ。

女輿の前で、そっと玄関を振り返る。みんな私を大事にしてくれた人たちだ。ほんのりと、目頭が熱い。

ず、と小さく鼻を鳴らして、息を吐く。

「みんな！　いってきます！」

手を振って、佐助の手を借りて女輿に乗り込む。

布団に背を預ける私を確かめてから、佐助が女輿の戸を閉めた。

外のざわめきが、遠くなる。いよいよだ。

「出立！」

父様の声が、響く。

私を乗せた女輿は、一拍遅れてゆっくりと動き出した。


やってまいりました、城奥へ上がる日！

期待と不安を胸に押し込めて、私は山内の京屋敷を旅立つ。

すぐ側の聚楽第に入ったら、私は北政所様の御化粧係。何が待ち受けているかなんて、まだわからない。

でも、きっと、楽しいことがたくさんあるはず。

煌びやかなお城で、寧々様を笑顔にするのがお仕事だもの。

悪いことばかり起きるわけなんて、絶対無い。ぐっと拳を握りしめて、小さく気合いを入れる。

「がんばるぞーっ」

「姫様、今日くらい騒がんでくださいね」

外に聞こえてますよ、なんて佐助の注意が、女輿の外から飛んでくる。

うっ、やらかした……はずかしい……。

◇◇◇◇◇

感動じみた旅立ちをしておいて、ひとつ白状しておくことがある。

山内の屋敷、実はびっくりするほど聚楽第に近い。

それもそのはず、屋敷がある場所は下立売通《しもたちうりどおり》という通り沿い。聚楽第の南外門から見て、右手の真横にあるのだ。

山内家が小大名にも関わらず、こんな好立地に屋敷を持つことを許されている理由は単純。

山内対馬守《とさま》一豊が、近江中納言秀次様の付家老だからだ。堀尾のおじさんのお家とうちを含めて、通りに面した並びで五軒くらいかな。

羽柴家の後継者を支える重臣の社宅街っていうか、そんな感じのエリアになっている。令和で言ったら、大企業のオフィスビルから徒歩五分くらいの高級高層マンションが社宅、みたいなノリかな？

女輿に乗ってぞろぞろ供を引き連れて、ゆっくり行っても五分とかからないのだ。

私も父様と一緒に通いでも良いんじゃ？　って一瞬思うが、私の仕事が仕事だ。住み込みでなければちょっと難しい仕事なので諦めた。

まあ、それでも、うんと近くに実家があるには変わらない。手紙をメッセージアプリ感覚で出せるので、大坂にいた時よりは寂しさはないよ。

母様だって、大坂城よりもずっと気軽に聚楽第へ遊びに行くよって言っていたしね。思っていたより気が楽だ。よかった、よかった。


女輿の中でぼやっとしている間に、私たち一行は聚楽第の門を潜って敷地内に入った。

中がまた広いから、指定された御殿まで女輿で乗り付ける。

本当は門を入ってすぐで降りなきゃならないらしいが、今回は特例だ。私が疲れないようにって、寧々様が特別通行許可証を発行してくれた。

ＶＩＰ待遇、ありがとうございます。言っちゃなんだが、世の中コネだな。あとお金。

現在の私はわりと両方兼ね備えているから、最強に近いのではないだろうか。

揺られていた女輿が、やっと止まった。どうやら目的地へ辿り着いたらしい。

ややあって、女輿の戸を開く。座ったまま待っていると、佐助が手を差し伸べてくれた。

指の長いそれに手を置いて、白い砂が敷かれた地面に降りる。

そこは、瀟洒《しょうしゃ》な御殿の正面玄関だった。黒い甍に白い壁。あちらこちらに金の装飾があって、質の良い材木の香りがまだ濃い。

しかも、玄関先から畳敷きだ。天正の世は、まだまだ畳が高級品。それをふんだんに敷けるのは、ハイセレブの証なんだよ。

すっごいお屋敷、いや、お城だ。さすが天下人。令和に残っていたら重要文化財になっていそうなレベルだよ。

大坂城で豪華絢爛には慣れたつもりだったが、魂を抜かれる気分を味わってしまう。

大坂城に似合う言葉は壮麗。天下無双の武家の城という風格は、翼を広げて天を舞う鷹のようだった。

対して聚楽第は、華麗の一言に尽きる。雅《みやび》やかで、艶やかで。ぱっと咲き誇る牡丹をイメージさせる華がある。

武家にして公家。豊臣秀吉という天下人の二つの側面を、二つの城がはっきりと反映している。

気付いたことの途方もなさに、思わず感嘆が口からあふれた。

「姫様」

佐助に呼ばれて、視線を下ろす。

玄関の側で、父様たちが私を見ていた。佐助にエスコートされて、足を踏み出す。後ろにお夏と数名の侍女が続く。

ゆっくりと、一歩ずつ。白い砂を踏みしめて、立つ細やかな足音を耳に、歩いていく。

距離にして二十歩くらい。たったそれだけで、たどり着いてしまう。佐助の手が、私の手を離した。

「俺はここまでです」

膝を突いた佐助が、軽く頭を下げてくる。

えっと思ったが、すぐ理解する。私がこれから向かう先は城奥だ。外部の男性の出入りは厳しく制限されている。

大坂城の中奥に出入りしていた時のように、佐助を連れては行けないのだ。

うっわ、忘れてた。しばらく会えないメンツの中に、今まで一番側にいた佐助が含まれるだなんて。

不意打ちに動揺していると、にっと佐助が笑った。

「そんな顔やめてくださいよぉ、姫様らしくもない」

「いやでも……」

わりと寂しいんだよ。護衛とか家臣とか言いながらも、私にとって佐助は気安い従兄弟のおにーちゃんみたいな存在だった。

ちょっとくらいしょんぼりしたっていいじゃない。自然と眉が寄ってきてしまう。頭も萎れたように俯いてしまう。

佐助も佐助で堪えるような顔をしている。なんだ。佐助だって一緒じゃん……としんみり思ったら。

「ぐっ、ぶ、ふふ、ははは っ！」

佐助が、盛大に吹き出した。

「さ、佐助？」

「やばい、無理だ。姫様すんませ、ははははっ！」

「ちょ、あんた急になんなの⁉　なに笑ってんのよ‼」

「いやだって、しおらしい姫様とか。くくっ、だめだ。珍しすぎて笑えるー、ふはっ」

なんだこいつ！　なんだこいつ！　ふざけてんの⁉

感動っぽいシーンをぶち壊すほど空気が読めないやつだったっけ⁉

センチメンタルを爆破された怒りを込めて、力いっぱい睨みつけてやる。

すると佐助は涙の滲んだ目尻を親指で拭って、ネタバラシをしてきた。

「俺、城奥にはついて行きませんけど、三日に一度はここへ来ますよ」

「は？」

「姫様の御用聞きです。お方様から聞いてません？　奥勤めの不足がないよう、小まめに使いをやるって」

それが俺、と自分を指差して佐助がにたりと片頬を持ち上げる。

待って待って、なんかその話、聞いたような。一昨日私がアイシャドウ作りに夢中になってる時に、母様が言っていた、ような。

すっかり……忘れてたよ……。私の間抜けづらに佐助は肩を震わせながら、手を握ってくる。

「だから心配ないですよ。俺はいつでも、姫様のお役に立てますから」

「……ありがと」

「はい、ではいってらっしゃいませ」

「はぁ、いってきます？」

最後まで佐助のペースに巻き込まれたまま、別れの挨拶を交わす。

どうせ三日後にまた顔を拝み合うのだから、情緒もへったくれもない。


シリアスって、なんだったっけ。

◇◇◇◇◇

女輿を乗りつけた御殿は、大坂城でいうところの中奥に当たる場所だった。

羽柴家の家臣団が政務や外交を行う城表。

寧々様が取り仕切るプライベート空間の城奥。

中奥はその中間地点で、秀吉様の御座所だ。

基本的に日中は秀吉様はここで政務を行なって、大名や官僚との面談などをなさる。

城の主人が常駐する場所なため、城奥の人間と城表の人間が入り交じって働く、珍しい部署でもある。

城表と城奥は表裏一体だからね。連絡連携を取るには、欠かせない場所なのだ。

そういう性質であるから、手続きを踏めば、外部の人間と城奥の人間が面会することもできる。

城主の目があるとこで滅多なことは起こさんよね？　ね？　ってことだね。

だから今日のように、男の父様も、堂々と入れるわけなのだ。

「こちらへどうぞ」

出迎えと案内役は、いつもお馴染み孝蔵主さん。私たち山内親子を先導して、座敷の一つに通してくれた。

そこは大坂城の中奥の間と広さは変わらない座敷だった。

しかし、内装はまったく雰囲気を異にしている。目が眩《くら》むような、途方もない豪華さなのだ。畳は青く、真新しい藺草《いぐさ》の匂いを立てている。欄間に柱を彩るのは、技巧を凝らした精緻な細工の数々。

調度はどれもこれも金銀と螺鈿で朝日を浴びて輝いて、襖には極彩色の絵が並べられている。唖然とする。想像を超えるド派手さだ。ちょっと目がチカチカする。

母様に手を引かれて、父様の斜め後ろに並んで座る。

用意された敷物が柔らかい。綿を打った絹製だ。お金がたっぷりかかってそう……。

落ち着かない気持ちで前を見る。最初に寧々様とお会いした時のように、上座が一段高くなっていた。

段のすぐ上には御簾《みす》が止められていて、少し奥には錦の敷物と脇息が並んで二つ。あれが、誰の席かは言うまでもない。

前々から、予告はされてはいた。寧々様が直々に説明してくれたから、予定変更になることはまず無いはずだ。

ご挨拶するのは筋だってこともわかっている。今日は入社式みたいなものだ。社長の訓示を受けるのは当たり前のことである。

でも、でもね。緊張するのは許されたい。

だって会う人が、会う人だよ⁉

小中高の日本史の教科書にばばーんっと名前が出ててるビックネームの！

日本で生まれ育ったなら、知らずにいる方が難しい、めちゃくちゃな知名度の！


（例のあの人とのご対面だもんっっっ‼）


胃が、心無しか痛い気がしてきた。喉もからっからになりつつある。

平然とお喋りしている父様と母様の、肝の太さが羨ましい。

この人たち、本当に緊張感のかけらもない。あまりにもいつもどおりだから、ちょっと戸惑ってしまう。

ここ、聚楽第だよ？　天下人の新築大豪邸よ？　雰囲気に飲まれるとか、オーラに圧倒されるとか無いの？

乱世を完走した上に、最後は大勝利で締めくくった人の度胸って、とんでもないんだな……。

私も、父様たちに似たかった……。

「対馬守様」

緊張回避のために半分意識を飛ばしていたら、孝蔵主さんが戻ってきた。

座敷の手前で手をついて、父様に軽く頭を下げる。

「まもなく関白殿下、ならびに北政所様が参られます」

「承知いたした」

父様が頷いて、畳に拳を付く。

まだ空の上座に恭しく頭を下げる父様に倣って、母様と私も指を付いてこうべを垂れる。

ドキドキか高まってきた。息が浅くなってくる。

「与祢」

吐息のような、細やかな声に呼ばれる。

そろりと、目だけで横を見る。母様も、横目を私に向けていた。

「大事ないわ」

ぱち、と片目を瞑って、母様が微笑む。

過剰な緊張が、すぅ、と私から抜けていく。呼吸が元に戻って、落ち着いていく。

母様が大丈夫っていうなら、大丈夫だろう。そう思えるだけで、私は私を取り戻せた。

衣擦れの音が近くなってきても、もうドキドキは跳ね上がらない。

普段通り、とまではいかないけれど、大人しく頭を下げて上座に人が入る気配を感じていられた。

「殿下、北政所様。山内対馬守様、ならびに御令室様と姫君にございます」

孝蔵主さんの声が、座敷の空気を凛と振るわせる。

父様がぐっと、さらに深く頭を下げた。私と母様もそれに倣《なら》う。

ややあって、初めて耳にする男性の声が響いた。

「おもてを上げよ」

変に芝居がかった、というか大仰なセリフを言っているかのような許しだ。

すぅ、と息を一つして、父様と母様に合わせて顔を上げた。

上座が目に入る。そこには、にこやかな寧々様の姿があった。

お元気そうだ。引っ越しのために十日会えなかったから、お姿を見られただけで妙にほっとする。

だがそんな和んだ気持ちは、寧々様の隣の人の姿で吹き飛んだ。

寧々様の隣にいたのは、小柄なおじさんだった。

歳のころは、父様と与四郎おじさんの中間くらい。並んで座る寧々様と同じくらいの背だけれど、華奢という印象はない。

肌が浅黒くて、意外にもがっしりした手足と肩幅のせいだろうか。

アスリート体型、って言えばわかりやすい？　前世で見た世界陸上に出場して優勝していた、小柄な長距離ランナーを彷彿とさせる人だ。

不意に、ぎょろりと表現するのが似合いすぎる大きな目が、私の方へ向く。

失礼のない程度で様子をうかがっていた私と、ばちんと視線が合った。

大きな目の、大きな瞳が私を映す。目が逸らせなくなった。息も止まった。

昔、与四郎おじさんから向けられた探るような目に似ていて、どこか違う目に囚われる。

時間にして、一秒か二秒だったはずだ。

でも、長時間見つめられたような落ち着かなさが湧いてくる。

どうしよう。どうしたらいい。思考までがゆっくり止まりかけてくる。

「おう、それが伊右衛門の掌中の珠かぁ」

奇妙な睨めっこを終わりにしたのは、相手の方だった。

先ほどと打って変わったひょうきんな調子で、小さな顔をくしゃっとさせる。

たったそれだけで、印象ががらりと変わった。人懐っこさと、きらきら眩《まぶ》しい朝日のような雰囲気が溢れる。

つられて詰まっていた呼吸が、するっと肺へ抜けた。

思わずきょとんとしていると、相手が敷物から立ち上がる。周りが止める間もないほど素早く、大げさなくらいの足音を立てて近づいてくる。

私の真横に雑な動作で座ると、楽しげに顔を覗き込んできた。

間近で顔を寄せられて、ひぇ、と喉が鳴る。そんな私が面白かったのか、相手はけらけら笑い出した。

「秀吉じゃ、よろしくな」

挨拶とともに、指のやたら長い手が伸びてくる。ぽんぽんと、軽く頭を撫でられた。

まるで気安い近所のおじさんそのものの振る舞いに、私の思考は完全停止した。

「ん？　動かんなってもうたな？」

思考と同時に体も固まった私に、秀吉様はきょとんとしている。

つんつんとほっぺを突かれた。痛くはないが驚いてしまう。

「お、やらかいなぁ！　もち肌じゃぁないか！　色も白いし、こりゃ将来有望だのぉ、うははは！!」

はしゃいだ感じで、秀吉様が笑う。

私の子供ほっぺを気に入ったらしい。実に楽しそうに、さらにツンツンしてきた。

ちょっ、距離近すぎ！　子供相手でもセクハラですよ!?

助けを求めたくても、孝蔵主さんはおろおろしている。さすがに困り顔の母様は、位置的に秀吉様を挟んで向こう。前方の父様は、背中が微妙に怖いが振り向かない。

いや、振り向けないのか。いくら父様でも、天下人相手に下手な咎《とが》め立てはできないよね。

でも、わかるけど、誰かどうにかしてくれ。やだもう。泣きたくなってくる。ただの挨拶の場でこれはないって。

どうにもならなさに私が白目をむきかけた、それと同時だった。

「お前様」

寧々様が、動いた。打掛を脱ぎ捨て、壇上から降りてくる。

走る寸前の速度で畳を進む。私たちの距離が一瞬で縮まる。迫りながらスイングした寧々様の手が、勢いよく振り下ろされた。

「いったあぁぁぁっ!?」

スパァンッと気持ちいい音と共に、秀吉様の後頭部がしばかれる。

「痛いじゃないでしょう！　お与祢から離れなさい！」

このすけべじじい！　と罵倒して、寧々様は私から秀吉様を剥がした。

ぞんざいにちょっと離れた場所まで秀吉様を引きずり離して、それから私を背中に庇ってくれる。

慌てて寄ってきた父様と母様に支えられて、頼もしい背中を見上げた。

「寧々様！」

「お与祢、大事はない？」

「は、はいっ」

「うちの人がごめんなさいねえ。伊右衛門殿にも千代にも申し訳ないわ」

肩越しにすまなそうな寧々様のお顔が見える。

大丈夫だよ。今のでじゅぅっっっぶん助かったから！

私のヒーローは寧々様だったんだ。めちゃくちゃかっこよく見えるよ。

さっきとは別の意味でどきどきしていると、秀吉様が痛みから復活してきた。

「寧々ぇ！　急に何をする、驚いたで⁉」

「驚いたのはお与祢の方ですよっ。あたくし言いましたよね、お与祢に手を出すなと」

「触っただけじゃあないか！　それもちょょーっとだけ！」

「指一本触れるな、と言っているんです」

じろりと秀吉様を見下して、寧々様は凍りつくような声を放つ。

よく知る優しげな声とは、全然違う。

元がハスキーでイケメンレディなお声だから、怒っているとより深みが増してドキドキする。

「八つの子供相手にほんっっっとお前様という人は……、挨拶くらいはと引き合わせたのが間違いだったかしらね」

「わしは城の主だろ、なんで寧々の女房に会《お》うたらいかんのだ」

「お前様が何するかわからないからで、しょっ」

すぱっと言い切って、寧々様は扇子をぶん投げる。

紅葉のような赤の美しい扇子が、矢に射られた的に似た音とともに秀吉様のおでこへ命中した。

わぁ、クリティカルヒット。もんどりを打って、秀吉様が後ろに倒れちゃったよ。

寧々様は痛みに転げまわる夫に鼻を鳴らし、私たちの方へ振り向いた。

次の瞬間、氷が溶けて花が開くように、表情が柔らかく変わっていく。

いつもの寧々様だ。笑顔が一番お似合いだなあ、と思っているとしゃがんで視線を合わせてくださった。

「よう来てくれました、待っていたわ」

「私も寧々様の元に参れるのを、楽しみにしておりました」

「うふふ、嬉しいこと」

微笑みを返すと、寧々様もますます目を細めてくださる。

私の手に寧々様の手が重なる。ぎゅっと握ってくれるその手は、すべすべとして柔らかい。

鼻先をくすぐる薫香が甘い。うっとりしてしまう私を、寧々様がお呼びになった。

「お与祢、これから末永《すえなご》うよろしくね」

「はいっ」

幾度も練習した通りに、でも心をしっかりと込めて平伏する。

寧々様とは、長い長いお付き合いになりますように。私が成人しても、結婚しても、ずっとお仕えできたらいいな。

なんて願いごとを胸のうちで呟きながら、畳に額を当てた。

寧々様の手が肩に触れる。その手で私を優しく抱き寄せると、寧々様は父様たちに視線を向けた。

「伊右衛門殿、千代。貴方たちの姫はあたくしがお預かりします。ふたりの心を騒がせぬよう、必ず、最後まで大事に扱わせていただくわ」

「お与祢を、よろしくお願いいたします」

「どうかどうか、可愛がってやってくださいまし」

「もちろん。約束したとおり、それ以上に」

深く礼を取る父様と母様に、寧々様も深めに頷く。

一呼吸置いて、礼を解いた父様と母様が、寧々様の腕の中の私に手を伸ばす。

髪に、頬に、肩に。私の一つ一つを確かめるように撫でて、名残惜しげに二人は微笑む。

「風邪など、引かないようにな」

「はい」

「ご飯をちゃんと食べて、しっかり寝なさいね。夜更かしなどせぬように」

「わかってる」

「佐助を使いに出すから、困りごとはなんでも言いつけるのだぞ」

「うん、そうする」

「それから、そうね、ううん」

きゅ、と母様に手を握られる。その上から、父様の手が重なる。

二人分の重みと温度が伝わってくる。私にとって、今はまだ大きな両親の手。この手から離れるのは不安だけれど、きっと大丈夫。

ここには寧々様がいるんだもの。寧々様のお側でなら、なんとかなるって信じられる。

「父様、母様」

だから、そんな顔しないでほしいな。

「いって、まいります」

こわばりそうな筋肉を一生懸命に動かして、唇に笑みを刷く。ふたりも、口元を震わせてぎこちなく返してくれた。

瞬きを少しだけ堪える。近く、けれど遠くで暮らす生活がスタートするのだ。

しっかりと両親の顔を、記憶に刻んでおかなくちゃ。

「……終わった？　わしも交ざっていい？」

「ひっ⁉」

視界の真横に、にこにこな秀吉様が生えた。

不意打ちに目の前の親に夢中だった私の心臓が、止まりかける。肝が太いはずの両親も、ぽかんと固まってしまう。

そんな私たちを見て、めちゃくちゃ面白そうに秀吉様が笑い出した。

な、この人、いつの間に復活したの⁉　というか、なんでそのポジション取ってくるの⁉

近づいてくる気配、しなかったんですけど！　こっっっっっわ⁉

我に返って、とっさに身を引いて逃げを打つ。でも秀吉様の顔がずいっと迫ってくる。

また近い！　ソーシャルディスタンスでお願いしますっ！

「そぉ怖がらんで、お与祢ちゃん。可愛らしい顔が台無しだぞ～？」

「ふふっ、お前様」

私に伸びる手を、寧々様の細い手が掴む。

そして流れるように、曲げちゃいけないであろう方へ捻り上げた。

「あだだだだっ！」

「またお与祢を怖がらせて、困った人だこと」

私と両親をその場に置いて、寧々様は秀吉様の腕を掴んだまま上座に引き返し始めた。

身長差が無いせいか。それとも夫婦の力関係のせいか。寧々様は難なく、ずるずると秀吉様を引きずっていく。

上座の敷物にぺいっと秀吉様を投げ戻し、ふぅ、と寧々様は息を吐いた。

「よろしいこと、これから私はお与祢を連れて城奥に戻ります。お前様はここで、伊右衛門殿たちとお与祢に関する取り決めの誓紙をじ～っくりと確認して、判をついてくださいな」

「は？　誓紙だと？　なんでまたそんなもんを」

「無理を言って幼い姫を召し上げるんです。誠意を見せるのは当たり前でしょう？」

「えぇー……おおげさだなぁ……」

「信用ならん人が、うちにはおりますからねぇ？」

寧々様は、一切秀吉様から目を逸らさずに言う。声の端々から、お前のことだぞってオーラが出ている。

澄まし顔の父様と母様も、わりと主君に向けちゃいけなさそうな目を秀吉様に向けている。

約四百年後にも有名な秀吉様の女癖は、現在進行形で信用価値が紙切れ以下のようだ。

天下人の扱い、軽いなぁ。大丈夫なの、これ。

「さて、そろそろ戻りましょうか」

寧々様が孝蔵主さんに視線を送る。

頷いた孝蔵主さんは、すす、と私の元へ近づいてきた。

座ったままの私に手を差し伸べて、にこりと目を細める。

「姫君、どうぞ」

「ありがとうございます」

差し出された手につかまって、立ち上がらせてもらう。

孝蔵主さんは、私の小袖の裾を手ずから直してくれて、それから寧々様の元へ導いた。

自然な流れで、私の手は寧々様へバトンタッチされる。

そっと、白い手を握る。寧々様が嬉しそうに眉を和らげて、握り返してくれた。

「おいでなさい」

「はいっ」

寧々様が歩き出す。歩調を合わせて、私と孝蔵主さんもついていく。

しゅるしゅると開け放たれた座敷の襖の方へ進んで、廊下に一歩踏み出した。

「お与祢」

男の人にしては低くない声に、呼び止められる。

振り返ると、秀吉様がこちらに顔を向けていた。大きな目が、ゆっくりと瞬いている。春の陽射しを眺めるような、とても穏やかな眼差しだ。

瞳の奥の力強さを秘めた輝きが、心なしか控えられている。

戯《おど》けたふうも、ひょうきんな感じもない。ただ、秀吉様は、じっと私を。いや、寧々様を眺めていた。

「また、わしともお話ししような」

「え？」

「安心せい、寧々とも一緒にだよ。うまーい菓子、持ってってたるから」

なっ？　とくしゃくしゃな笑顔で、秀吉が言った。

寧々様をうかがってみる。仕方のない人、といったふうな目で、秀吉様を見つめていた。

私の視線に気づいた寧々様が、苦笑いでこくりと頷く。

ＯＫってことか。寧々様と一緒なら危ないこともなさそうだし、色よく返事しておこうかな。あんまり天下人に冷たくするのも気が引けるからね。

「はい、では寧々様とお待ちしております」

「うんっ！　ではまたな！」

秀吉様が表情をぱっと明るくして、軽く手を挙げた。

とりあえず会釈をしてみる。挙がった手がぶんぶんと振られる。動作が犬の尻尾っぽい。

ついつい私が笑ってしまうと、秀吉様は「笑った、笑った！」と大喜びし始めた。

感情表現がとっても豊かな人だ。これだけ喜ばれると、なんだかこっちまで嬉しくなってくる。

手を振り返そうかと思ったら、寧々様に背中を押された。

行きますよってことかな。見れば、すでに孝蔵主さんは廊下に出て待機している。

あまり待たせちゃいけないよって、寧々様は言いたいのかも。

慌てて秀吉様と両親へ一礼して、寧々様と座敷を出た。

「お与祢、油断したらだめよ」

座敷が見えなくなったあたりで、寧々様が歩きながら口を開いた。

唇をたわめているけれど、視線は前に固定されている。

「油断、と申しますと」

「あれがあの人の手管なのよ」

お返事が心無しかでもなんでもなく、低い。秋なのに冬の風に吹かれたような心地がした。

あ、これは軽くキレていらっしゃる。

「あの人はね、害のなさそうな振る舞いで人をほだして付け入るの……特に、女相手に、ね」

「あー……」

なんか納得した。合コンに出現する、女タラシな雰囲気イケメンがよく使う手だ。

奴らは基本的に、ノリが良くて気遣いができて、それでいて無害そうな人種だ。

とても会話が上手くて、気軽に女性を褒めちぎりもしてくる。

でも、二人きりになると、実はそこまで軽くないんですよーって一面をのぞかせる。

このギャップに引っかかる人はわりと多いのだ。

天正にまで同種の男性が存在したなんて、驚きだよ。

女タラシって、何百年経っても女タラシなんだな。伝統芸なのか、もしかして。

「気を付けます」

「そうしてね、あの人が来たら私の側から離れぬように」

良いわね、と念押しされて、力強く頷く。

私だって万が一の目に遭うのは困る。

下手したら祖父くらい歳の離れた人の側室になるなんて、あんまり考えたくない将来だ。

防犯ブザーみたいなもの、無いかなぁ。天下人を通学路に出現する不審者みたいに扱いたくないけどさ。いつか必要になるような、変な予感がするんだよ。

うう、考えていると不運を呼び込みそうだ。心の底にしっかり沈めとこ。

悪い思考を無視しながら、無心で歩く。幾つもの角を曲がって、渡り廊下を越えていく。

体がぽかぽかしてきた頃合いで、ようやく先導の孝蔵主さんが立ち止まった。

「ここは……」

行き止まりだけど、行き止まりではない。

私の目の前にあるのは、扉。極彩色の牡丹と鳳凰《ほうおう》が描かれ、陽光を鈍く弾く金の錠前が嵌まった大きな扉だ。

前には体格の良い侍女が二人。揃いの着物を纏《まと》って、静かに控えている。

「城奥へ続く扉よ」

寧々様が、そっと教えてくれる。

「これより先は、羽柴の女が暮らす領域。うちの人のためだけにある、花園です」

孝蔵主さんに声を掛けられた侍女の片割れが、するりと優雅に錠の前へ進み出る。

大ぶりな鍵を懐から取り出し、そっと錠の側面にある鍵穴へ差した。

がちゃん、と重々しい音が廊下に響く。二人の侍女が、扉の取っ手に恭しく手を掛けて、ゆっくりと開いていく。

軋む音は、しなかった。音もなく、スムーズに扉は開く。

「心の用意は良い？」

扉の向こうが広がる。

中奥と同じ、畳敷きの廊下。一枚一枚が芸術品の襖の続く風景が見える。

中奥とよく似た風景だけれど、空気だけ違う。

華やかな薫香が、じわりと扉の合間から流れてくる。

女性の生活空間だと主張する香りを、胸にいっぱい吸い込む。

「……いつでも」

小さく、でもはっきりと返事をする。

寧々様は、満足げな眼差しを前へ戻した。白い足先が、扉に近づく。一緒に私も足を動かす。

五歩目で中奥と城奥の境を越えた。ごく自然に、特別な感覚は何もない越境だ。思っていたよりあっさりで、拍子抜けだけれど心はより落ち着いた。

扉の横に控えていた孝蔵主さんが、今度は私たちの後に続く。

三人で、しずしずと城奥に分け入ってゆく。

進むごとに、角を曲がるごとに、人の姿がちらほら見え始めた。

皆、当然のように女だ。艶やかな服装で庭をそぞろ歩く人もいれば、お仕着せに身を包んで掃除に励む人もいる。

ありとあらゆる人がいるけれど、私たちが通ると皆一様に脇へ引いてこうべを垂れる。

当たり前か。トップの寧々様の道行きだもの。いっそ気持ちが良いくらい、船首に割られる波のように人が開ける。

例えようのない興奮が、軽く私を酔わせていく。

落ち着かないけれど、行儀の悪い真似はできない。平静を装いながら、前を見ているふりをして周囲に意識を向ける。

視線が、すごい。

背中が穴だらけになりそうなほど、後ろから数え切れない視線がぶつけられている。

微笑ましそうなもの、興味深そうなもの。怪訝なものもあれば、良い気分のしないものもある。

わぁ、新入りを値踏みする空気だぁ。懐かしすぎて涙が出そう。嬉しくない意味で。

大学の時にバイトした店のバックヤードを思い出して震える。あらゆる年齢層の親しくなりたくない女子が、いっぱいいる気しかしないよ。

だって視線の七割くらいが、大なり小なり棘を含んでいる。それも、八歳の女の子へ向けていいものではない鋭さの、ね。

理由は、まあ、だいたい想像が付く。

寧々様に手を引かれている少女。身なりはかなり良いけれど、纏っている小袖は今ひとつ控えめ。新たな羽柴の御養女ではないが、さりとて単なる女童っぽくもない。

北政所様が手を取って、大事そうに連れている。少女本人は当然のようなすまし顔で、寧々様の厚遇を受けている。

異分子の標本みたいな異分子だね……。

値踏みされるのも当たり前。悪意は無くても、好奇の目で見られるのは諦めなきゃいけないほどの不自然だ。

そりゃ妙な感情を抱く人も、普通に出てくるよね。胃のあたりがキュッと締まるような、嫌な感覚がしてくる。

慣れなきゃならないんだろうが、いつになったら慣れられるだろうなあ……。

「お与祢、どうかした？」

寧々様が、気遣わしげに声を掛けてくれる。私はそれに、曖昧な微笑みを返した。

下手なことを話して、周りの奴らに悪口を言われちゃ堪らない。こうして黙っていても、何か言われるには変わりないんだけどね？

「疲れちゃったかしら？　もうすぐ着くんだけど、抱っこしましょうか？」

だめですよ、寧々様。

お言葉に甘えて抱っこなんてしてもらったら、周りの目がえらいことになりかねない。

絶対私の評判が、とんでもないことなるよ。

「ありがとうございます。お気持ちだけ、いただいておきますね」

ひぃひぃ心で半泣きになりながら、必死でお断りをする。

………私、半年後もここで生きてられるかなあ。

2　厄介ごとと書いて、ファーストミッションと読め【天正十五年十月上旬】

令和の十月と天正の十月は、だいぶ違う。季節のめぐりのテンポが明らかに令和より早いのだ。天正の十月は寒い。朝晩の冷えが、令和の十一月か十二月並みだ。

紅葉だってもう始まっていて、後半に差し掛かると霜すら降りる日が出てくる。

令和並みの極端すぎる猛暑がない代わりに、天正の秋冬の冷え込みは厳しい。

去年と比べれば、今年はなんとか慣れてきた分マシに思えるが、寒いものは寒い。

だから、お布団から人間が出られなくなるのも、自然の摂理なのだ。

「姫様、姫様」

綿入りの夜着《ふとん》の上から、体を揺すられる。

うっすら目を開くと、まだ暗い。夜じゃん。もうちょっと寝られるな。気の抜けたあくびを一つして、私は夜着に潜り込んだ。

「姫様、お目覚めください。朝ですよ、おはようございます」

夜着の上の手が、私を強めに揺する。眠い。まだ朝じゃない。起きたくない。

あったかい夜着と、もうしばらく仲良くさせてほしい。エアコンもヒーターもない世界で、一番ぽかぽかな存在なんだよ。

きつく目を閉じて夜着に包まる。優しい温さと柔らかさが幸せだ。秋冬限定で夜着と結婚したいくらい。

「ひーめーさーまっ、起きてくださいなっ」

焦れたような声が遠い。知らんぷりで二度寝の誘いに乗った次の瞬間、最愛の夜着が引きはがされた。

「さむっ！」

眠気が吹っ飛んだ視界いっぱいに、眉尻を跳ね上げたお夏が映る。

突然の仕打ちに文句を言おうとしたら、ぎゅっと手首を掴んで引っぱり起こされた。

敷布の上に、ぺたんと座らされる形になる。

「ねむい……まだ朝じゃないのに……」

「眠くない！　早く支度しないとお役目に遅れますよ！」

ぼやく私を叱りながら、お夏は寝乱れた私の髪を直し始める。

使うヘアウォーターは精油と椿油とエタノール、それから芳香蒸留水で作ったものだ。

これを布に浸し、私の髪に含ませていく。和薄荷の精油とクロモジの芳香蒸留水を使っているから、香りは爽やか。

やっと目が覚めてきた気がしたころにヘアセットが終わり、お湯の入った角盥《つのだらい》が運ばれてくる。

与四郎おじさんが輸入してくれたマルセイユ石鹸で顔を洗って、スキンケアを一通りしたら歯磨きだ。

使うのは房楊枝ではなくて、令和でセオリーだった柄が長くて先に毛が植えてある歯ブラシ。馬の毛で作ってもらった試作品で、塩を歯磨き粉にして磨く。

丁寧に磨いたら口をゆすいで、寝間小袖から昼用の小袖に着替える。

今日は白とクリームイエローの片身かわりの小袖だ。紅い菊の刺繍が施されていて、大人っぽくて可愛い。

複雑な織りの入った蘇芳《すおう》色の帯をゆったりと締めたら、着付けは終わり。

うん、今日も完璧。

「与祢姫様、おこや様が参られました」

仕上げにピーチベージュのリップを塗っていたら、戸の外に控えさせていた侍女の声が掛かった。

お迎えのお姉さんが来てくれたらしい。

お通しするようお夏に伝えさせると、すっかり明るくなった障子戸が開いた。

「お与祢ちゃん、おはよー」

ターコイズブルーっぽい打掛のお姉さんが、片手を挙げて入ってくる。

すたすた軽い足取りで寄ってくる彼女は、おこや様。

私と同じ寧々様の女房の一人で、歳は数えで十六歳。私に比較的年齢が近い先輩だ。

寧々様の手配で、私が城奥に慣れるまでの介添え、ようはお世話係をしてくれている。

「おこや様、おはようございます」

「ふふ、早起きしてえらいねー」

朝の挨拶をすると、しゃがんで目を合わせて撫でてくれる。

おこや様は面倒見が良くて、明るい性格の人だ。ちょっと母様と似た系統だから、わりと付き合いやすくて助かる。

「じゃあ、行こっか」

おこや様が私の手を取る。ぎゅっと握り返すと、彼女はちょっとはにかんでから歩き出した。

廊下に出た私たちの後ろに、お夏たち侍女が数人ほど続く。

ちょっとした行列になるけれど、わりと仕事に持っていく荷物が多いからしかたない。メイクセットを収めた化粧箱はかなり重く、小分けにして侍女に持たせなきゃ運べないのだ。

だって、スキンケア用品やコスメを入れた容器はだいたい陶器。重い上に割れやすいので、慎重に運ぶ必要がある。

結果として、毎日私付きの侍女を全員連れての、女房にしたら派手な出勤になってしまう。

ここが寧々様の御殿でよかった。上から下までみんな事情をわかっているから、妙な視線は飛んでこない。

代わりに小学生の登校を見守るような、ほのぼのした視線は集まるけれどね。

「今日の紅、可愛いね。とと屋の新作？」

歩きながら、おこや様が話しかけてくる。

現代で言えば女子高生くらいのお年頃なだけあって、彼女はお洒落とメイクに敏感だ。

「わかります？　色見本にって、昨日届いたんですよ。見ます？」

「えっ、いいの？　見せて見せて！」

「もっちろん！」

懐に入れてきたリップスティックを、渡してあげる。

朱塗りに白い螺鈿の花弁を散らしたパッケージに、おこや様の目は釘づけだ。

蓋を開けて、色味を確認する目が光る。

「香色がかった桃色か。いいね、使いやすそう」

「でしょ、派手色じゃないから仕事向きですよ」

「たしかに〜、あと清楚っぽいから男受けもいいんじゃないかな」

「絶対受けますって、わりと男の人は薄化粧に弱いですし」

リップ一つで会話がぽんぽん弾む。数年振りの女子トーク、とっても楽しいわ。

おこや様と私は好みが近いから、だいたい何を話しても意気投合できるのも最高。

部屋にある未使用の新作リップも後で見せる約束をして、話題を他の物にも変えていく。

コスメに着物、城奥の催し予定や、頭に留めておくべき噂話。あれこれ話しているうちに、寧々様の居室へ辿り着く。

戸口に控える同僚に取次を頼んで、おこや様と並んで座った。

後ろでお夏たちが、荷物を下ろして平伏する。それを確かめてから、私たちも指をついて首を垂れた。

牡丹の描かれた襖が引かれる。ふわりと、白檀《サンダルウッド》の香りが溢れてきた。

気持ちが、自然と引き締まっていく。

「おもてをおあげなさい」

許されて、おこや様と一緒に顔をあげる。

まだすっぴんに寝間小袖の寧々様が、上座の段上でにこりと頬に笑みを刷く。

「おはよう、おこやにお与祢」

「寧々様におかれましても、今朝はご機嫌麗しく」

「ふふ、お与祢のお化粧が待ち遠しくって、早起きしちゃったのよ」

冗談半分、本気半分みたいな感じで寧々様がおっしゃる。

私もおこや様も、まわりの女房や侍女たちも、つられて緩む口元を隠した。

和やかな、少しは慣れてきた朝の雰囲気だ。良い具合にリラックスしてきた私は、お夏から化粧箱を受け取った。

化粧箱を自分の前に置いて、軽く指先を畳につく。

「ご期待に応えまして、本日のお化粧も腕を奮わせていただきます」

「うふふ、楽しみね」

にこにこの寧々様の元に、化粧箱を手に向かう。

まずは今朝の寧々様のご体調の確認をする。

お側に控える孝蔵主さん……今は直属の上司なので孝蔵主様だ、に昨夜から今朝にかけてご様子を教えていただく。

昨日の夜は秀吉様と薪能《たきぎのう》をご覧になっていて、夜更かしをされたそうだ。

そのせいか少し、お顔に浮腫《むく》みが出ていらっしゃるとのこと。

くまは出ていないが、目のお疲れがあるとおっしゃっているということ。

エトセトラ、エトセトラ、エトセトラ。

細やかな孝蔵主様のお話をきちんとメモって、頭の中で今の寧々様に必要なケアやメイクを組み上げていく。

よし、だいたい決まった。今日はこれでいこう。

「ではまず、泡立てたサボンでの洗顔から始めさせていただきます。そののちに、按摩と合わせて面膜《パック》をいたしましょう。本日は酒粕と唐胡麻油《カスターオイル》で行います。どちらもお疲れのお肌が潤う、滋養に富んだ品ですので、本日の寧々様にぴったりかと」

今日のスキンケアメニューを口頭で説明する。

ご自身の体や肌に関わることだ。きちんと寧々様にも知っておいていただきたい。

一方的にやられているだけじゃ、効果をいまいち感じにくいかもしれないしね。

そういう私の考えを、寧々様も理解してくださっている。

つらつらと私が述べる説明に、ちゃんと質問や意見を出してくださるからありがたい。

まわりの女房や侍女のみんなにも、私のすることの意味を周知できるという効果がある行動だからだ。

同僚の業務へのある程度の理解は、仕事上の連携プレーを行う上で大切なことだ。

特に私たちみたいな、人のお世話を主とする仕事においては、常に細やかな連携が要求される。寧々様もそれを知っているのだろう。私たちが自然とお互いの業務を知れるよう、言葉にして周りに聞かせるようなことがよくある。

だからか、寧々様付きの女房・侍女チームはかなり有能で意思疎通が上手くできている。ついでに上から下まで、かなり仲が良い。これだけの人数でありながら人間関係が円満にかぎりなく近い、奇跡のような職場だ。

「……以上でございます。お気にかかる点はございましょうか？」

ひと通りの説明を終えて、一礼をする。

ややあって、寧々様が首を横に振った。

「何もありません。今日もあたくしを綺麗にしてね」

南向きの窓から差し入る朝日と同じくらい、眩しい微笑みを寧々様が浮かべる。

視線が重なった。嬉しげに寧々様の涼しい目元が細まる。

「では、始めさせていただきます！」

くすぐったい気持ちを隠さずにはにかんで、私は化粧箱を開く。

まずは、洗顔用のマルセイユ石鹸を準備しなくちゃ。

記憶を元に作らせたハンディホイッパーに、石鹸を削り入れて精製水を注ぐ。

そして、丁寧に、きめの細かな泡を立てる作業に没頭した。

今日も寧々様が綺麗になれますようにと、心を込めて。穏やかな一日を過ごせますように、と願いながら。

張り切りつつものほほんと、私は朝の仕事に励む。

この後まもなく、敬愛する主に手ずから爆弾を投げ込まれるとは、夢にも思わずに。

◇◇◇◇◇

寧々様の朝のスキンケアとメイクを終えたら、控えの間に移る。

そこで孝蔵主様や数名の女房たちと朝食を摂るのが、基本的な私の日課だ。朝が早すぎるので、時間的にはちょうど良い感じである。

でも、一仕事終えてからになるので、山内の屋敷にいた頃の朝より、とんでもなくお腹が空いてしまう。

そのせいか、とてもご飯が美味しい。なんでもない汁物が、定時後に引っ掛けるビールみたいに美味しいんだよ。ものすごく不思議。

「与祢姫、お箸の持ち方は？」

左斜め向かいから注意が飛んでくる。

上座に近い場所の膳についている孝蔵主様が、じっと私の手元を見ていた。

視線を下ろす。手の中のお箸が、心持ち私の手癖の持ち方になっていた。

まずい、見られた。そそくさとお箸を習ったとおりに持ち直す。

「失礼いたしました」

よろしい、というふうに孝蔵主様が自分のお箸を動かし始めた。

お手本みたいに綺麗な所作だ。さすが筆頭女房様である。孝蔵主様と同じに所作となるよう、気を付けながら、私も食事を進めた。

聚楽第に来てからの私の飲食は、ただの生活ではなくなった。

どういうことかというと、テーブルマナー講習になったのだ。

原因は、父様たちが秀吉様&寧々様と交わした雇用契約だ。良質な教養と作法を私に身に付けさせる、という項目があったらしい。

おかげで私は、立ち居振る舞いや食事の仕方、会話の話題選びや視線の使い方まで教育されている。

講師は、寧々様の筆頭女房である孝蔵主様。

城奥の女房では、トップクラスの完璧な所作と作法を身に付けた人だ。私のマナー講師には最も適任、という寧々様の人選である。

孝蔵主様はヒステリックに叱ったり、手足を出したりはしない。私の理解がおぼつかなくても、何度失敗をしても、注意を促しはしても怒らない。いつも手取り足取りの丁寧な説明を、辛抱強く繰り返ししてくれる。

でも、僅かなトチリも見逃してくれない鬼講師だ。気のせいレベルのミスも見抜いて、ビシッと指摘してくるから恐ろしい。

山内の実家がどれほど私に対して甘々だったのか、心の底から思い知らされた。

きっと私は家から出さない予定の姫だったから、甘やかされていたんだろうな。

けれど、弟の誕生によってフリーになった今、そうも言ってられなくなった。

嫁に行った先で甘ったれだったら、山内家が舐められる恐れがある。上品で高貴な姫君となっておくに、越したことはない。

そういう周りの大人たちの思惑や配慮は、私もわかってるんだけどね。

「与祢姫、お皿の持ち方は覚えていますか？」

「はいっ、孝蔵主様っ」

「お返事は、ゆったりと」

「承知いたしました」

ダメ出し二連続、いただきました。

心の中でしおしおしながらお皿を持つ手を直して、意識してゆっくり返事する。

注意されっぱなしで、地味につらい……つらい……。

へこんだ気持ちを隠して、器のおかずを食べる。

あ、干し鮑《あわび》の蒸し物、美味しい。甘辛で、歯ごたえがしっかりしている。白ご飯が進む味だ。ちょっと元気が出てきた。

できるかぎりゆったりと、でもしっかりと白ご飯を口に入れる。

美味しい。あっという間にご飯が無くなる。

「お与祢ちゃん、おかわりする？」

左隣のおこや様が、からっぽのご飯茶碗に気付いて声をかけてくれる。

もう一杯くらい食べておきたいかも。お昼ご飯は無い予定だし。

ちょっと迷ってから、はい、と答える。おこや様はくすくす笑って、私の前からお茶碗を取った。

流れるように更に隣の女性――おこや様のお母さんでもある、東様《ひがし》へお茶碗を回す。

「母上、お与祢ちゃんもっと食べたいって」

「はいはい、お櫃《ひつ》も空だから、持ってきてもらいましょうね」

東様はにこにことお茶碗を受け取って、侍女にお櫃を取り替えるよう命じた。

すぐ持ってこられたお櫃から、東様が手ずからご飯をよそってくれる。

「どうぞ、お与祢ちゃん」

「ありがとうございます！」

「いっぱい食べて、大きくおなりなさいね」

お茶碗を持ってきてくれた東様にお礼を言うと、東様は嬉しそうに目を細めた。

東様は孝蔵主様に続く次席ポジションの女房。年の頃は寧々様と同じか少し上くらいだろうか。

おっとりとして面倒見が良く、家庭的な雰囲気を持つ女性だ。

家事の指揮などの家政能力を買われて、ここにいる人だからかな。バリキャリ系の孝蔵主様とは、綺麗な対になっている。

私にとっても、飴と鞭の飴な存在になりつつある方だ。だいたい孝蔵主様とセットでいらっしゃるからね。

孝蔵主様の手厳しい指導に私がしょぼ……とすると、適度にフォローしてくれる。

おこや様のお母さんでもあるし、私が親しい人の一人だ。

「東殿、わたくしめにもお願いします」

私が食事を再開するのを見届けてから、孝蔵主様が東様に自分のお茶碗を差し出した。

「孝蔵主殿も？　どのくらい盛る？」

「多めで頼みます。これから寧々様の名代で外出致しますので」

「まあ大変ね、じゃあ山盛りにしておきましょうね」

「や、山盛りは結構です」

「あらあら遠慮しなくていいのよ。たくさん食べて、お勤めに励みましょー」

孝蔵主様の制止を、しゃもじを片手に東様は右から左に流す。

そしておこや様そっくりな笑顔で、豪快によそったご飯をお茶碗によそう作業を始めた。

「孝蔵主殿は、鰯《いわし》の饅膾《ぬたなます》がお好きよね。今朝はいっぱい用意させてあるの、おかわりしてもいいのよ？」

にこにこな東様に訊ねられて、くっと孝蔵主様が唇を噛んだ。

三秒くらい溜めてから、小さく頷く。そんな孝蔵主様にえくぼを深くして、東様はおかずのおかわりを侍女に命じた。

孝蔵主様と東様は、だいたいこんな調子で仲が良い。

どうも孝蔵主様は、東様に胃袋を握られているようだ。

食事時やおやつ中の孝蔵主様は、台所を支配する東様に弱い。だいたい押し負けて、素直に食べ物を受け取っている。

バリバリな孝蔵主様が東様に転がされる姿には、妙な可愛らしさがあって好きだ。

おこや様と、ひっそりにやりと笑い合う。

さて、私も冷めないうちに、ご飯を食べよう。お茶碗を正しく持ち上げて、お箸で白米を掬う。品を保てる範囲で開けた口に、お箸を運んだ。

「お与祢はいるかしら？」

がらっと孝蔵主様の背後の襖が開く。

とってもご機嫌な雰囲気の寧々様が、にっこにこの笑顔で出現した。

びっくりしてうっかり、ご飯ごとお箸を咥えてしまう。

やらかした！　やらかした！　やっっっばい‼

焦ってお箸を口から出して孝蔵主様をうかがう。

わぁ、珍しい光景。孝蔵主様は、大好物を食べる寸前で固まっていた。

「寧々様、いかがされました？　朝餉、ご一緒しますか？」

おっとりと東様が寧々様に一礼をする。

ついでにご飯に誘ったよ、この人。度胸が大物だ。

寧々様は寧々様で、差し出された新しいお茶碗を、笑顔で東様に押し返した。

「ありがとうね、東。あたくしはもういただいてきたので、お気遣いなく」

山芋の焼き物が良い味だった、と寧々様が感想を言うと、東様のえくぼがさらに深くなった。

メンタル強いなあ。見習いたいくらいのポジティブだよ。

東様とにこにこし合ってから、寧々様が言葉を続ける。

「それでなんだけど、お与祢を連れて行っていいかしら？」

「お与祢ちゃんですか。何かございました？」

「ええ、少しね」

「あらまあ、それじゃしかたありませんねえ」

寧々様たちが、のほほんと残酷な会話を交わす。

えっ、私のご飯、ここで終了なんですか？

まだデザートも食べてないのに？　栗の甘煮って聞いて、楽しみにしてたんですけど⁉

泣きそうになりながら、おこや様を見上げる。目をすっと逸らされた。

「また母上に作ってもらってあげるから、諦めようね」

さよなら、私の栗。こんにちは、今日の仕事。わかってはいたけど、聞くとつらい。

しょんぼりしながら、侍女に膳を下げてもらう。ご飯は名残惜しいが、寧々様を待たせて食べる度胸は私に無い。

手鏡で確認しながら、口元を懐紙で拭う。リップが剥げたな。このあとで、お直しをする時間ってあるかな。

「んんっ、寧々様。与祢姫をどちらへお連れに？　本日は午後から、姫の茶の湯の稽古がありますよ」

やっと再起動をはたした孝蔵主様が、あわあわと口を開く。

私の指導に来る、与四郎おじさんを気にしているようだ。使いを出さねばならないとか、別日の予定を押さえなきゃと微妙に混乱している。

おじさん、あれで財界のドンだもんな。機嫌を損ねる可能性なんて、さすがの孝蔵主様も怖いか。

「心配ないわ、宗易殿にはあたくしが話を通しました」

「……は?」

「今日のお与祢のお稽古はね、予定を早めてこの後すぐにしたわ」

えっ? どういうこと?

茶の湯のお稽古に寧々様が付き合ってくださる、ということだろうか。

孝蔵主様もわけがわからないようだ。戸惑ったような、珍しいお顔をなさっている。

そんな私と孝蔵主様を、寧々様は悪戯っぽく見比べて、口元を三日月にした。

「お与祢、宗易殿直伝のお手前を、あたくしと竜子殿に振る舞ってちょうだいな」

「たつこ、さまですか?」

「そう、京極の竜子殿」

待って待って、寧々様。

そのお名前の人のこと、こないだ孝蔵主様に教えられたぞ。

その竜子様って、確か……。

「ふふっ、うちの人が今、一番寵愛している竜子殿よ」

あたくし以外で、と寧々様がうそぶく。

私のぎりぎり浮かべていたお仕事スマイルが、完全に凍てついた。

ははっ、正妻と愛人の間に挟まれるお茶会って……地獄かな？

◇◇◇◇◇◇

京極竜子様、という女性がいる。

お歳は数え二十四歳で、通称は京極殿。城奥においては、京極の方様と呼ばれている。

お生まれは私と同じ近江だが、生まれた家がとんでもない。

元近江半国の正統な守護にして、室町幕府の重鎮でもあった京極家だ。

しかも、由緒正しい源氏の血筋の、武家社会でも上から数えた方が早いかもしれない名家だ。

血統だけで語れば、織田も羽柴も京極に勝てない。そんなとんでもない家のお姫様が、竜子様である。

元は若狭かどこかのこれまた名家のご正室だったが、元旦那が本能寺でポカをやらかして敗死。

竜子様は捕らえられて、色々あって秀吉様の側室になった。

秀吉様が囚われの竜子様と接見したおりに、あまりの美しさにころっと惚れたとか、なんとか。

若い未亡人を愛人にするって秀吉様やらかしてくれるわ。

そのうえ寵愛が深いご様子ってどういうことですか。

秀吉様が竜子様の元に三日と置かず通ってるって、聚楽第の城奥では常識なんだよ。

寧々様の元にもあししげく通って、ラブラブするのと同時並行でだ。

いろいろと元気な天下人だ、いろいろと。

私は寧々様付きだから、竜子様にこれまで一度もお目通りをしたことはない。

寧々様の御殿から一歩も出ていないせいだ。

私がまだ城奥に慣れていないから、と寧々様は私をまだ表に出さない方針を取っている。

御殿の外には、私に良い感情を抱いていない人が少なからずいて、安全とは言いがたいからだろう。

だから来客があっても、基本的に前田のまつ様の時以外は同席させていただけない。

竜子様の方も、与えられた御殿からあまりお出ましにならないご様子だ。

調子が悪いのだとか、懐妊しているとかさまざまな噂が聞こえてくるが、本当のところはわからない。

有名人なわりに露出が少ない、ミステリアスなイメージの御人だ。

そんな人とのお茶会ですよ。しかも私が亭主で、あちらをおもてなししろですって。

緊張しない方がおかしいよね。


「ね、与四郎おじさん」

「別にぃ？」

寧々様に指定された、竹林を望む座敷の隣にて。

一緒に席入り前の打ち合わせ中の与四郎おじさんは、にたりと笑って私の苦悩を切り捨てた。

ひっっっど！　おじさんは常人以上に肝が太いけど、私は凡人で平凡な肝の持ち主なんだよ。微妙なバランスの関係にある人たちの交流の場にぶち込まれたら、胃が死んじゃうよ。

「気まずさで胃の腑が痛くなってくる……」

「なんでや？」

使う茶碗を拭きながら、与四郎おじさんが聞いてくる。

「だって、その、御正室と御側室が同席の茶会じゃない？」

「それがどないしたのや」

「どないって、どないもこうも」

棗《なつめ》に抹茶を入れる手を止めて、与四郎おじさんを睨む。

私はその御正室の寧々様の女房なんだぞ。

寧々様の前で竜子様に下手なことは言えないし、そもそもどういう人間関係があるのかも教えられていない。

素直に愛想を良くしていいのか、それとも表面的に振る舞えばいいのかすら判断がつかない相手だ。非常に気を使うから、えらいストレスになる。

棘を含ませた私の視線に、与四郎おじさんは横目で応える。口元がにやりと片方、わざとらしく吊り上がる。

綺麗に拭いた茶碗を避けて、私の方へ体の向きを変えてきた。

「あんなあ、お与祢ちゃん。茶の湯に浮世の煩わしさを持ち込んだらあかんで」

「え、でも」

「茶席はな、浮世やない。いっつもいっつも、わては言うとるやろが」

呆れたように、与四郎おじさんが鼻を鳴らす。

「あすこに一歩踏み入れれば、人はみな只人や。肩書きも身分も塵やで、塵。気にしたらあかん」

わかるか、と与四郎おじさんが目を合わせてくる。

眼力が鋭い。真剣の鋒《きっさき》にも似ているそれは、気の良い与四郎おじさんのものではない。

茶の湯の極地に至った茶聖のそれだ。

ならば私は千利休の弟子として、弟子らしく振る舞わなくてはなるまい。

「心得違いでございました、御師匠様」

「よろしい、これからも励まれい」

頭を下げる私に、与四郎おじさんが千利休として返す。

鳥が鳴く。長閑《のどか》なさえずり一つで、ふっと空気が緩んだ。

「ま、たーった二年で至れる心構えでもないわな!」

与四郎おじさんが大口を開けて笑い出す。

その顔はすっかり、お茶目でひょうきんな与四郎おじさんだ。

「ゆるゆる場数を踏んでいきなはれ。商売とおんなしや、回数をこなしたらなんとのう身に付くもんやしなぁ」

「はは、その場数って何回踏めばいいんだろうねぇ」

「んー……千回くらい？　弁慶みたいになるかもしらんけどぉ」

慌てて袖で口を覆う。

やっっっぱ。すんでのところで、抹茶が飛び散る大惨事を免れた。

なんてことしてくれるんだ、このおじさんは。

ひくつく口元を隠したまま、与四郎おじさんに向けて瞼を落とす。

「ちょっともうっ！　笑かさないでよ！」

「すまんすまん、でも落ち着いたやろ」

にたにた笑う与四郎おじさんに肩を突かれる。言われてみれば、肩の力が抜けていた。

緊張はどこかに飛んでいって、いつもの私のコンディションに近い。落ち着いた状態で、亭主をこなせそうなくらいだ。

「さぁて、ほないこか」

よっこらせという感じに、与四郎おじさんが腰を上げる。

「わてもおるし、心安う茶を立てなはれ。ああ、そうそう」

続いて立ち上がる私を見下ろして、与四郎おじさんが片目を瞑る。

「今日の茶菓、お与祢ちゃんの考案したカステイラで小豆の餡を挟んだどらやきやで」

神かな、与四郎おじさん。

やる気が俄然《がぜん》湧いてきたんですが！

◇◇◇◇◇◇

笹の葉音のさらさらとしたBGMが、座敷に良い感じの趣きをもたらしている。

竹林といえば、夏のイメージがなんとなくあったけれど、秋の竹林もなかなかだ。

ヒーリング効果たっぷりで、静かに楽しむ茶の湯にぴったりな空間を演出してくれる。

おかげで私も普段通りの御手前を披露できた。

手慣れた薄茶手前だったのもあるが、与四郎おじさんの言う境地を感じられたよ。

まあ、端っこに小指がかかった程度だけどね。

茶道具を片付けて、席に戻る。襖を開くと、与四郎おじさんは寧々様と茶碗を前にきゃっきゃしていた。

あれ、今日使った茶碗だな。酸化亜鉛をふんだんに使った、花釉《はなゆう》と呼ばれる新製品だ。

これはコスメ以外の酸化亜鉛の使い道を模索している中で、偶然誕生したものである。決まった分量で酸化亜鉛を釉薬に添加すると、陶器の表面に花のような結晶が浮かび上がるのだ。

たぶん令和の頃に花結晶と呼ばれていた陶磁器と、同じ原理でできているのだと思う。

あの頃の私が清水焼のお店で見かけた花結晶のカフェオレボウルは、すごく可愛かった。

白地で下の方がピンク色に染められ、結晶がまるで桜の花のようだった。

せっかくだから似たものが欲しくなって、与四郎おじさんに頼んで窯元へ発注してもらったのだ。

「良い薄紅ねえ、こうしてみると花筏《はないかだ》のようじゃないの」

「左様でおざりましょう？　与祢姫様御考案の意匠でしてな、女人の茶席にぴったりの品かと」

にこにこアピールしないで、与四郎おじさん。寧々様が目をきらきらさせてこっちを見てきたよ。

ごめんなさい、寧々様。デザインセンスはないですよ、私。

これは昔見たデザインを復元しただけだから、新規デザインをしろなんて無茶振りはしないでくださいね？

「一つ、普段使いにほしいわね」

「せやったら後日、色違いの品をお持ちしましょか？」

「うちの人と揃いにしたいから、一緒に拝見させてちょうだいな」

おじさんの提案に、嬉々として寧々様が乗っていく。与四郎おじさんも満面の笑みだ。

待て待て、ここで商談しないで、茶聖。さっき茶室は浮世じゃないって言った口で、何を言い出すの。

浮世のど真ん中の話題を持ち込むとか、矛盾しすぎて乾いた笑いが出そうだよ。

寧々様も隣をご覧ください。隣にいるのは旦那の愛人さんですよ。旦那とペアマグ買っちゃおっかなーって話を聞かせるって、マウントですか。

ほらほら竜子様のお顔が……ぜんぜん変わってないな。

天正式の濃いめメイクのお顔は、ぴくりとも動いてない。

切れ長の目を縁取る睫毛《まつげ》を軽く伏せ、小さめの唇は一切開かない。目鼻立ちがどことなく寧々様に似た感じもするが、表情が無すぎる。

若い頃の寧々様を人形にしてみました、みたいな雰囲気だ。人間味が薄すぎて、感情が読み取れない。

はらはらと見守っていると、寧々様が竜子様の方へ向いた。手には例の茶碗。それを竜子様に差し出して、にっこりと微笑む。

そして寧々様は、私の小さな肝を踏みつける発言を投下した。

「竜子殿もどうかしら。茶碗、今度あたくしたちと一緒に見る？」

何を言い出すんですか、寧々様。真正面から喧嘩を売ってどうするんですか。

やばい、やばいよ。修羅場が発生しちゃうよ。

与四郎おじさん止めてよ。寧々様に意見を言える人間は、この席でおじさんだけなんだよ。

平静を必死で装いながら、与四郎おじさんへ目配せをする。

しかしおじさんは、にっこり笑って棗を撫で始めた。気配がかぎりなく、薄くなる。

このおっさん、この場にいながら逃げた。

私にもその技術、教えてよ。私もいるけどいない者になりたいよ。いますぐに！

「……よろしいのでしょうか」

内心で与四郎おじさんに罵詈雑言を浴びせていたら、唐突に竜子様が喋った。

声、初めて聞いたよ。寧々様のアルトほどじゃないけれど、心持ち低めかな。

しっとりとして耳触りが良い、どこか艶めいたお声だ。声フェチの人が喜びそう。

でも、感情が搭載されてないから、聞くと不思議な感覚におそわれるんだが。

「いいのよ、貴女もあたくしたちの家族なのですから」

「恐れ多いことに、ございます」

「あらこの子ったら、かしこまらないでちょうだいな」

目を細めた寧々様が口元を、扇面に桐葉と牡丹の描かれた扇で隠す。

家族？　どういうこと？

側室とは形式上、寧々様の部下だ。端的に言えば、私たち女房と同じく使用人である。

仕事が秀吉様のご寵愛を受けるって、特殊な内容であるというだけの違いしかない。

寵愛を受けるに足る身分と、それゆえの厚遇に預かる違う存在に見えがちだけどね。

だから羽柴の家族にはなり得ないはず、なのだか。

「お与祢、こちらへ」

寧々様が私を呼ぶ。

今は側に行きたくなかったが、呼ばれたなら行くしかない。

淡く微笑んで一礼し、寧々様のお側へ足を進めた。隣に座ると、寧々様はいつもどおりに私の肩を抱いてくる。

気安い態度に、さすがに竜子様も驚いたのだろう。本来ならば眉がある位置が、ぴく、とほのかに動いた。

「紹介するわね、竜子殿。こちらはお与祢。山内対馬殿の姫で、あたくしが先日、御化粧係として召し上げたの」

「さようですか。少々幼《おさの》う、ございますね」

「まだ八つなのよ。可愛いでしょ？」

竜子様の視線が、ちら、と私に向く。黒目がちな瞳には、感情がやはり見えない。

気持ちが落ち着かなくて、もじもじしたくなってくる眼差しだ。

「この姫が、ですか」

ややあって、竜子様がぽつりと呟く。

「そうよ。この子が、あたくしを幸せにした鸞」

感情の籠らない声に、寧々様はにこにこと頷いた。

「貴女にうちの人の子をもたらしてくれる、瑞兆よ」

寧々様の言い放つセリフに、意識が若干遠くなる。

茶碗のデザイン以上の無茶振りがきちゃったよ、ねえ。

そっち方面の期待をされていて、多少お力添えをできたらがんばろうとは思っていた。

でも確定で子供を授けてくれる、便利アイテムみたいに語るのはやめてほしい。

無理だから、本当に。私にあるスキルは、美容分野の知識と経験のみだ。スキンケアやメイクで竜子様を美しくできても、ご懐妊に導く能力は無い。

期待されて叶わなかったら、やばいよね？

控えめに言わなくても恨まれたりとかなんとかしちゃうよね⁉

「寧々様」

「なにかしら」

「恐れながら、私を買い被りなさらないでくださいまし。身の縮む思いがいたしますわ」

頼むからもうやめて。気持ちを込めて、表面だけ微笑んでお願いする。

寧々様は、あらあら、と扇の陰で笑い飛ばした。

「謙遜せずとも良いではないの。貴女の手入れや助言を受けて、あたくしは最近とても健やかになったのよ。幾つも若返ったようだって、うちの人も言ってくれているわ」

「もったいないお言葉でございます。ですが、その、子宝に関しましては」

「貴女の母君、また懐妊したのですってね」

「……お耳が早うございますね」

「うふふ、千代から直接文で聞いたのよ。貴女の助言で、また懐妊できましたって」

うっ、と言葉に詰まる。

そうだ。私が城奥入りした直後、母様の懐妊が判明した。

前回の出産から一年足らずの妊娠だ。ちょっと早くて驚いた。

ノ貫おじさんの見立てでは、出産後の回復が早かったからではないか、ということらしい。

母様の肥立ちが良くなるよう、色々私が口出ししたせいだ。たぶん。

前世の姉が妊娠で体調を崩して里帰りした際に、妊婦さんの美容や健康に関する勉強をしてたんだよね。

妊娠線ケアとか、栄養管理とか運動方法とか。

産後もどうしたら早く元気になれるか調べて、できる範囲でサポートしていた。

それをそのまま、母様にも様子を確かめながら、可能な程度で実践したのだ。

だから母様は、あれだけ大きな松菊丸を産んでもわりと元気だった。

回復も順調に進んで、わりと短期間で元の母様になった気がする。

でも、それと妊娠はちょっとしか関わりないんじゃないかな⁉

「薄くても関わりがあるのなら、あたくしは賭けるわよ」

私の心の声に応えるように、寧々様が言う。

賭けられても困りますって。そう言えたらどんなによかったか。

皮一枚下で震え上がる私をよそに、寧々様が竜子様に視線を移す。

「そういうことです。これからしばらく、毎日貴女の元にお与祢を連れて行くわね」

いいかしら、と寧々様に言われて、竜子様はしずしずとこうべを垂れた。

了承、なさったのかな。あっさり言うこと聞いたな、竜子様。

寧々様との間の上下を、思った以上に弁えていらっしゃる。

あまり、血筋や出自を鼻にかけない方なのかな。

「お与祢、と言ったか」

お顔を上げた竜子様が、話しかけてくる。抑えめの声だが、不思議とはっきり耳に届く。

お返事をすると、竜子様の口の端が微かに動いた。

「よしなに頼む」

わ、笑った？　これは笑ってらっしゃる、ってことかな？

一応は好意的に受け入れてくださった……と解釈していいのだろうか。

とても判断に困るが、都合よく受け取らせていただこう。

ネガティブに考え始めたら、胃がもたない。礼を失しない程度に深呼吸をして、畳に指をつく。

「はいっ、京極の方様のために力を尽くさせていただきます」

垂れた私の頭の上に、満足げな寧々様の笑い声が降り注いだ。

◇◇◇◇◇◇

お茶会はその後、寧々様の宣言ですぐに終了した。

さっそく竜子様の御殿に行って、まずはスキンケアやメイクから試していきましょうってことらしい。

行動があまりにも早すぎる。表情の変わらない竜子様すら、微かに困惑のような気配を滲ませていたほどだ。

寧々様の夢はよくわかっているつもりだが、めちゃくちゃ急いていらっしゃる。そんなに秀吉様の子供が欲しいのかなあ。

竜子様の手を引いて、心なしかうきうきと寧々様が退出した後、私は与四郎おじさんから新規入荷を受け取った。

中身はコスメやスキンケア用品と、それから化粧筆やビューラーなどの道具。

良いものがたくさん仕入れられたから、すぐに竜子様へ使えそうだ。

とりあえず、令和風メイクを試していただこっかな。寧々様に似た人だから、きっとますます秀吉様が気に入るように仕上げられるだろうし。

子供が欲しかったら、御渡りを増やさなくっちゃ始まらないもんね。


与四郎おじさんと別れて、そのまま必要なものを抱えて城奥へ戻る。

目的地は竜子様の御殿だ。迎えに来てくれたお夏たちを引き連れて、一直線に向かう。

途中で竜子様のところの女房が待っているから、そこまではそうしろって寧々様が言っていた。

嫌な視線に晒されて気分が悪いから、できるかぎりの早足で廊下を歩く。

待ち合わせ場所と教えられていた、薮椿《やぶつばき》が植わる庭近くにたどり着く。

廊下の端に、竜子様と同い年くらいの若い女房さんがいた。

薄いベージュの打掛の彼女は、私を見つけるとほっとしたように駆け寄ってくる。

「山内の姫君ですね」

「さようでございます。あなたが京極の方様の？」

「はい、萩乃と申します。京極の方様に申しつけられてまかりこしました。こちらへどうぞ、ご案内します」

ほっとして頷いて、萩乃様の後に続く。

道中ちょっと話したら、彼女も私と合流するまで変なやつに絡まれないか不安だったらしい。

寵姫の女房だから、結構よその女房とかに絡まれやすいそうだ。

竜子様が正室じゃない分、寧々様付きの私たちより遠慮無しに嫌がらせを喰らうらしい。

こっっっわ。上には上の苦労をしている人がここにいたよ。

お互い苦労しますね……、と乾いた笑みを浮かべ合って歩く。

萩乃様とも、ちょっと仲良くなれそうだ。

もうすぐで竜子様の御殿に着ける。そう萩乃様が教えてくれた時に、ふと視線を感じた。

「……？」

ただ、見ているといった感じの視線だ。

肌を抉《えぐ》るような悪意の棘も、子供を愛でる温かさもない。風景をほんやり眺めるような、見るという行為をしているだけ。

そうとしか言いようがない視線が、私に向いている。

誰だろうか。気になり始めると落ち着かない。萩乃様に相槌を打ちながら、視線の元を探す。

廊下の前や後ろ、通り過ぎていく部屋の中にはいない様子だ。

と、なれば庭か。

つい、と横目を庭へやる。苔《こけ》むした広い庭には、庭木と庭石がぽつぽつと配されている。

その合間に、リンドウが淡い紫の花を揺らしていた。

花畑と呼ぶには少し寂しい、秋の庭。その奥へと続く踏み石の道から、視線の気配がする。

踏み石の中ほど。大きな庭石の傍らに、人がいた。


うら若い美女だった。

陽の光を透かすような白い肌。光の加減で亜麻色に見える髪。

木漏れ日を受ける面立ちは、ただただ可愛らしい。

すぅ、と高い鼻筋はまっすぐで、まだ剃っていない眉は優雅な曲線を描いている。

ふっくらした唇はほんのり開いていて、はっとするほど朱い。

体つきはすらりと背丈が高く、遠目にもほっそりとしている。

羽織っている淡いグリーンの打掛を相まって、まるで雪柳の精のようだ。

そんな妖精のような彼女が、私を眺めている。

溢れるような黒真珠の瞳が、私を映している。


――――ぞくりと、した。


「山内の姫君、いかがされました？」

萩乃様の声で、我に返った。肩を跳ねさせて、萩乃様を見上げる。

ことんと首を傾げる彼女の表情は、きょとんとしている。庭からの視線に、気づいていない顔だ。

嘘でしょ、あんなに見られているのに。

慌てて庭へ目を戻す。淡いグリーンの打掛の背中が、音もなく遠ざかっていくところだった。

今なら、萩乃様に聞けば、あれが誰だかわかるかも。

「なんでもありませんわ」

口を開こうか迷ったが、結局やめた。

なんとなく、藪蛇な気がしたのだ。触らぬ神に祟りなしともいう。正体を探るのは、やめておこう。

「リンドウが綺麗だなと、見惚れていたんです」

「まあ、姫君もそう思われます？　わたくしもこの庭の竜胆が好もしく思っておりますの！」

そらした話題に、萩乃様が食いつく。

調子を合わせながら、先ほどの誰かを頭から追い払う。

竜子様の居室に着くまでに、忘れてしまいたい。

そう、強く強く意識しながら。

◇◇◇◇◇

お湯を張った角盥に、蒸し手拭いをたくさん。

手拭いは保温したままにできるように、蒸し器と釜を掛けた風炉とセットだ。

最近はこの一式のおかげで、メイクに使うお湯や蒸し手拭いの用意がとっても楽になってきている。

携帯可能な炭団《たどん》が、やっと実用化できた成果だ。

今の時代、炭というのは高い燃料である。作るのにも材料を調達するのにも、結構コストが掛かる消耗品なんだって。

けれども、美容趣味にはたくさんお湯が要る。洗顔にはぬるま湯を使いたいし、毎朝白湯で体を温めたい。蒸しタオルや蒸気スチームで肌を潤したり、手をお湯に浸けてのハンドケアもしたい。

美容のためにも、なんとか手頃な価格で安定的に使える燃料がないか。

一生懸命に考えて、やっと思い出したのが炭団だったのだ。

砕けた炭の粉や規格外の炭を砕いた粉を、海藻の粉を繋ぎにして丸めて成型した固形燃料だ。

火力は弱いけれど火持ちは良いので、ちょっとした調理や火鉢に向く。

小さく作れば持ち運びもしやすく、売れない炭の良い使い道にもなるんじゃないか。

そう思って、昨年の冬に与四郎おじさんへ提案しておいてよかった。

携帯ＩＨヒーターの代わりに、令和の頃のお茶席で見た風炉の構造を思い出して、それっぽいものを作ってもらった。

デザインに凝ったら、お茶席で使うと映えるんじゃない？　ってプレゼンしたら、与四郎おじさんが思いっきり食いついて面白かったわ。

ほんと、がんばってくれた職人の皆さんありがとう。

マジで助かってます。

「お与祢、用意はできたかしら？」

上座でくつろぐ寧々様が、私に声を掛けてきた。側に竜子様と東様を控えさせて、目をキラキラさせていらっしゃる。

寧々様、わりと人がメイクされているところを見るの好きだね。

初めて会った時に、私がまつ様のメイクをするところを見て、はしゃいでいらしたことを思い出す。

「それでは京極の方様、こちらの褥《しとね》へお横になってくださいませ」

うやうやしく竜子様に一礼する。

竜子様は汚れ対策のため、シンプルな寝間小袖に着替えていた。

さきほどの黒地に赤い紅葉柄の打掛姿より、ほっそりした印象が強くなっている。

思った以上にスリムなんだな、竜子様。

あんまり動かない上流階級の貴婦人にしては、珍しいくらいの細さだ。

今のトレンドは普通よりややぽちゃなんだが、太りにくい体質とかそういうのなんだろうか。

そんなふうに思っていると、竜子様がことんと首を傾げた。

「なにゆえに？」

褥と私をちらりと見比べて、少し不思議そうにおっしゃる。

メイクするのに横になれって言われて意味わかんないって感じか。

説明しないと不審がらせるだけだし、これは一から話さなきゃだめな感じか。

メイクオフとパックの用意をお夏にまかせ、私は腰を上げて竜子様の前に進み出る。

安心していただけるよう微笑みかけて、口を開いた。

「これから、竜子様のお化粧を落とさせていただきたいのです」

「化粧を落とす……？」

「はい、こちらをご覧ください」

持ってきた香合を開ける。

中には白くてどろりとした、モクロウとあんず油のクレンジングバームが入っている。

最近作った自信作だ。あんず油ってね、最強のフェイシャル&ヘアケアオイルの一つなんだよ。

皮膚を軟化させる優れた効能を持っていて、新陳代謝を高めてくれる効果まである。

その上、皮膚の再生に向くから傷やできものにまで効く。

まさに最強。これをフェイシャルケアに使わなくてどうするんだって話。

与四郎おじさんに炭団と風炉のセットと引き換えに作ってもらえてよかった。

後は安定供給が叶えば、言うことないんだけどな。

そんな逸品を、竜子様の前に差し出す。

しげしげと眺める彼女の表情は、相変わらずほとんど変化がない。大丈夫かと思いつつも、気を取り直して私は説明を続けた。

「これはモクロウと杏《あんず》の種から取った油の軟膏です。お肌を傷めずにお化粧を綺麗に浮かせながら、お肌を柔らかくして潤いを与える効能がございます」

お手を、とお願いして、手を出してもらう。

おそるおそる差し出された手に、木匙《スパチュラ》でひとすくいしたバームを落とす。

冷たかったのか、竜子様の肩が僅かに跳ねる。

でも私が両手で手を包んであげると、ふっと力を抜いてくれた。

そのまま軽くハンドマッサージを施す。

このバーム、ハンドクリームとしても優秀なのだ。

仕事柄、しょっちゅう手をアルコールで消毒する私やお夏たちも常用している。

使い続けると手がかっさかさになるんだよ、消毒用アルコールのやつ。

必要なこととはいえ、美容の専門家の私たちの手がかっさかさなのはいただけない。

だからハンドクリームでハンドマッサージをするのは、日常だからこそのお手の物。

丁寧に指の一本一本までバームを塗り込めるころには、竜子様の無表情も心無しか柔らかくなっていた。

「お手が柔らかく、しっとりしておりますでしょう?」

「……さようだな」

「今のような按摩を、軟膏を使ってお顔にも施すのです。そのおりに竜子様にお横になっていただけると、お手入れをさせていただきやすくなるのでございます」

よろしいでしょうか、とうかがうと、竜子様は小さく頷いた。

すぅっと立ち上がって、褥に向かってくれる。

竜子様もわりと高身長だな。女性にしては背の高い寧々様と、あんまり変わらない。

秀吉様、身長高い女性が好みなのかな?

後を追って、褥の側に戻る。横になってくれた竜子様の衿《えり》をくつろげさせていただき、タオルで衿を覆った。

「それでは始めさせていただきます。お目を閉じて、お体を楽になさってくださいませ」

声を掛けて、バームをたっぷりと取る。

手の温度をしっかり移してから、竜子様のお顔に伸ばしていく。

メイク濃いなあ。しかも使っている白粉が鉛白粉なのかな。触っている感じ、ちょっと乾燥が酷い。

絶対に今後使うファンデは、酸化亜鉛製にチェンジしてもらわなきゃな。

このままだと、竜子様の寿命が縮む危険がある。子供を望むなら、子供にも悪影響だ。

だってね、母親や乳母の使っていた鉛白粉のせいで、幼児が深刻な鉛中毒にかかる例はね、歴史的にいっぱいあるんだよ……。

江戸時代の将軍家の子なんかは、その最たる例。

コスメの歴史を学んで知ったが、当時の高貴な人の乳母は胸まで鉛白粉を塗っていたらしい。

そんな胸で授乳されたら、赤ちゃんは思いっきり鉛を経口摂取してしまう。

脆弱な赤ちゃんにとって、これは致命的にもほどがある。

この天正の世でも、江戸時代に近いがっつり白粉を塗りたくるメイクがまだ主流だ。

首尾よく子供が産まれてきても、この城奥のメイク事情は危険に満ちている。

竜子様が授乳しないとしても、乳母が鉛白粉を塗って授乳したらアウトだ。

私の使命には、そういった危険の排除も含まれているのだ。

あとで竜子様や竜子様のお側にいる人たちへ、しっかりじっくり酸化亜鉛のファンデのメリットと安全性について語って聞かせねばだね。

そして鉛白粉も水銀白粉も、竜子様の側から消えちゃえ。

もっと言えば、羽柴の城奥から確実に消え去っちゃえ。

いまだに市場から駆逐できない毒白粉に敵愾心《てきがいしん》を募らせつつ、クレンジングとフェイシャルマッサージに励む。

そうしてやっと、竜子様の地肌が徐々に私の目の前にあらわれる。

ん？　なんか、白すぎ？

（……っていうか、青白い？）

「与祢姫様？」

手を止めた私に、お夏が小声で話しかけてくる。

いけない。今はクレンジングを落とすことに専念しなきゃ。

「なんでもないわ、蒸し手拭いもう一枚ちょうだい」

気を取り直して汚れたバームを拭っていく。肌の調子を確かめるには、全部落とすしかない。

おでこ、頬。お鼻に口元から、首筋とデコルテ。真っ白に塗られていた竜子様の肌を、どんどん拭っていく。

そして、全貌がはっきりした竜子様のお顔に、私は絶句した。

「姫様？　姫様、いかがされましたか？」

再度フリーズした私に、お夏が不安げに声を掛けてくる。

気づけば寧々様や東様、萩乃様たち竜子様の女房たちも私に目を向けていた。

まずい。露骨な驚きが顔に出たりでもしちゃったかな。

でも、取り繕える余裕がちょっとない。

「……いかがした？」

横になっていた竜子様が、静かに声を発した。

私を見上げてくる顔は、白い。

白いなんてもんじゃない。青白いのだ。頬どころか唇まで真っ白で、恐ろしいほど血色が悪い。

少し頬も痩《こ》けている気がする。そういえば、デコルテも鎖骨が浮きすぎてたな。

目元のくまも酷い。こんなはっきり青黒いくまなんて、そうそうお目にかからないよ。

青白さと相まって、なんというか病的だ。

いや、病気だろ。女性特有でもないけど、罹患率の高いやつ。

私もよく知ってる、令和の頃の女性にもわんさかいたあの疾患の可能性が高い。

（……聞いてみようかな）

いやでも、かなりデリケートなことだ。

ついさっき会ったばかりの私に指摘されたら、竜子様は気分を害するかも。

後で寧々様から聞いてもらうって手もあるけど、後回しにしてもいいものか。

手を打つ前に竜子様に何か無いとも限らないし……うう……。

時間にして、どのくらい迷っただろう。

五秒も無かったかもしれないが、散々迷った末に私は表情を引き締めた。

「京極の方様、おたずねいたしてもよろしゅうございましょうか？」

手を付いて、竜子様のお顔を覗き込む。

メイクを落としたらさらに若々しく、なのに弱々しくなってしまったお顔を、じっと見つめる。

「よい、何か」

ややあって、竜子様は許してくれた。その許しに、私はそっと息を吸い込む。

覚悟は決めた。竜子様、怒らないでくださいね？

怒られたら、小心な私が泣くかもしれないし。

「月のものは、毎月きちんと来ていらっしゃいますか？」

次の瞬間、座敷の空気が凍てついた。

やっぱりこうなった。でも止まれない。ご懐妊を望むなら、無視して良い問題ではない。

それとなく、この場の面々の様子をうかがう。

竜子様本人も、寧々様や東様、竜子様の女房たちも全員フリーズしていた。

都合が良いと捉えておこう。今なら止められる心配はない。

「京極の方様、質問を変えます。近頃、意識して食事を細くするなど、なさっているのではありませんか」

次弾を口から発射する。これなら少しは答えやすいだろう。

竜子様の視線が、斜めに下がった。都合の悪いことを指摘された子供みたいな仕草だ。

あらま、図星か。もうわかっちゃいたけど、やっちゃってるな。

ハンドマッサージで触った手の爪も、そういえばスプーンネイルだった。

これは、間違いないかもだ。深く息を吐いて、予想をきちんと確定させるために質問を続ける。

「もしや、夜に眠りにくい日が多いのではないでしょうか」

「……」

「今のようにゆったりとしていても、とても疲れていらっしゃいますね」

「……それは」

「少し歩いたら息が切れることも、よくあるのでしょう?」

私の重ねた問いに、竜子様の瞳が揺れる。唇を淡く開いては閉じ、浅い息を零す。

そうして酷くためらいながらも、やっとというふうに口を開いた。

「……なぜ其《そ》の方《ほう》は」

「控えよ！　痴《し》れ者が!!」

竜子様の小さな声に、激しく鋭い声が覆い被さった。

心臓が跳ねる。声の方へ振り向く。

竜子様の女房たちの中の一人が、立ち上がっていた。

老婆までは行かないが十分に年嵩の女房が、私をまっすぐ睨んでいる。

「竜子様に対して、なんっと不躾な物言いか。北政所様の女童とはいえ、戯言《ざれごと》にも限度があるぞ！」

ヒステリックな怒声がガンガン放たれる。

わぁお、めちゃくちゃ興奮してらっしゃる。かつて役所の窓口やスーパーのレジで見かけた、クレーマーそっくりだ。

おばさん、落ち着いて。あと私は女童じゃなくて女房です。

いや、無理かな。それも理解できないくらい、感情に支配されてるって感じだもんね。

こういう時にこっちも感情を見せると、更にヒートアップするタイプと見た。

勢いに怯んだら、相手の思うつぼだ。落ち着いて対処しなくちゃ。

深呼吸をして、荒れるおばさんに軽く頭を下げる。

「急にたくさんおたずねをしてしまい、申し訳ございませせぬ。ですが、どうしても確かめねばならぬ、急を要する大事なことでして」

「大事ならば無礼も許されると⁉　其の方はそう申すか！」

「そう聞こえたなら申し訳ございません。言葉が至りませんでしたが、決してそういった意図はございません」

接遇研修で叩き込まれた対クレーマー対応を思い出して、丁寧に淡々と返事をする。

ここまで興奮した相手になら、一周回って冷静に対応できるもんだな。

そんな私の態度に、おばさんは頬をひくつかせる。

「お、大飯局《おおいのつぼね》様っ。そこまで、そこまでで……！」

「ええい離せ！　萩乃っ！」

「落ち着いてくださいましたら離します。ですのでどうか……っ」

硬直が解けた萩乃様が、おばさんの袖を掴む。

ちらちらと上座の寧々様たちに視線を送りつつ、なんとか収めようと必死だ。

寧々様と東様、動かないのですか。

どうして扇や袖で口元を隠して、黙って事態を見守ってらっしゃるの。

他のお側に控える方は間に入りたそうだけれど、寧々様と東様がそれだから出るに出られない様子だ。

寧々様と視線が合う。すっと、目を細められた。

自分で捌《さば》いてみせなさいってこと？

難しいことを、と思うがしかたない。これからも似たようなこと、いっぱいありそうだもんね。

実地でちょっとずつ慣れるしかないか。

寧々様の御化粧係でいるためには、このくらいできなくてどうするのって話だもの。

「ほうけた顔を竜子様にお見せするなっ」

「大変失礼いたしました」

飛んできたおばさんの叱責に、深々と頭を下げる。

おばさん、本気でムカついているんだろう。あるいは私に舐められてると思ったかも。

目尻の皺が深いまなじりが、縦になる勢いで吊り上がっていく。

大丈夫かな？　こんなに急激にヒートアップしたら、頭の血管が心配だ。

心配になって頭を上げつつ顔色をうかがうと、おばさんが一歩踏み出してきた。

ばさりと打掛を捌く音とともに、萩乃様を蹴り飛ばす。

その勢いのまま、まっすぐこちらへ突進してくる。

（怖っ！　こっっっわ!!　おばさんめっちゃこわ!?）

迫り来る白塗り老婆はホラーがすぎる。まだ昼なんですけど。

軽くのけぞった私と竜子様の間に、突撃してきたおばさんが割り込む。

近いっておばさん。恰幅がいいので圧迫感たっぷりの壁みたいだ。

お夏が私の腕を引いて、背中に避難させてくれる。

だが、距離ができても安心できない。おばさんの極太の氷柱みたいな視線が、ぶすぶすと私に突き刺さっている。

「ではどういう意図か、言うてみい」

「京極の方様のお体を案じてのことです」

威圧的な声に怯んだ自分を隠して、できるかぎりゆっくり返事をする。

感情をあまり込めずに、落ち着いて淡々とした感じで。

相手の感情に呑まれないよう心掛けて、言葉を繋ぐ。

「お方様の肌やお顔色の様子を拝見して、早急に対処すべきと断じました。ゆえに、急いておたずねしてしまいました」

「竜子様を無作法の言い訳にするでないっ！」

「言い訳に聞こえましたら、申し訳ございません」

お夏の後ろで、もう一度頭を下げる。

しんどいけど相手がクールダウンするまで、こうし続けるしかない。

クレーマー対応ってのはそういうものだ。

ま、適当なところで止まらなきゃ、上司の強権ってカードを切るんですけど。

「ですが、お方様はとても危険な病やもしれぬのです。もしそうならば、ご懐妊どころかお命に障りますから」

「竜子様が病だと⁉　戯けた嘘を重ねるな‼」

おばさんの表情がますます歪んで、ダンッと強く畳を踏み込んだ。

お夏の真横に、おばさんが進む。私へと、更におばさんが迫る。

「お局様、おやめください！」

萌黄の小袖の腕が、おばさんと私の間に伸びる。

感情を抑えながらも鋭いお夏の制止に、おばさんの怒りが頂点に達した。

ふくよかな腹に結ばれた帯から、豪華な扇が引き抜かれる。

「このっ！　慮外者の地下人がっ！」

振りかざされた扇が、風を切る。毅然とおばさんを見据える、お夏に向かって。

鬼気迫るおばさんに声が出ない。

怒らせすぎた。そう思ってももう遅い。

お夏を逃さなきゃ。突き飛ばそうにも間に合わない。

黒い髪が、ふわりと私とお夏の視界を遮った。

「やめよッ」

扇を肌へ強かに叩きつける、耳にも痛い音が響く。

「あ……」

間の抜けたおばさんの声とともに、その手の扇が零れ落ちた。

ぽとりと畳に落ちた扇を、白すぎる手が取り上げる。

「やめよ、大飯」

打たせた腕を庇いながら、膝立ちの竜子様がおばさんを見据えて言う。

その声は、嘘のように強い。

張りは今一つだけれど、帯を引き締めるように周りの空気を引き締める強さがある。

竜子様の手にした扇が、立ち尽くすおばさんに突きつけられる。

「慮外者は貴様だ、たわけ」

「た、たつ、」

「妾《わらわ》を担いで尊大に振る舞うな。いささか以上に度が過ぎておるぞ」

静かな口調だが、端々に怒りが滲んでいる。

この人、ちゃんと感情があったのか。

驚いている私とお夏に、竜子様が振り向く。病んでも美しい横顔は、やはり無に近い。

でも、きちんと私たちに心を配っているふうが見てとれた。

「大事はないか」

「は、はいっ、ですが、京極の方様、腕が」

「案ずるな、かすり傷よ。折れはしておらんだろう」

……発言が、男前すぎません？

豹変っぷりに唖然としている私たちを置いて、竜子様が上座へと体を向けて座った。

「北政所様、我が老女がお見苦しいところをお見せいたしました。平にご容赦を」

切れの良い所作で、竜子様は寧々様に平伏する。

畳に額をぴったり当てるほど深いそれに、おばさんは金切声を上げた。

「おやめくださいっ！　何をなさっておられるのですかっ⁉」

竜子様の腕を掴んで、おばさんは平伏を解かせようとする。

でも竜子様は平伏を解かない。地に縫い付けられたように、寧々様にこうべを垂れ続ける。

ぎゃあぎゃあと一層騒ぎ立てられても、意にも解していない。

息を上げたおばさんの顔に、青筋が立つ。

おいおい、主に向けて良い顔じゃないよそれ。

「高貴な貴方様がなぜかように謙《おもね》られるかっ。矜持は無いのですか！　大飯はかなしゅうござ」

「黙りゃ」

竜子様が、ぎろりとおばさんを睨む。

ひ、と喉を鳴らして黙ったおばさんに憐れむような一瞥《いちべつ》をくれて、竜子様はもう一度寧々様に平伏した。

「お騒がせいたしました」

「いいのよ、気になさらず」

おっとりと寧々様が微笑む。

あ、目が笑っていない。遠目にもわかる。

怒っている、わけじゃない。ぎらりと一瞬光ったから。

獲物が罠に掛かったって顔だ、あれ。

「でも竜子殿のお側には、少々不相応な者かしらねぇ」

その者。

いつもと同じ明るい調子の声で、寧々様が言う。

「お恥ずかしいかぎりにございます」

「ふふふ、いいのよ。ちゃぁんとあたくしも気づけて、むしろよかったわ」

東、と呼ばれた東様がにこにこと進み出る。

するする上座から降りてきて、私たちの元へやってきた。

おばさんが、一歩いざる。東様は福々しい笑みを浮かべたまま、距離を詰める。

銀鼠《ぎんねず》の打掛から伸びた腕が、するりとおばさんの腕に絡んだ。

「大飯局殿、別室へ」

「さ、触るなっ、このっ」

「別室へ、参りましょうね」

優しいお顔が、引きつるおばさんに寄せられる。

「北政所様の、お言葉ですよ」

柔らかく諭しているふうなのに、奥に冷たく硬い芯が潜んでいる。

東様の一言に、おばさんががくんと崩れ落ちかけた。

でも、東様がそれを許さない。腕を掴んだまま離さず、ずるずると引きずっていく。

慌てて駆け寄った萩乃様が東様を手伝うが、東様は戸口のあたりまでしか許さなかった。

もう大丈夫というふうに微笑んで、二、三ほど囁きかける。

おばさんを引きずってさっていく後ろ姿に、萩乃様が一礼した。

そうして表情を引き締めた萩乃様が、竜子様のお側に舞い戻った。

「竜子様、腕のお具合は」

「……折れてはおらぬ」

「けれど、痛みましょう」

萩乃様に重ねられ、竜子様が目を伏せた。痛みを堪えていると、はっきりわかる。

呆れたように息を吐き、萩乃様は寧々様にこうべを垂れた。

「山内の姫君のお化粧の前に、主の腕の手当てをさせていただけましょうか」

「ええ、そうね。玄朔《げんさく》殿を呼びましょう」

寧々様が脇息にもたれて言う。

お側の女房の一人が席を立って、退室していく。

今日は中奥に伺候《しこう》している、御典医の若先生の方を呼びに行くのだろう。

だったら診察を受ける前に、応急処置はしておかなきゃね。

縮こまっていた侍女の一人に声を掛けて、冷たい水を頼む。

すぐに水で満たした手桶が運び込まれた。すぐそこに井戸があったらしい。

よかった、と思いながら清潔な手拭いを水に浸す。硬く絞って、萩乃様に渡した。

「お手当てまで、冷やして差し上げてください」

「ありがとうございます、姫君」

萩乃様が竜子様の袖を捲って、扇を受けた腕を晒す。

ほっそりとした二の腕の中ほどが、じわりと熱を持った赤になっていた。

一目で痛そうとわかる状態に、つい顔をしかめてしまう。

あんな怪我になるほどの力で、あのおばさんはお夏を打とうとしたのか。

剥き出されていた敵意の激しさを想像してゾッとする。

今後もたびたびこういうことがあるなら、嫌なことだ。

「お与袮」

腕を冷やされながら、竜子様が私を呼んだ。

「先ほどの問いのことだが、今答えてよいか」

「それは、腕のお怪我が落ち着かれてからにしませんか？」

「急を要すると、そなた申したであろう」

確かに言いましたけどね。酷い痣になりそうだから、怪我の方が優先だと思う。

そう言おうとしたが、視線に制される。

真剣な、腹を括った眼差しだ。切長の竜子様の目元が、研ぎ澄まされたように鋭くなっている。

「北政所様もおられる、ここで答えるのがよかろう」

「はい、さようにございます」

私が顎を軽く引くと、竜子様は満足げに頷き返した。

気遣わしげな萩乃様の手に、自分の手をそっと添える。

そうして、改めて私をひたりと見据えた。

「すべて、是だ」

「では、やはり」

「故あってな、食が細くなっておったのだ。そうしたら、このとおりよ」

答える竜子様の口調は、微かに硬い。

「月のものはな、もう三月《みつき》は絶えておるよ」

表情のなかったお顔が、ひくりと動く。

ひさしぶりに試して、盛大に失敗したような笑みが口の端に浮かんだ。

「――もう妾に、懐妊は難しかろう」

◇◇◇◇◇◇

竜子様のメイクは中止になった。

あんなことになったのだ。そりゃ当たり前か。

とりあえず、最低限のスキンケアだけさせていただいた。

冬に向かいつつある季節だから、乾燥による肌の荒れが怖い。

そして後はまた後日にとお約束をして、私は寧々様に連れられて竜子様の御殿から下がったのだった。

「考えていた以上だったわね……」

寧々様が、うぐいす餅を摘《つま》みながらぼやいた。

今は御殿に帰ってきて、昼下がりのティータイムだ。

天正の世では、お昼ご飯はあったりなかったりする。

肉体労働をする人には日常化しているようだが、私たちのような働かないのが仕事の階級は基本食べない。

カロリーの消費量が段違いに低いからね。お昼を抜いても、お腹が空かないので食べない。

小腹が空いたら、軽くお菓子なんかを摘んで適当に誤魔化すスタイルだ。

今日は午前のあれこれで疲れたからと、寧々様が帰って即座にティータイムを宣言した。

お相伴《しょうばん》を許された私もお茶をいただきながら、一緒に密談もどき中だ。

「京極の方様のお具合、ご存じだったんですね」

「うちの人から聞いて、少々ね。竜子殿がろくに食べていないようだって、あの人が案じていたの」

ああ、秀吉様経由か。

側室の話を正室に打ち明けられるって、秀吉様すごいな。

うわぁと思っていると、寧々様がにっこり笑う。

「奥の女の管理は、正室の務めよ」

「は、はあ……」

「うちだけじゃなくて、よそも同じよ。貴女もゆくゆくは他家に正室として嫁ぐのだから、心得ておきなさい」

大名の正室って、面倒な上に変なストレスが多い仕事なのか。

まだ縁談のえの字も聞かない身だが、ちょっと憂鬱になってきた。

寧々様が面白そうにこっちを見ている。困っている私で楽しまないでくださいー！

「そ、それより今は、京極の方様のこと、話しましょ！」

「うふふ、話が逸れてごめんなさい。そうね、あたくしがあの人に聞いたところによるのだけれど」

秀吉様が竜子様の変化に気付いたのは二ヶ月くらい前のこと。

夜を共にしたら、妙に痩せていると感じたそうだ。

それ、正妻の寧々様にぶっちゃける？　と思うけどまあ、とにかく痩せたことに気づいた。

顔色も以前より悪いし、体調も思わしくなさそう。

懐妊をした様子もないのに、生理を理由に夜をお断りされることが無くなった。

これはおかしい。懐妊していない若い女に月のものが無いのは尋常ではない。

案じた秀吉様がよくよく観察すると、竜子様が何かしら食べ物を食べる回数が激減していた。

食べないという行為が体に悪いことを、秀吉様は嫌というくらい知っている。

高貴な者だって、庶民だって人間だから同じなはずだ。

竜子様の不調の理由はそれだと断定して、秀吉様は自分と一緒にご飯を食べさせる作戦に出た。

しかし、竜子様はますます痩せていく。

息のかかった侍女に調べさせたら、なんと秀吉様のお相伴以外で食事を摂っていなかった。

直接食べるように諭しても、ろくに食べてくれない。

食べさせるように女房に指示をしても、なかなか指示通りにならない。

どうも先ほどヒスったおばさん女房が妨害しているっぽいが、証拠らしいものはない。

手の出しようがなくなった秀吉様は、そこで城奥の最高権力者な寧々様に相談したそうだ。

「あたくしにとっても渡りに船だったのよね」

「渡りに船、ですか?」

「あの大飯局ね、あたくしも疎ましかったのよ」

さらりと寧々様が言った言葉に、私は目を剥く。

城奥の最高権力者に嫌われるなんて、あのおばさん何をやったんだろう。

「大飯局は、竜子殿の前の嫁ぎ先の縁者なの。その家のことはお与祢も知っていて？」

「ええと、若狭武田家でしたっけ。確か竜子様のご実家である京極家と、良い勝負の名家でしたよね」

「そうよ。だからあの者は、家柄を鼻に掛けることがはなはだしくってねえ」

以前からあのおばさんは周囲へ挑戦的に振る舞うことも多く、トラブルもよくあった。

どうやら、御家《おいえ》再興を竜子様に託そうとしていたらしい。

竜子様に秀吉様の子を産ませて、その子に武田家を継がせようと企んでいたのだとか。

そのためには周りの女が邪魔だからと、おばさんは全方位にガンガン攻撃していた。

相手が公家の出でも、織田家の血縁でも関係なしにだ。

止める竜子様を時に無視して、時に隠してまでやりまくった。

注意した寧々様相手にすら、慇懃無礼に振る舞うことがあったらしい。

それでもう、進退きわまった竜子様は、最終手段に出た。

自分が御殿から出ないことで、どうにかおばさんを御殿に封じ込めたのだ。

寧々様もそれに気付いていたから、どうにかしよう思っていたところに秀吉様の相談がきた……

と、そういうわけである。

聞けば聞くほどおばさんが酷くて、乾いた笑いが出てくる。

なんてモンスターが城奥に紛れ込んでいたんだろうね。排除したいって寧々様が思うのも、これじゃ当然だわ。

ドン引きの私をよそに、寧々様はゆったりとお茶で喉を湿らせる。

うぐいす餅を楊枝で切り分けて食べてから、ふぅ、と息を吐いた。

「まあ、これで大飯局をうちから追い出せるわ。ひとまず、よしとしましょう」

「京極の方様を殴っちゃいましたもんね」

「ええ、二度とうちの敷居は跨がせてやらない」

寧々様の笑顔が怖い。

これはもう、追放だけで済むと思えない。命を取られるくらいは、あるんじゃないだろうか。

おばさんに同情はしないが、喧嘩を売る相手を間違えたね。

「では、これで京極の方様の治療は私の自由ですか」

気を取り直して、寧々様に尋ねる。

私は、知ってしまったのだ。

もうメイクと肌のケア程度で済ませられない。済ませるつもりなんて、さらさらないけどね。

まっすぐ見上げる私に、寧々様は満足げに頷く。

「もちろんよ。だから貴女を竜子殿に引き合わせたのですから」

やっぱり最初からそのつもりだったか。

それならそうだって、前もって言ってくれたらよかったのに。

うちのご主人様のこういうところ、ちょっと困ったものだ。

「お与袮、あらためて命じます」

寧々様の言葉に、居住まいを正す。

綺麗に座り直した私に微笑みかけて、寧々様は楽しげに続けた。

「竜子殿をうちの人の子を望める体に治してちょうだい」

「承知いたしました、必ずや」

◇◇◇◇◇◇

承知しましたって寧々様に言ったはいいものの、どうしようかな。

寧々様の居室を退出して、自室に戻りつつ頭を捻る。

竜子様の状態を一言であらわすと、なんらかの原因――たぶん、ダイエットで患った摂食障害で体がズタボロになりました、だ。

令和の頃の女性にも、わりと多かった。

無理なダイエットで摂食障害となり、栄養失調や生理不順やらなんやらの問題を抱える人ってね。

体型って、わりと気になるんだよ。

足が太いとか腕が太いとか、顔が丸いとかお尻が大きいとか。

ＢＭＩが適正でも、なんとなくシルエット太いね？　まずくない？　と感じてしまいがちだ。

年齢とか関係なく、みんな大なり小なり悩む。

別に太っていてもいいんだよ。健康を害するほど太ってなければ、だけど。

でも大勢の人は、太っているより見映えがする体型でありたいと願う。

だから、人はダイエットに手を出す。

そしてそのダイエットが曲者なのだ。

一番健康に良い方法は、正統派のダイエット。運動量を増やして、バランスの良い食事を摂ることだ。

だが、このダイエットは時間がかかって手間だし、痩せるまでの時間もかかる。

ゆえに世間では、手っ取り早く痩せられるダイエットが持て囃される。

その最たる例が、食事制限ダイエットだ。

栄養管理は大切だから、過剰なところを削るくらいはいい。毎日食べていたケーキやポテチを我慢して、週一にするとかね。

でも極端にやるとやばい。糖質制限をガチにやるとか、朝食以外は液体しか口にしないとかね。

これをやると必要なものまで削れるので、栄養失調一直線だ。

痩せはしても、体を壊す。狙いどおりに痩せなかったりもする。

竜子様は、そういう状態なのだ。

月経不順を起こしていて、モデル体型に片足以上突っ込んでいる。

肌のコンディションも最悪で、睡眠障害も出てきている様子。

栄養失調からくる不調の役満だ。スプーンネイルという反った爪になっていたから、特に鉄分不足が深刻だと思う。

これでは妊娠を希望しても無理だろう。それ以前に、命が危うい。

いつ頃から摂食障害になったのかはまだわからないが、かなりまずい体調だと思う。

おそらく、秀吉様と一緒に食べるご飯で、ギリギリの健康を保っていた感じだ。

死んでいたかもな、秀吉様がいなかったら。

「とりあえず、竜子様の健康管理の計画を練るかぁ……」

自室に戻って小袖を着替えさせてもらいながら、ひとりごちる。

なんにせよ、竜子様を適正な体重に戻さなければ話は始まらない。

きちんと食べて、きちんと寝て、適度にストレスを発散する。

基本的にこれができていれば、人間そこそこ健康でいられる。弱っている竜子様にも、できるところからやってもらおう。

差し当たっては食事と睡眠だ。胃腸が弱ってそうだから、食べさせるなら消化しやすいけど栄養価が高い物が良い。

寝られるだけ寝る生活もしてもらおう。日中も夜も、食事以外は寝続けてもらう。要は食っちゃ寝だ。

ある程度の栄養不足と睡眠不足が改善した後は、適度な体型管理でいいかな。

竜子様のご希望を聞きつつ、健康的に望む体型になっていただく感じで。

幸い、お金に糸目はつけなくていいと、寧々様の許しを得ている。必要なものを、小判で殴って用意する戦法が使えるのはありがたい。

世の中お金があれば、だいたいなんとかなるのだ。

「お夏、紙と墨と筆の用意を」

着替えを終えて、お夏に書き物の準備を頼む。

私にできることは、基本的なことだけだ。食事にしても、医療面にしても、専門家の協力が必要になる。

竜子様の周りの人たちにも、協力してもらわなければね。

手紙を書いて面会を求めるべき人だらけだが、億劫さはない。

むしろ、ちょっと楽しくなってきている自分がいる。

寧々様に任された仕事をするのだ。成功させたら、寧々様が喜んでくれる。

そう思えば、楽しみになってくるというものです。

お夏に呼ばれて、用意された文机につく。お気に入りの墨に筆先を浸して、広げた料紙にそれを滑らせる。

さて、お仕事に励むとしましょうか！

3　その病、なかなかに払いがたきにつき【天正十五年十月～十一月】

ここ半月ばかり、朝の仕事が増えた。

寧々様の朝のスキンケアとメイクと朝ご飯を済ませたら、自室に戻らずにまっすぐ竜子様の御殿へGO。

竜子様のお食事の進み具合をチェックするのだ。

食事で一番重要なのは、個人的に朝だと思う。

朝を食べないと一日活動するエネルギーが足りなくなる。

思考力や集中力は下がって、仕事どころかいろんな活動に不都合が出やすくなる。

なので朝だけでもしっかり食べてくださいと、竜子様にはお願いをしているのだが。

「萩乃様、今朝はどうでした？」

挨拶もそこそこに、萩乃様にお聞きする。

すぅ、と萩乃様の後ろの襖が開いた。しょんぼりした感じの侍女が、無言で黒塗りの膳を運んでくる。

私の前に膳が置かれた。覗き込んで、私は真顔になる。

「たくさん、残ってますね……」

「これでも……懸命に召し上がったんですよ……？」

はっきりわかるほど震える声で、萩乃様がうつむく。

泣かないで、萩乃様。私はあんたを泣かせるために毎朝来てるんじゃない。

でもなあ、泣きたくなる気持ちもすごくわかるんだよね。

私だって、ちょっと泣きたい。

私たちの間に置かれた膳は、竜子様が今朝食べたものだ。

お茶碗のお粥は三分の二、汁物は具が全部残っている。お豆腐の田楽や菜の和え物といった様々なおかずは、ほぼ完全な形を保っていた。

うふふふ。竜子様ったらもー、今朝も食べてないね。

笑いごとじゃないが、いっそ笑えてくるレベルの小食だ。

おそらく摂食障害で胃が縮んだのだろう。竜子様が一食ごとにお腹へ入れられる量は、ごらんのとおりかなり少ない。

たくさん食べられなくて、本人も苦労しているというのは想像できる。

でも、食べられなさすぎだ。ちょっとやばい。

「お休みは取れるようになったんでしたよね」

「ええ、しっかりと毎晩眠っておられます。夜更けにお目が醒めることも減りましたわ」

萩乃様が少し表情を緩めて言った。

そこだけが唯一の救いだよね、本当に。

竜子様の睡眠不足は、わりと早いことどうにかなった。

秀吉様の御渡りを、昼に限定していただけたからね。

今の竜子様は、夜更かししていい体ではない。夜遅くに食事をする習慣ができているのも、健康上とてもよろしくない。

消化活動で睡眠が浅くなってしまうから、食事は就寝時間の二時間前までに済ませることが推奨されている。

竜子様の体調を考えるなら、秀吉様には昼間に来て一緒に食事をしてもらった方がいい。

そのへんを私が御典医さんたちとわかりやすいよう整理して、寧々様から秀吉様に説明してもらったのだ。

女好きだし、仕事があるから難しいかもなーと思ったけど、秀吉様はあっさり了承してくれた。

実は最近の御渡りは、竜子様にご飯を食べさせる目的がメインで、夜の生活はしていなかったらしい。

弱った女人に無理強いはしない主義か。なんで秀吉様がわりとモテるのかわかった気がした。

そういうわけで、秀吉様は竜子様の元へは夕方より早い時間帯にしか来ない。

早めの夕食を一緒に摂って、お茶を飲んで談笑する程度に留めてくれている。

ほぼ毎日来るそうだから、竜子様をとても気にかけているんだね。まめで優しいな、秀吉様。

その足でほぼ毎晩寧々様のところへも行くのは、ちょっとどうかと思うがな。

とにかくこれで、竜子様の夜は自由になった。

寝るまでに入浴を済ませたり、私を呼んで肌のお手入れをしたりというナイトルーティンができている。

睡眠については、速攻で医者に頼った。

ノ貫おじさんに紹介された御典医の若い方、曲直瀬《まなせ》玄朔先生に漢方を処方してもらった。

深刻な不調を患った時は、基本医者を頼るべきだ。軽い症状ならともかく、重い症状には素人の小手先のテクニックでは太刀打ちできない。

本格的な治療は専門家に任せて、私は寝付きを良くする環境作りに努めた。

例えば足湯を試してもらって、生姜湯を飲んでもらうとか。

体を温めると、副交感神経が優位になって寝付きやすくなるからね。

竜子様は冷え性もあったから、手袋と靴下も作って使ってもらった。クリームを塗ってから着けて寝ると、冷え対策だけじゃなくて乾燥対策にもなるので一石二鳥だ。

そうそう、リラックス効果のあるアロマも寝室で使ってもらった。

精油を二、三滴ほど垂らした布を、枕元に置く。これだけで香りの効果を得られるのだ。

安眠に効くアロマはいろいろあるけど、シトラス系の柚子とプチグレインをチョイスした。

竜子様に試していただいた時、一番表情が柔らかくなったのがこの組み合わせだったのだ。

このおやすみアロマはお気に召したようだったので、何種類かの精油を竜子様に差し上げた。

最近はご自分の気分に合わせて、色んな香りの組み合わせを楽しんでらっしゃるそうだ。

とまあ、そうした色々なことの結果、竜子様の睡眠はめきめきと改善した。

今では昼に軽くお昼寝しても、夜もぐっすり眠れるそうだ。

半分以上は玄朔先生の薬のおかげだが、あっさり治ってよかった。

私も萩乃様たち竜子様付きの女房も、これすぐ治るんじゃないの？　と期待したほどだ。

現実はすぐに食事量って壁に激突して、攻略に苦労してるんですが。

「どうにかなりませんか、姫君」

「どうにかって言われましても」

子猫みたいな丸い目を、溢れちゃいそうなくらい潤ませて、萩乃様が私を見つめてくる。

小動物系で可愛いが、そこに和み要素はない。切迫した危機感しかない。

「京極の方様が好きなものばかり出してみるというのは」

「先日すでにやりました。そして、ダメでした」

「全部汁物やお豆腐とか、噛まなくて良い食べ物にしてみるとか」

「水腹になって辛いと……」

「だめかぁ」

私も萩乃様も、顔を見合わせてからがくりと項垂《うなだ》れる。

竜子様、ほんとに全然食べられないんだな。思いつくかぎりはもうやりきった感があるよ。

こんな最低限の栄養状態が続けば、命の危険度が更に上がる。早いとこどうにかしたいんだけど、もうお手上げに近い。

令和の頃なら話は簡単に済むんだけどなあ。強制的に病院へ担ぎ込んで、栄養剤なりをを点滴で流してもらえばいいんだもの。

しかし天正の世には点滴なんてない。地道に経口で栄養摂取してもらうしかないのだ。

「そういえば、萩乃様」

「なんでしょうか？」

「京極の方様は、どうしてお食事を控えられるようになったんでしょうか？」

抱えた頭によぎった疑問を、萩乃様にぶつける。

食べられない以前に、なんで竜子様は食べないことを選んだんだ？

今のトレンドはちょいぽちゃだ。令和のころと違って、ふくよかさが推奨されている。

太るようなものを食べて、かつ体を動かさないで生きていける人が希少な時代だからね。

ちょいぽちゃさんは、セレブ美人の象徴なのだ。

しかし、竜子様は逆に痩せようとした。命の危険が及ぶレベルの、食事制限をかけてまで。

そんな根本的な謎が、明かされていないのだ。

もしかしたら、その謎に解決の糸口があるんじゃないの？

じっと期待をこめて萩乃様を見つめる。少し太めの萩乃様の眉尻が、へにゃりと下がった。

「わかりません……いくらお聞きしても話してくださらぬのです……」

「えぇ？」

「話したくないと……っ、萩乃にも話せぬとっ、おっしゃるのですぅぅぅ……っ！」

「萩乃様っ⁉」

ぼろりと萩乃様の目の縁から、とうとう涙がこぼれだした。

慌てて持っていた懐紙で涙を拭ってあげるが、萩乃様は泣き止まない。

ますます泣き声と涙の勢いが増していく。

頭を抱えたくなったが、しかたない。萩乃様の現状を思えば、泣きもして当然だ。

ヒスおばさんこと大飯局を追い出してから、竜子様の周りはドタバタとしていた。

なにせ筆頭女房が消えたのだ。司令塔の消失で、あやうく機能麻痺を起こしかけた。

大慌てで京極家が新たな筆頭女房を見繕っているが、いまだに人選が難航しているらしい。

だから緊急措置として、萩乃様が筆頭女房代行に任じられた。萩乃様は竜子様の乳母子《めのとご》で、条件自体は適任なのだ。

だが、萩乃様は若すぎた。

まだ二十歳なのだ。経験値がまったく足りていない。なんとか他の女房と協力して、竜子様の身辺を切り回しているが、いっぱいいっぱいのご様子だった。

ここにきてそうした日頃のストレスが、萩乃様の感情のリミッターを振り切っちゃったんだな。

涙腺崩壊を絵に描いたような泣きっぷりだ。

「萩乃様、落ち着きましょ？　ね？　おめめが溶けちゃいますよ？」

「たつ、たつこさま、はなしてくれなくてっ、でも、っ、わたく、わたくし、どうにかしてさしあげ、たくてぇ」

「そうですか、がんばったんですね。でもどうにもならないのって、しんどいですよね。萩乃様、とってもがんばりましたね」

「うぅぅー！　やまうちのひめぎみぃぃ～っ!!」

しがみついてくる萩乃様を必死で支えながら、頭を撫でてなだめる。

落ち着いて離してくれと願うけど、萩乃様は離れない。

半端に優しくしてしまったせいか。それとも共感してあげたせいか。

わんわん泣きながら、私にしがみつく腕を強くしてくる。

だめだこの人。完全に我を失ってる！

人間ストレスを限界までかかえるもんじゃないね!?

お夏ー！　お夏ぅー！　助けてぇーっ!!

◇◇◇◇◇◇

「あははは！　そりゃ災難だったね！」

竜子様の御殿からの帰り道。

お迎えに来てくれたおこや様が、からからと元気よく笑った。

「笑わないでくださいよ、大変だったんですから」

心配げに聞いてくれるからさっきの騒動のことを話したのに、笑うなんてひどすぎる。

怒りを込めて繋いだ手を強めに握って、おこや様に制裁を加える。

でも八歳児の握力なんて知れたものだ。おこや様はやっぱり笑ったままだった。

「ごめんごめん、萩乃様が面白くって。あの子にそんな可愛げがあったのね」

「可愛げで済まないですよ。私、潰されるかと思ったんですから」

「ははは、お疲れ様」

ぽんぽんと撫でてくるおこや様の手の下で、私は盛大なため息を吐いた。

竜子様のダイエット決行の理由はわからずじまいに終わった。

あの後、号泣する萩乃様を落ち着かせるので忙しくなったのだ。

お夏どころか竜子様付きの女房や侍女まで集まって、全員で萩乃様をあやしまくった。

かなり無理してるなって、みんな思っていたらしい。

あんたはよくやってるって口々に慰めて、涙を拭いたり飲み物を飲ませたり。

萩乃様が泣き疲れて寝落ちるまで、かなりかかったけど根気良く全員で付き合った。

頼りない萩乃様だけど、周りに慕われてはいるようだ。

がんばって今の難局を乗り切れば、あの人は代行が取れた筆頭女房になれるんじゃないかな。

「それにしても困ったわね、京極の方様のお食事」

「ほんとに、ご飯を召し上がらなくなった理由って何なのでしょうね」

「そこが不思議なのよねー」

おこや様が顎先に指を当てる。

「京極の方様って、元々少食でいらしたご様子でもないのよ」

「そうなんですか⁉」

なにそれ初耳。少食はデフォルトなのかと思ってた。

びっくりしておこや様を見上げると、彼女はちょっとおおげさな身ぶりで肩をすくめた。

「先の春に寧々様が催された花見の会の折にはね、美味しそうにお茶請けのお菓子を召し上がっていたわ」

「どのくらい召し上がっていらしました？」

「寧々様と同じくらい」

「ということは、お代わりしてますね」

元の竜子様って、本当に健康そのものだったんだな。

寧々様は健啖家だ。体調が悪くないかぎり、毎食ご飯はお代わりをする。

お昼のティータイムはほとんど欠かさないし、なんならお昼ご飯を食べる日も珍しくない。

それに準じるくらい食べられたのなら、竜子様の胃は元から小さいわけではないだろう。

「ということは、京極の方様ってふくよかでいらしたとか？」

「今よりはね？　でも太りすぎってわけでもなかったかな」

「食べるのにですか」

「京極の方様もわりと動く方だったのよ、寧々様みたいに」

「ああー……」

寧々様みたいな食生活は、普通ならデブ一直線だ。

が、寧々様にかぎっては、食べる分以上に動くので太る心配はない。

基本的に毎日中奥や城表にお出ましになったり、城奥の中をあちこち見て回ったりと忙しく働いている。

それにプラスで、朝夕にお庭を散歩する日課まであるのだ。高貴な女性にしては、かなりの運動量を誇っている。

竜子様は、そんな寧々様と似たようなものだったそうだ。

春ごろまでは、しょっちゅう城奥の庭を散歩されていて、寧々様と鉢合わせることも多かった。

しかも伝え聞くところによると、自分の御殿では時折弓もたしなまれていたようだ。

「弓って、それほんとですか？」

「ほんとよ。京極の方様の御殿の近くで、的を射抜く音を聞いたことあるもの」

「えええ、なんでまた弓なんて」

「武家の姫だから武芸の一つくらいは、ってことかしらね」

あらまあ、ガチな武闘派でらっしゃる。

竜子様、ただの高貴な血筋の深窓のお姫様じゃなかったんだ。

武家のお姫様は、武芸に親しむものではあるよ。私のお稽古事の中にも、きちんと武芸が入っている。

女性向け武芸のセオリーである薙刀《なぎなた》と、個人的な希望で小具足《こぐそく》というものを習っているのだ。

小具足とは、平たく言うと短刀を使った護身術。敵に捕まった時や捕まりそうな時、歩いている時や室内で襲われた時に対処しやすくなる。

紀之介様との手紙のやり取りでそれを聞いて、興味を持ったからお稽古の中に入れてもらった。

そんな感じで、武家の女はだいたい武芸をやる。

でも、竜子様ほど身分が高いお姫様は、熱心にはやらないと思っていた。

上級武家のお姫様は、ほっとんど公家のお姫様と変わらないものね。

自分から弓を取るなんて、かなりレアな趣味をしているんじゃなかろうか。

「だから不思議でしかたないわ。痩せる必要なんて、あの京極の方様にはなかったんだもの」

確かにね。動くことに慣れているってことは、太りすぎを気にするほどの体型ではなかったはずだ。ふっくら系が好まれるのだから、なおのこと。

万が一それでも竜子様が痩せたいと思ったとしても、一番に絶食を選ぶかって疑問も出てくる。

かつての竜子様みたいなタイプなら、動けば体が締まることを経験則で知っているはずだ。

だから弓のお稽古を増やしたり、散歩の時間を長くしたりしようって発想に至りそうな気がする。

なのに、竜子様は絶食を選んだ。御殿に閉じこもって、体を動かすことさえしなくなった。

大飯局を封じ込めるためとはいえ、弓くらい御殿で引けたはずなのに、だ。

一体、何が原因で動くことや食べることをやめてしまったのやら。

「謎が深まっちゃった……」

まったくわけがわからなくて、ため息が出てくる。

それでも私は竜子様の食事量を増やすため、がんばらなくちゃならない。

運動量が増えたら食事量も増えると思うが、今の竜子様にどこまで運動をさせていいものやら。

ラジオ体操を一緒にやってみようか。

効果はあるけど、弱った体でやったら目眩《めまい》を起こしちゃうかな？

ああもう、頭を掻きむしりたくなってきた。糖分を脳みそに回したい気分だよ。

帰ったら手習いの前に、おやつ食べちゃおう。そうしよう。

昨日佐助が持ってきてくれた実家からの仕送りに、何か美味しいものがあったはずだ。

「お与祢ちゃん、今食べ物のこと考えてたでしょ」

にんまり笑ったおこや様が、顔を覗き込んでくる。

うそ、なんでわかったの。びっくりして見つめ返すと、ほっぺを突かれた。

「にや〜って顔になってるよ。孝蔵主様に見つかったらうるさいから気をつけて」

まずい、顔に出てたか。

おこや様が気づいてくれてよかった。

孝蔵主様いわく、身分重き者は人目のある場所において感情を顔に出してはならない、らしい。

だから宮中の女官や女房ともなれば、毛ほども表情を動かさないんだって。

羽柴は武家でもあるからそこまで求めないが、デフォルトでお澄ましして おきなさいって常々言われている。

それに基づいたら、食べ物に想いを馳せてにやにやするなんて言語道断のことだ。

見つかったら、またちくっとお小言をくらうところだった。

「じゃあ、帰ったら中食《ちゅうじき》にしよっか」

にっとおこや様が笑う。

一緒とは言わなかったが、一緒に私の仕送りを食べるつもりだな。

この人ったら、すっかりうちから送られてくる食べ物は美味しいと学習してしまっている。

さっきとは別の意味でため息が出そうだ。

「構いませんけど、いいんですか？」

「なにが？」

「東様に中食を控えなさいって言われてたでしょ」

ぎくり、と濃い水色の打掛の肩が揺れる。

なんのことやら、というふうに浮かべた笑みが硬い。

ふふ、動揺してる。知ってるんだよ、私はさあ。

ふっくらするにも限度があるって、おこや様が東様に注意されていたのをさ。

「少しだけ、少しならいいよね？」

「私に聞かれましても」

すがりつかれても、知らんがな。自分の体に聞いておくれ、おこや様。

私はまだまだ成長期で、仕事に勉学に茶の湯などのお稽古にと動き回る生活だ。

それに対しておこや様は、成長期をだいぶ過ぎていて、お仕事は城奥や中奥の倉庫管理者。基本デスクワークで動かない。運動好きというわけでもない。

私と一緒の食生活をしてたら、結果は、ねえ？

東様の注意は、ガチでマジな忠告だよ。ちゃんと聞いておいた方がいいと思うよ。

美容的にではなくて、健康的な意味で。

「くっ……痩せるより太るほうが容易いのは何故なの……っ」

それなー。それには同意するよ。

痩せるのは難しいくせして、太る時は一瞬。

実に自然の摂理は理不尽だ。そう決めた神様の髪を毟《むし》ってやりたいくらいの理不尽だ。

悔しげにおこや様が顔を歪めて、もうっ、と唸る。

「ちょっとお菓子を摘む日を増やせば一気って、人の体はどうなっているのかしらねっ！　いぃぃぃぃぃぃぃぃ」

「あっ」

あっ！

◇◇◇◇◇◇

明日で月が十一月に替わる。

竜子様の食事量は、相変わらずあまり増えていない。おかゆを半分食べきれるようになったかならないか程度だ。

まだまだ栄養を満たすには足りない量で、萩乃様はめそめそ泣いている。

報告を上げるたびに、寧々様のお顔も曇る。

とうとう昨日、寧々様伝いに秀吉様からがんばってね的なメッセージまで飛んできた。

なかなか、ストレスがヤバイことなっている。

夜眠る前、「明日竜子様が突然食欲取り戻してないかな」と現実逃避するくらいにはしんどい。

周りの目も心無しか痛い気がしていて、胃に穴が開きそうな気持ちを毎日味わっている。

(でも、それも今日まで)

ついに私は、竜子様への特効薬を完成させたのだ。

ひらめいたあの日から三日。私はフル回転でがんばって動き回った。

大急ぎで寧々様に頼み込んで、材料を調達してもらって。

東様に頭を下げまくって、台所を使わせてもらって。

短期間でかなり苦戦したけど、そこそこ会心の出来のブツが出来上がったのだ。

これさえあればってわけじゃないが、解決の糸口になる可能性が高い。

最後の手段に近いこれに、私は賭ける。

たぶん大丈夫。きっと大丈夫。

「山内の姫君、こなたへどうぞ」

竜子様の侍女に呼ばれて、控えの間から出る。

後ろでは、毒見を終えて包みなおした菓子箱を抱えたお夏が続く。

ちらりと視線を交わす。いける。毒見役が役目を忘れて、美味って言ったもの。

だからいける。竜子様だって女の子だ。

甘いものの効果は、絶大だって信じてる！

◇◇◇◇◇

綺麗な塗りの高杯《たかつき》に、薄い紙の掻敷《かいしき》を敷く。

色はごく薄い青。金箔が刷り込んであって映える紙だ。

「美しいな」

向かいの席でくつろぐ竜子様が呟く。

最初にお会いした頃よりはいくらか元気そうだが、まだまだ体の調子はよろしくなさそうだ。

脇息に体を預けて、ちょっとばかりだるそうにしている。

それでも切長の目には生気があって、興味深げに掻敷を見ていた。

気に入ってくれたようでなによりだよ。

与四郎おじさんからもらった、とっておきを持ってきた甲斐があったというものです。

「今群青で染め付けたんだそうですよ。先日、千宗易様に譲っていただいたものなのです」

「なるほど、これがかの青い金とやらの青なのだな」

「綺麗ですね、竜子様」

隣に控えた萩乃様がきゃあきゃあはしゃぐ。

竜子様も柔らかな雰囲気で、うんうんと頷いてあげている。乳兄弟だからだろうけど、本当に仲がよろしいことだ。

竜子様の分まで萩乃様が感情を出している感じで、とっても可愛い。

微笑ましく思いながら、持ってきた菓子箱を出す。

「お持ちしたお菓子が映えるんですよ、この紙」

「菓子か」

「はい、今日は南蛮菓子をお持ちしましたの」

「カステラか?」

お、竜子様ったらご名答。匂いでわかったのかな。

あと、萩乃様は明るい顔でぴくっと反応しない! 孝蔵主様に見られたら、手の甲を指でピンッと弾かれるぞ。

「カステラもありますが、他にもいろいろと」

にっこりと笑って、私は菓子箱の蓋を開ける。

甘い、私にとっては少し懐かしい匂いがふんわり広がる。

竜子様のお顔から、悪くない意味で表情が抜けた。長い睫毛をぱちぱち瞬かせながら、菓子箱の中を覗き込んでいる。

嫌そうな雰囲気はない。気になってしかたないって雰囲気だ。

良い滑り出しかも。嬉しくなってくる。弾んだ気分で、るんるんとセットにしてあるお箸でお菓子を並べていく。

全三種類を綺麗に並べて、高杯を竜子様の前にお出しした。

「どうぞ、本日の午前のお菓子でございます」

ほう、と竜子様がため息ともなんともつかない吐息をこぼす。視線は高坏の上に釘付けだ。

いいね、もっと興味を持ってくださいな。

「まず、京極の方様から見て右端がカステラでございます」

「カステラ？　色が緑だが、何か入っているのかえ？」

「ええ、抹茶と小豆の甘煮を混ぜましたから」

小豆入りの抹茶カステラってやつですよ。

令和のころじゃ珍しくはないメニューだが、こっちにはなかったので作ってもらった。

竜子様に、小豆を食べてもらいたかったからね。

豆類の中でも、小豆は優秀な豆なのだ。食物繊維とビタミンB、それからカリウムや鉄分にポリフェノールだったかな。

女性に嬉しい栄養素たっぷりで、しかも美味しい。砂糖控えめにしてあるけど、試食したら十分美味しかったのでおすすめよ。

「カステラの隣の、茶色いものは？」

「こちらは胡桃入りの南蛮風の蘇ですね」

「蘇、といえば牛の乳だな」

おお、蘇にピンと来るってことは食べたことあるのかな？

「左様です。砂糖と煮詰めて胡桃と和えました。かりかりとして美味しゅうございますよ」

南蛮風の蘇で押し通すけど、キャラメルだ。ナッツ多めでキャラメルナッツよりだけどね。

新鮮な牛乳って手に入りにくいんだよ。砂糖もえらく高いから、これで精いっぱいでした。

まあ、多少なりとも牛乳は摂れるからよしとしよう。

なぜ牛乳かって？　カルシウムとタンパク質が手軽に摂取できるからだよ。

健やかな体に牛乳はばっちりな栄養食品だ。乳糖不耐性やアレルギーがないかぎりは、できれば摂取した方がいい。

キャラメルに入れた胡桃も、健康に良い食べ物だ。ミネラルやビタミンBがいっぱいなので、綺麗な肌や髪の維持に効果抜群なのである。

何より胡桃はね、トリプトファンってのを持っている。これが睡眠や幸福感に関わるホルモンのセロトニンの分泌を促進するから、今の竜子様にぴったり。

固くて咀嚼回数が上がるから、食べてるって満足感は高まるはずだ。

「そして一番左が、ビスカウトでございます」

「ああ、ビスカウトか」

あれ、さっきより反応が普通？

もしかして竜子様はこれ、ビスケットを知ってるのかな。

「ご存じでしたか？」

「以前、殿下にいただいたからな」

はっきりとわかるほど竜子様が微笑んだ。

プレゼントされた時のことでも思い出したのだろうか。

嬉しそう、とはまた違うな。愛おしむって表現した方が近いかも？

ビスケットを映す瞳に、あまやかな幸せが漂っている。

妙に胸がドキドキしてきた。月下美人が咲くところに居合わせたみたいだ。

微笑んでいるだけの竜子様がとんでもなく色っぽくて、目のやり場に困る。

秀吉様、いったいこの人に何をしたの……。

「あのっ、続きの説明をさせていただきますね！」

耐えきれなくなって、視線をもぎ取る。見惚れていては仕事にならない。

私は必死で意識をそらしながら、持ってきていた小さい壷を開けた。

ふわっと甘酸っぱい芳香が溢れる。竜子様たちが、きょとんとする。

壷の中身をスプーンで掬って、私はビスケットの隣に添えた小皿にそれを盛った。

「こちらは桑の実の甘煮です」

「季節ではないものをよう用意したな」

「砂糖で煮ると長く取っておけるのですわ」

夏に作っておいてよかった、桑の実のジャム。

マルベリーとも呼ばれる桑の実は、甘酸っぱくて美味しいフルーツだ。ビタミンCとミネラルが豊富で、美容と健康に抜群の効果を誇る。

特に注目したいのは鉄分。鉄分は女性の体にとっても重要な栄養素だ。

女性には、毎月生理がある。何もしていなくても、毎月かなりの出血を起こしながら生きている。必然的に鉄分が不足するので、一生懸命鉄分を摂取する必要がある。

そんな鉄分を多く含む桑の実は、食べておきたい食品の一つなのだ。

「萩乃様、味見なさいますか？」

「いいのですか！」

「もちろんですよ」

微かに喉を鳴らしていた萩乃様に、ジャムをスプーンで掬ってあげる。

ただの試食って意味もあるが、最終的な毒見代わりだ。

一番身近な萩乃様が食べたら、竜子様も安心して食べられるからね。

いそいそと寄ってきた萩乃様に、スプーンを渡す。むしゃっといってください、萩乃様。

「で、では、失礼いたしまして」

ふっくらした唇が開いて、スプーンを咥える。

そのまま萩乃様は、静かになった。

「萩乃？」

固まった萩乃様に、竜子様が声をかける。

萩乃様は動かない。

「これ、萩乃。いかがした？」

白くて細すぎる竜子様の手が、萩乃様の肩に触れる。

軽く揺すられるのと、ほとんど一緒だった。

「竜子様っ！」

ぐりんっと萩乃様が振り向く。勢いの良さに引いた竜子様に、ずいっと顔を寄せる。

綺麗になったスプーンを握りしめて、ジャムみたいな甘い声を上げた。

「これっ！　美味ですよっっ!!」

「び、美味とな」

「はいっ、甘くって酸っぱくって！　桑の実の味なのに、もっと甘いんですっっ!!」

「あ、ああ、そうか、よかったな」

砂糖の暴力にテンションがバグった萩乃様の肩を、竜子様がぎこちなく撫でる。

雪でテンションぶち上げの柴犬をなだめる飼い主のようだ。

落ち着け、筆頭女房代行。あんたが我を見失ってどうする。

放っておけないので竜子様と二人がかりで、なんとか萩乃様を落ち着かせる。

我に返ってしょんぼりする萩乃様を生暖かく見ながら、さっきの説明の続きを行う。

「桑の甘煮はビスカウトに付けてお召し上がりください」

「萩乃のように、そのまま舐めても良いのか？」

「甘すぎるかもしれませんが、それでもよろしければ」

萩乃様の様子を見て気になったんだろうが、おすすめはしない。

喉が乾くよ、ジャムをそのまま食べまくると。

竜子様がくすりと笑う。私も微笑み返して、ハーブティーの用意に移る。

今日は桑の実ジャム繋がりで、鉄分たっぷりな乾かした桑の葉のハーブティーを持ってきた。

飲み物で手軽に鉄分が摂取できるので、寧々様にも最近よく飲んでいただいている品だ。

胃腸の働きを整えるオレンジピールとブレンドしてあるから、食欲不振にもよく効く。

オレンジの香りにはリラックス効果を期待できるから、まったりティータイムを楽しんでほしい。

「お待たせいたしました、京極の方様。どうぞ、お召し上がりください」

毒見はもう済ませてある。萩乃様も一応食べた。

味は揃って美味しいと言ったので、きっと悪くないはずだ。

だから、ねえ。安心して食べてほしいな。

竜子様のほっそりとした指が、長めの楊枝を取る。

目配せを受けた萩乃様が、高坏から抹茶カステラを取り分けた。

カステラを乗せた取り皿が、丁寧に竜子様の前に置かれる。

一つ呼吸を置いてから、その皿に細い手が伸ばされた。そろそろと取り上げた皿に、竜子様は視線を落とす。

一切れのカステラを、じっと、見つめる。

綺麗な緑の真ん中に、僅かに震える楊枝の先が添えられた。

◇◇◇◇◇◇

――半刻《一時間》後。

空の高坏が、竜子様の前から下げられていく。

「食した、な……」

ハーブティーを飲み干しながら、竜子様が呟く。

一緒に零れた吐息には、どこか満足感が漂っている。食べ過ぎて苦しい、というふうでもなくてほっとする。

持ち込んだお菓子の量はほんのちょっと。カステラが一切れにキャラメルナッツ三欠片、小さなビスケットが二つだった。

でも竜子様にとっては、久しぶりにきちんと食べたと言える量だったはずだ。

食べたなという実感も湧いて当然だろう。

「このくらいの量でしたら、また召し上がれますか？」

お代わりのハーブティーを渡しながら尋ねる。

竜子様は少し考えるふうを見せてから、首を縦に振ってくれた。

口元を手で覆って涙ぐむ萩乃様を眺めつつ、自信を持ってというふうに。

「美味であったしな」

「ようございました。では、同じ量の食事を午《ひる》にもお出しするようにいたします」

「午にもか？」

竜子様がこころもち、目を丸くする。

食べられないってのに食事を増やされるとは、思ってもみなかったんだろうな。

驚いている竜子様に、計画をお伝えする。

「はい。今後は一日五度に分けて、お食事やお菓子を召し上がっていただきます。量は先ほど召し上がったくらいですね」

竜子様の胃は、小さくなってしまっている。

一度に入る容量が減って、普通の食事がきつい状態だ。

だから普通の回数、今だと朝夕二回の食事では、体に必要な分だけ食べられない。

で、あれば。一食当たりの量を減らせばいいのだ。

そうすれば、食事の完食が可能になる。食事を残してしまうことへの心理的負担も、うんと軽くなる。

この食事の回数を増やせば、トータルの食事量は確保できる。本人の達成感にも繋がって、食欲も増すはずだ。

「食せぬかもしれぬぞ？」

「構いません。それならば一度の量をもっと減らして、食事の回数を増やせばようございますので」

私の説明を半分疑っているような竜子様に、にっこり笑って返す。

別に食べきれなくても、それはそれでいい。

一日の中で帳尻を合わせていけば、今のところOK。竜子様は一回一回、気楽に食べればいいのである。

せっかく飽食可能な上流階級に所属しているのだ。身分をフル活用していこうよ。

なんたって、秀吉様という日本最強のスポンサーが付いているのだ。栄養価が高い美味しいものなら、だいたいを用意させられるぞ。

「なんでもいいんですよ、召し上がることができたら。それになんだか可愛らしい食べ方でありだと思いませんか」

「少しずつ、食することがか?」

竜子様が、じっと私を見つめてきた。

急にどうしたんですか。どぎまぎするけど、はいと頷いて見せる。

「ええ、小鳥みたいで可愛い食べ方かと」

手のひらサイズの小洒落たお弁当みたいなものだ。

彩り豊かで、綺麗に盛ってあったら可愛い。主食もおかずも、一口で終わるなって量で揃えると、なお可愛い。

可愛いを食べている自分も、超可愛いという錯覚を覚えられる。

足りなきゃその日の夕飯で、ラーメンでも焼肉でもがっつり食べればいいのだ。

存分に可愛い自分に酔った後で、私ならそうする。

そんなことを天正風に言い換えて、私は竜子様にぶっちゃけた。

ぶりっこしても、しかたないからね。する意味もないし、私は子供だから。

それに女同士なのだ。生々しい本音をぶっちゃけたって、あんまり恥ずかしくない。

私の身も蓋もない本音を聞き終えた竜子様が、飲み干した茶器を卓に戻した。

茶器の縁に指先を這わして、細い息を吐く。

「そうか……そうだな……」

ひとりごちる声音は、落ち着いていて柔らかい。

なんだかわからないが、ご納得いただけたのかな？

「そういうものですよ」

とりあえず、笑っとこ。


この日を境に、竜子様の食事量は増え始めた。

一度の量は少ないけれど、回数を増やしたのがよかったみたいだ。

小さく可愛い雰囲気の食事を、一日に何度かに分けて楽しそうに食べていらっしゃる。

それにともなって、体の肉付きもゆっくり良くなってきている。

私はなんとか、ぎりぎりの賭けに勝ったらしい。

4　薔薇《そうび》と末摘花《すえつむはな》【天正十五年十一月下旬】

風が耳元を吹き抜けていく。
あまり強くはない風だけれど、上着が欲しくなってきた。
せっかく晴れたのに、ちっとも暖かくない。
この椿と山茶花《さざんか》で彩られた庭が、大きな池のほとりだからだろうな。
水面を吹き抜けてくる風は、一段と冷たく感じられる。
「さむ……」
憂鬱《ゆううつ》を飲み込んで、こっそりと寧々様をうかがう。
同年輩のご婦人と、楽しそうに話し込んでいらっしゃる。
えっと、九州の方の大名のご正室だったっけ。ずいぶんとお話が弾んでいる。
近くに控えている孝蔵主様は別の来客に対応中で、私の方に意識を向けていない。
……今ならちょっと動いても、バレなさそう。
さりげなく後ろの方へ、日除けの傘の端へとにじり寄る。
寧々様も孝蔵主様も、まだこちらに気づいていない。よし、いい感じだ。
端っこまでたどり着いたら、日向に手のひらをかざす。暖かくて、気持ちいい。

ちょっぴり肩の力が抜けて、ようやく少し息を吐けた。

今月に入って、やっと竜子様のリハビリが軌道に乗った。

食事回数を増やす作戦が効果を発揮し、竜子様は少しずつご飯を食べられるようになったのだ。

近頃では頬がふっくらしてこられ、お顔の血色もずいぶんと良くなっている。

運動面でも寧々様と一緒に長めのお散歩をなさるようになったし、膝付きプランクやドローイングなどの軽い筋トレにも取り組んでいらっしゃる。

この調子ならば、生理が戻ってくる日も近い。

そんなお医者さんの診断が下りたのが、数日前のことである。

ようやくミッションのひと段落がついたまではよかった。

うん、そこまではね。よかったんだよ。

ミッション達成のご褒美が、観椿《かんつばき》の宴への招待状ってどういうことですか。

しかも寧々様とのプライベートなアフタヌーンティーではなくて、諸大名の奥方や姫君を招いた華やかなパーティーというのもおかしい。

事前に聞いていた情報に間違いがなければ、招待客は西国に領地を持つ大名家――それも、十万石以上の御家の方々限定だったはず。

正真正銘の上流階級が集うパーティーじゃん。たった二万石の小大名の姫に過ぎない私が顔を出したら、場違いにもほどがある。

一応そう言い訳して抵抗してみたが、綺麗な笑顔で聞き流された。

今回のお茶会の給仕に私を出す予定はない、と孝蔵主様に言われていたから、完全に油断しきっていた。

何も考えず喜んだ自分を恨みたい。

もうちょっとしっかりと遠慮しておけばよかった……！


「お与祢、寒いの？」

首を巡らせた先で、寧々様が心配そうに小首を傾げていた。

思いもかけない接近に声が出ない。伸びてきた白い手に両頬を包まれた。

「日向は暖かいけれど肌が焼けてしまうわよ」

気遣わしげに撫でられて、ようやく我に返る。

慌ててあたりを見回すと、寧々様と盛り上がっていたご婦人の姿がなかった。

近くに控えている孝蔵主様と目が合う。

クールな目元が、僅かにすがめられていた。

「も、申し訳ございませんっ」

謝罪とともに、その場で勢いよく平伏する。

まずいまずいまずい！　非常にまずい！

お客様のお見送りを忘れるなんて、お姫様としても女房としても大失態だ。

孝蔵主様のお説教が確定だよ。ご飯抜きはないにしても、みっちり半刻《一時間》は叱られる……！

「そんなに謝らなくてもいいわよ」

「で、ですが、寧々様」

「今日はとても寒いもの、小さい貴女が堪えきれなくてもしかたないわ」

くすくす笑って、寧々様は私を引き寄せた。

そのまま膝の上に私を乗せると、私ごと打掛の前を掻き合わせてしまう。

に、逃げられない。周りの目も痛い！

「ね、寧々様っ、恐れ多いことでございますっ！」

「あら、遠慮しなくていいのよ」

「いやいやいや！　遠慮してないですよ⁉」

「ほほほ」

私の抗議を、寧々様はさらりと笑って流した。更にぎゅっと抱き寄せられ、頬ずりまでされる。

「寧々様、頬ずりはちょっと」

「だめなの？」

「お化粧が崩れてしまいますから」

「構わないわよ、お与祢が直してくれるのでしょう？」

それは、まあ、もちろん。寧々様が完璧に綺麗でいられるよう、お直しは全力でしますけど。

私が返事に詰まると、寧々様はますます楽しげに声を上げて笑った。

「温まるまでくっついていましょうね」

「承知いたしました……」

これはもう、抵抗しても無駄ってやつですね。

寧々様はこういう時、絶対に諦めてくれない。抗いきれないなら、大人しくした方が早く解放してもらえそうだ。

しかたなく力を抜いて、寧々様に体を預ける。寧々様はご機嫌で私の髪を撫で始めた。

私へそれとなく向けられている視線が、また増えた気がする。

私の正体の謎が深まっているんだろうな。簡単に想像できて、胸の中でため息を吐いた。

会場入りしてから、寧々様は私を女房扱いしない。

ずっとこんな調子で距離を詰めて接して来られるし、来客に紹介する時も手元に置いている姫だとおっしゃるのだ。

びっくりしたよ。確かにね、今回はご褒美だから女房の仕事は免除って言われていた。けれど、お姫様として扱われるなんて夢にも思わなかったよ。

側に控える孝蔵主様に必死で視線を送っても、何も言ってくれなかった。当たり前ですってお顔からして、事前に私の扱いがどうなるかを知っていたのだろう。寧々様の言動を一切止めない。

おかげで私は、来客の貴婦人方の注目の的だよ。向けられるのは好奇の視線、会場をさざめかせるのは自分の話題。いたたまれないったらない。

新しい羽柴家の養女、もしくは若年の一門衆に嫁ぐ予定の姫。

ちらりと聞こえてきた推測はこの二つだったが、妙な勘違いをされるのはちょっと困る。ただの女房なんですよ、私。

今後の御化粧係としての仕事に、差し支えが出ないといいんだけれどな……。

「お母様」

近くで聞こえた華やかな声が、現実逃避から私を引き戻す。

声の方へ向くと、年若いお姫様がこちらへ歩み寄ってきていた。

(わ……！)

しずしずと近づいてくる彼女に、一瞬で目を奪われてしまう。

圧倒的な美貌だった。

今まで見てきた美人の中でも、一線を画す勢いの美がそこにあった。

大人と子供の間、十代半ばくらいだろうか。絶妙な年頃特有のアンバランスさが、美貌を瑞々しく彩っている。

宝石のような輝かしさと存在感に、息が止まりかける。少しも目が離せない。

「ご機嫌麗しゅう、お母様」

寧々様と私の前で、そんなきらめくお姫様が礼を取った。

慣れたふうの所作は、流れる清水のように麗しい。

先ほどの立ち姿からして、背は少し高めかな。背筋がしゃんと伸びていて、座り姿も見栄えがしている。

挨拶を受けた寧々様は、とても嬉しそうに笑みを浮かべた。

「お帰りなさい、お豪《ごう》。息災にしていたかしら？」

「もちろんですわ！」

お姫様が声を弾ませて頷く。艶めく黒髪が、ふわりと揺れた。

髪にくすぐられる頬は、ほんのりと血色の良い肌はとろみのある白。まさに象牙色の肌で、輝くような山吹色の打掛がよく映えている。

ほどよく小さいお顔のフェイスラインは、貴《とうと》げ、と言えばいいのだろうか。

卵型の見本のようになめらかな線を描き、その中のパーツの配置もパーフェクトだ。

眉から筋の通った鼻にかけてのラインが絶妙で、何より目元が桃花眼《とうかがん》だよ！

桃花眼。中国語でタオファァイェンと呼ばれる、切れ長の色っぽい目の形だ。

令和においてはとても魅力的な目元としてもてはやされていて、桃花眼に近づくためのアイメイクもたくさんあった。

天正において、いや、令和も含めてかも。これほど整った桃花眼の人は初めて見たわ。

麻呂眉にしておくのが非常に惜しい。あれは絶対にハンサム系の並行眉が似合う。

「お母様もご健勝そうでなによりですけれど、なんだか前よりお美しくなられましたわね？」

「うふふふ、そうかしら？」

華やかな笑い声が、その場に溢れる。

私に集まっていた視線が、たちまち寧々様たちに移っていく。

どちらも令和でも余裕で通用する極上の美人だもの。二人が揃って楽しげにしていたら、当然目立つよね。

私も含めて誰も彼もが、寧々様とお姫様から目を離せなくなってしまう。

「この子はお豪よ」

息を詰めて見守っていると、寧々様が耳打ちをしてくれた。

「うちの養女《むすめ》なのだけれど、知っているかしら」

「備前《びぜん》の御方《おんかた》様でいらっしゃいますね」

寧々様が悪戯っぽく片目をつむる。

なるほど、この人が噂の羽柴のお姫様なんだ。

豪姫様。前田のまつ様がお産みになって、すぐに羽柴家へと養女に出された方だ。

秀吉様と寧々様に溺愛されてお育ちになり、今年の夏に備前国の太守である宇喜多家の若きご当主様に嫁がれた。

私と入れ違う形になっていたから、まだお会いしたことがなかったのだけれど……。

これは、聞きしに勝る美女っぷりだ。

「そちら女童は何者ですの」

驚きつつこそこそ寧々様と話していると、豪姫様がこちらに目を止めてきた。

麗しい美貌が少し険しい。見慣れない顔の子供が寧々様の膝の上にいて、ちょっと不満の様子だ。

「ごめんなさい、紹介がまだだったわね」

寧々様が軽い調子で謝りつつ、私の両脇に手を突っ込んで持ち上げた。

そのまま膝から下ろされ、豪姫様の前に座らせられる。

「こちらはお与祢、山内対馬殿の一の姫よ」

「お初にお目もじつかまつります、与祢にございます」

寧々様に促されるまま、孝蔵主様に躾けられたとおりにご挨拶をする。

満足げに笑いながら、寧々様は私の紹介を続けた。

「この秋からあたくしの手元に置いてお化粧を任せているの。今後はお豪も会うことが多いと思うから、よしなにね」

「このような幼い姫にお化粧を、ですか？」

「対馬殿の奥方である千代が美容に長けているのは知っているかしら」

もちろん、というふうに豪姫様が首を縦に振った。

「流行りの玉柱紅《ぎょくちゅうべに》や眼彩《がんさい》を考案した、と聞き及んでおりますわ」

「そうそう、昨今流行りの薄化粧の仕方もね」

世間において私の美容趣味がもたらしたもののほとんどは、母様が発案したものとされている。

面倒ごとを減らすためだと、これを決めた父様と与四郎おじさんが言っていた。

功を奪う形になることを謝られたけれど、当たり前の措置だと思う。だって発案者が私だなんて、信憑性がなさすぎるものね。

寧々様は事実を知っているけれど、それを隠すように口元を扇子で隠した。

「お与祢も母譲りでお化粧を得手としていてね、これこのとおりあたくしをとても美しくしてくれるのよ」

「さようですの……」

豪姫様の目が細まる。納得がいかないご様子だ。

私がメイクに長けているなんて言われてても、信じられなくても当たり前か。

自分で言うのもなんだけれど、八歳なのだものね。どこから見ても子供なのに、大人顔負けの仕事をしていると言われたら疑いたくもなるものだ。

「でもそれを差し引いても、愛らしい姫でしょ？　何ごとも心を尽くしてくれるし、いじらしくてしかたないよねえ」

扇子の下で寧々様が笑う。

「あたくしの大事な姫ですから、お豪も仲良くしてあげてちょうだいね」

「……ふぅん」

豪姫様がまじまじと私を見下ろした。唇に指を添えて、何か考えている。

じっと見つめられて、なんとなく落ち着かない。どきどきしていると、おもむろに豪姫様の口が開いた。

「お与祢、でしたわね」

「は、はい」

背筋を伸ばして返事をする。

目の前の薔薇色の唇が、花開くようにほころんだ。

「今日よりあたくしのことは姉姫様とお呼びなさい」

「はい？」

あねひめさま？

間抜けた声が、つい出てしまう。

白い指で私の手を握り、豪姫様が更に言う。

「母様のお手元にいて可愛がられている姫ならば、あたくしの妹も同然でしょう。あたくしを姉と呼ぶことを許します」

かなり強引な論理ですね⁉

「あの、備前の御方様」

「姉姫様よ」

豪姫様が私の言葉を遮った。きりりとした目元に力を込めて、じっと見つめてくる。

これは……姉姫様と呼ぶまで引かないつもりだな……。

どうしよう。困って寧々様のお顔をうかがってみる。綺麗な三日月を描く口元が、ゆったりと扇子で隠された。

「呼んでおあげなさい」

「で、ですが、恐れ多いことで」

「ほらほら」

寧々様の手が私の背中を優しく叩く。まるで母親が、恥ずかしがる娘に挨拶をうながすみたいな仕草だ。

慌てて周囲を見回す。座敷中の視線が、私たちに集中していた。

柔らかな手が、また背中をぽんぽんと叩いてくる。

「お与祢」

期待のこもった声に、名前を呼ばれる。

上目遣いで視線だけ持ち上げると、豪姫様が身を乗り出すようにして待っていた。

にらめっこみたいに、じっと見つめ合う。

結局負けたのは、私の方だった。

「……はい、姉姫様」

「よくできましたわ！」

次の瞬間、豪姫様が思いっきり私を抱き寄せた。

「妹姫って可愛らしいものね、お母様！」

「そうねえ」

声を弾ませる豪姫様と、もはやぬいぐるみ状態の私に、寧々様は満足そうに目を細める。

「お豪とお与祢が一緒だと、やっぱり愛らしさが増すわね」

「当然ですわ。だってあたくしたち、お母様の姫ですもの」

「寧々様に姉姫様っ⁉」

自信満々におっしゃる豪姫様に、私は白目を剥きそうになった。

周りの貴婦人の皆様のお顔がすごいことになっている。明らかに私を見る目の色が変わっている。

私は羽柴の姫じゃなくて女房なんですって言っても、もう誰も信じてくれなさそうな雰囲気だ。

「さて！」

頭を抱える私をよそに、豪姫様がぱちんと両手を打つ。

「お母様にご挨拶できたことですし……お与祢」

何でしょうか。顔を覆った手の隙間から、豪姫様を覗く。

「参りますよ」

「え？」

私の手首を掴んで、豪姫様が立ち上がった。

ぐいぐい引っ張り、御殿の方へ歩き出そうとする。

「備前の、いえ、姉姫様！　参るって、どちらへ？」

「あたくしの座敷ですわ」

豪姫様の座敷には今、年齢の近い奥方や姫君が集まって歓談中らしい。

ハイクラスのお姫様たちのお茶会、みたいなものだろうか。

女房の私も混ざっていい代物なのだろうか……。

「あたくし、妹姫を皆に披露したいのよ」

「で、でも、姉姫様、寧々様のお側から離れるのは、ちょっと」

「だめなの？」

ダメも何も、私は寧々様の女房だ。女房の仕事があるかもしれないんですってば。

豪姫様に抵抗しながら、寧々様を振り返る。救いを求めて見つめると、寧々様の微笑みがゆったりと深くなった。

「いってらっしゃいな」

「そんな！」

「いいじゃないの、お豪と遊んでらっしゃい」

閉じた扇子の先がゆるゆる振られる。同時に、豪姫様が私を力いっぱい引っ張った。

「ほらっ、参りますわよっ」

「楽しんでおいでなさいねー」

嘘でしょ⁉　なんて思っても、誰も助けてくれない。

ずるずる引きずられる私の背中に掛かる見送りの声は、笑いを堪えたものだった。

◇◇◇◇◇

豪姫様に手を引かれて御殿へ上がる。

向かう先は、どうやら普段あまり使われていないエリアのようだ。

私の私室にも近いそこが、豪姫様用のお部屋だったらしい。

「姉姫様のお部屋もこちらだったのですね……」

今日の今日まで知らなかったよ。

そうね、と豪姫様が緩めた口元を扇子で覆った。

「姉妹仲良く、というお母様の思し召しですわね」

「さようでしょうか」

「これからは気軽に遊びにおいでなさいな。あたくしもなるべく帰ってまいりますからね」

「恐れ多いことにございます」

そう返すと、急に豪姫様が立ち止まる。

どうしたのだろう。むっとしたお顔で、私の前にしゃがんだ。

「お与祢、その過分にへりくだった話し方はおやめなさい」

「あ、姉姫様？」

「謙虚は美徳ですけれど行きすぎだわ、まるで女房ではないの」

まるでも何も、私は女房ですよ。そう反論をしかけて口を閉じた。

目の前の豪姫様の表情の厳しさに、言葉を飲み込む。

「あたくしたちはお母様の姫で姉妹なの。姉妹の間柄の上下は、長幼の序の他は無きものよ。そうでしょう？」

「ええと、姉妹ならばそうですね……」

「なのに妹が姉に女房のような振る舞いをするなんて、とってもおかしいことだわ」

手を握って、目を合わせられる。

「他家の者に見られたら不仲を疑われて、貴方が軽んじられてしまいかねないわよ。娘の不仲を嗜《たしな》められぬ母と、お母様まで悪く言われるやもしれないわ」

「え、それは困ります！　寧々様は良い方なのにっ！」

「ならばもそっとあたくしには気安くしてちょうだい」

凛とした目元に力を込めて、豪姫様は続ける。

「貴方もお母様の大事な姫。ならば羽柴の姫らしく、あたくしとは姉妹らしくなさい。よろしいわね？」

「し、しかしながら」

「いいいい」

「よろしいわね」

うう、返事が難しい。寧々様に大事にされていることは認めるが、正真正銘の御化粧係の女房でもあるのだ。

豪姫様の調子からして、説明しても納得してもらえる気がしない。

かんっっっぜんに寧々様のあの態度のせいだ。

「返事をなさい」

催促されても困る。口を閉じていれば、そのうち諦めてくれないかな。

黙っていると、私の手を握る力が少し強くなった。

「……あたくし、可愛い妹によそよそしくされるなんて嫌よ」

うつむき加減で、豪姫様がこぼす。

長い睫毛を伏せて、私にしか聞こえないくらい小さく、ぽつんと一言。

私の良心に致命傷を与えるには、十分すぎた。

「承知……いえ、わかりましたわ」

負けですよ。負けましたよ。

ため息を吐いて、私の手を握る豪姫様の手に、もう片方の手を重ねる。

きょとんとしても、美人は美人だなあ。

「ですから姉姫様、悲しいお顔しないでくださいな」

途端に豪姫様のお顔がぱっと輝いた。

勝てないな、これは。抱きしめられながらそう思った。

豪姫様は、寧々様とよく似ている。顔立ちなどの見た目ではなくて、人の惹きつけ方がそっくりなのだ。

ストレートに表現される感情も、ふとした拍子に見える表情も、放っておけない気持ちにさせられる。

血は繋がっていなくても、親子は親子らしい。

「豪姫様」

軽やかな衣擦れと声に振り向くと、廊下の角から顔を覗かせる人がいた。

小柄な女性、というか少女だ。繊細な顔立ちは、豪姫様と同年代くらいに見える。

「りつ殿ではないの」

「こちらにいらしたのですね、お探しいたしましたのよ」

りつ、と呼ばれたその人は、ため息まじりに小走りで寄ってくる。

近づいてきても、やっぱり彼女は小さかった。目算でも、豪姫様より十センチ以上は背が低い。

どこもかしこもこじんまりとしていて、手足もほっそりとしている。

身につけているのが薄いアイスブルーの打掛だからか、どこか妖精めいていてとても儚げだ。

「何かありましたの」

「いいえ。なかなか座敷へお戻りにならないので、心配になりまして……こちらの姫は？」

「あたくしの妹姫よ」

うん、そういう紹介になるんですね。

訂正を諦めて、私はりつ様に会釈をした。

「お初にお目にかかります。山内対馬守が娘、与祢にございます。この秋から北政所様のお側にお仕えしております、どうぞよしなに」

「まあ！」

私を映す丸い双眸が大きく瞬く。

「では貴方様が与祢姫様でいらっしゃいますのね？」

あれ、私のこと知ってらっしゃるの？

首を傾げつつも頷くと、りつ様の表情がぱっと明るくなった。

「はじめまして。わたくし、福島左衛門大夫の妻にございます」

「え、福島様の奥方様でいらっしゃいますか！」

「先日は夫がお世話になりました」

そう言ってりつ様が、柔らかに微笑む。

「いえ！　こちらこそ福島様には大変良くしていただきまして、ご迷惑もお掛けしてしまって申し訳なく……」

「お気になさらないでくださいませ。うちの飲んだくれなんて適当に使っていただいて結構ですわよ」

りつ様、さりげなく福島様を貶《けな》すね？

夫婦の力関係を垣間見せつつ、彼女はご機嫌で腰を屈めた。

「与祢姫様のことは夫から聞いておりましたの。たいそうお可愛らしい姫君が、寧々様のお側に上がられる、と」

お会いできて嬉しいですわ、とおっしゃる声は小鳥のさえずりのように澄んでいるが、なぜか豪快さが潜んでいる。

りつ様の妖精成分は、どうやら見た目だけらしい。

「それはそうと、なぜわざわざあなたがあたくしを迎えにきたのかしら？」

妙な納得感に浸っていると、豪姫様が口を挟んできた。

「あなたは一門衆の正室でしょう。雑事は女房に任せなさい」

扇子を手に打ち付ける音が廊下に響く。

叱られたりつ様は、困ったように細い眉を下げた。

「申し訳ございません。他の皆様が、豪姫様のご不在を気になさっておいでだったものですから」

「落ち着きのない方々ですわね」

豪姫様の瞼が半分ほど落ちる。ご機嫌斜めのご様子だ。

りつ様をこっそり見上げると、小さく肩をすくめられた。

「参りますわよ」

そっと私たちが苦笑いを交わしたところで、豪姫様が勢いよく打掛を翻して歩き出した。

細い背中の後に、私たちも続く。廊下の端まで辿り着いて角を曲がると、すぐに同僚の女房の姿が見えた。

お部屋に近づくと、だんだん賑やかな気配が漂ってくる。

さざめくような話し声、衣擦れの音。聴こえてくる声はどれも若々しくて、無邪気さすら感じられる。

放課後の中学や高校の教室みたいな感じって言えば近いかな？

寧々様の御殿では中々感じられないタイプの賑わい方だ。

「備前の御方様のおなりでございます」

女房の先触れとともに、豪姫様が入室する。

波が打ち寄せるような音を立てて、室内の人影が一斉にこちらへ向いて礼を取った。

「ご機嫌麗しゅう存じます、備前の御方様」

打掛を広げて平伏する姿は、十人ほど。挨拶の声からして、全員年若い姫君のようだ。

皆一様にあでやかに着飾り、座敷の隅々まで豊かな色彩で満たしている。

金と極彩色で満たされた内装と相まって、目が眩むほどきらびやかだった。

「ごきげんよう、皆様。お待たせしましたわね」

楽になさって、と豪姫様がおっしゃる。

お姫様たちが平伏を解いて、めいめいに顔を上げた。

若いな、みんな。一番大人っぽい人でも、二十歳は超えていなさそうだ。

「退屈させてしまったかしら」

「いいえ、そのようなことは」

上座に近い場所にいた姫君が、ゆるゆると首を振った。

「かように美しいお城にお招きいただいたのですもの。退屈する暇《いとま》などございませんわ」

ねえ皆様、と言う彼女に、他の姫君たちも同意の声を上げた。

どこか媚《こ》びを含んだそれらに、ピンとくる。きっとこの姫君が、この場のメンバーのボスだ。

ぱっと見た感じでも、高校時代にいた女子のボスとよく似た華やかさがある。

豪姫様とは違った方向の自信が服を着ているタイプだ。

「ですがなかなか御方様がいらっしゃらないので心配しておりましたのよ。何かよんどころないご事情で人前にお出になれなくなったのかしら、と」

心配しているふりで、ちくりと嫌味。いっそ見事なくらいのお手前に、私もりつ様も固まる。

だが豪姫の表情は、ちっとも崩れない。扇子をばさりと広げて、口許を隠すのみだ。

「それは気を遣わせましたわね」

余裕の笑みをたたえたままの目が、ひたりとボス姫君を見据える。

「先に母の元へご挨拶にうかがっていただけですの。そうしたら話が弾んでしまって。久しぶりに会えたのだから、となかなか放してもらえなくて……」

うちの母はあたくしを溺愛しておりますでしょ？　困ったものですわねえ、と扇子の陰で鈴のような声が転がる。

どこまでも明るいその笑い声に、ボス姫君の微笑みが僅かにこわばった。

嫌味を真正面から笑い飛ばされたせいだな。苛立ちを隠しきれていないあたり、まだまだボス姫君も青いようだ。

「そうそう、ちょうど良いわ。この子の紹介もさせていただこうかしら」

初戦を制してご機嫌な豪姫様が、りつ様に目配せをした。

意を得たりつ様が、私の背中をやんわりと押す。一歩前へ出た私に、座敷中の視線が集まった。

「あたくしの妹姫になったお与祢ですわ。この秋から母の手元におりますのよ」

「まあ、そちらの方が噂の？」

ボス姫君の側にいた取り巻きの一人が、ちらりと私を見た。

袖の陰から送られる視線は、まるで珍しい生き物を観察するかのようだ。

い、居心地が悪ぅ……！

「あちらの方のこと、ご存じですの？」

「ええ、少々」

問いかけるボス姫君に、取り巻きが目を細める。

「ですが北政所様のお側に上がった方は、女房になられたとお聞きしていたのですが」

どこか楽しげな一言が、やけに大きく室内に響く。

「さようなのですか？」

くすくす笑う彼女の隣の姫君が、わざとらしく目を丸くして声を上げた。

「ええ。どこぞの小大名が娘を北政所様の女房として働かせている、という噂がございまして」

「あらあら、それはなんと申しますか……」

「姫の身で奉公に出るなんて、わたくしなら耐えられないわぁ」

「お与祢殿でしたか？　あなた、お気の毒ですわね」

ボス姫君が話しかけてくる。

次のターゲットは私ですか。そうですか。

豪姫様にマウントを取れなかったからなんだろうが、容赦が無いな。

「お心遣いありがとうございます」

黙り込むのもなんだから、うわべだけのお返事をする。

「ですが、さほどのことでもありませんのよ」

「まあ、まことに？」

「関白殿下と寧々様には、格別のお計らいをいただいておりますので」

「そうですの。もともと微賤《びせん》でいらした方にはお幸せなことでしょうね」

おお、ストレートにきたな。

さすがにカチンときたが、黙って笑っておく。女房であるのは事実だし、こういう手合いは反論しても無駄だしね。

この人たちは、私をいじめて遊びたいだけなのだ。

寧々様の熱烈なオファーと自分の意思によってここにいる、なんて私の事情やその意味を説明したところで理解させられないだろう。

相手をするのも面倒だから、適当にあしらって放っておくに限る。

「つまらない方ね」

ボス姫君が、鼻白んだように言う。

口を閉じたまま微笑み続けると、目を逸らされた。

「せいぜいお励みなさいまし」

「はい」

終わりかな。仕上げの一礼でもしておくか。

「お待ちなさい」

私の肩に、白い手が添えられた。

「頭を下げてはなりません」

「え？」

動きを止めると、今まで微動だにしなかった豪姫様が正面に回り込んできた。

きりりと眉を跳ね上げて、いいこと、と強い口調でおっしゃる。

「あなたはあたくしの妹姫。軽々しく頭を下げてはなりません」

「あの、姉姫様。それでは礼を失してしまいます」

「そんなことありませんわ」

ぴしゃりと否定をぶつけられる。

「あたくしたち姉妹が礼を尽くすべきは、天下人たるお父様とお母様だけ。臣下の妻や娘ごときに下げる頭は持ち合わせていなくてよ」

またものすごい論理が飛び出したね⁉

身分の上下を弁えろ、ということならわからなくもないよ。

天正の世には身分の秩序が明確だ。それに則った振る舞いが求められるし、上下関係は令和の体育会系のそれより厳格である。

天下人の愛娘である豪姫様が、この場の誰にも頭を下げなかったとしても問題は無い。

でも、私は別だ。寧々様たちに可愛がられてはいても、豪姫様とは違う。

ただの女房に過ぎない。この場の姫君たちよりも、目下の存在である。

「皆様、よろしくて？」

はずなんだけどなあ……！

豪姫様に肩を抱き寄せられる。

「この子はお母様に強く望まれて、お化粧や美容について学んでおりますのよ」

「き、北政所様の御指図なのですか？」

誰かの声に、細い顎先が引かれる。

「お与祢の生母である山内家の奥方はご存じかしら？　非常にご趣味の良い方なのだけれど、この子も美しいものを扱う才に恵まれているのですわ」

だからそういうことだ、と豪姫様が唇をたわめた。

「ま、それを半端に漏れ聞いた浅はかな者が妙な噂を立てているようですが」

押し黙る姫君を、強い光を湛えた双眸はぐるりと見回す。

「この子もまた、お父様とお母様が鍾愛《しょうあい》する姫なの。あたくしと同様にね」

私を見る姫君たちの目が、みるみるうちに丸くなっていく。

花びらのような唇は開いているけれど、誰一人、声一つこぼさない。

先ほどまでの嘲《あざけ》りや値踏みの視線が嘘のように打ち消されていた。みんな唖然として、私たちを見つめている。

「あたくしたちのお与祢のこと、くれぐれもよしなにお願いしますわ」

「しょ、承知いたしました」

真っ先に我に返ったボス姫君が、豪姫様にこうべを垂れる。つられるようにして、他の姫君たちも。

豪姫様はそれを見下ろして、とても満足げに微笑んでいる。

さりげなく、りつ様に視線を投げる。ゆっくりと、同情の眼差しを返された。

「豪姫様」

深まる誤解に頭を抱えていると、りつ様の咳払いが聞こえた。

「火鉢の側へ参りましょう、与祢姫様が寒そうになさっておりますよ」

はっと豪姫様が私を覗き込んでくる。

とっさに小さく震えてみせると、彼女は口元に手を当てて小さく叫んだ。

「やだ、気づかなかったわ！」

「急に冷え込んでまいりましたからねぇ。どなたか、お二人のお席を整えて」

りつ様が手を叩くと、女房や侍女たちが慌てて動き出す。

あっという間に火鉢などが整えられて、上座の席へ導かれた。

「どう？　寒くはない？」

私を火鉢の前に座らせ、豪姫様が手を握って心配してくれる。

「ごめんなさいね。こんなに手を冷たくするまで我慢させてしまって……」

「温かい茶か白湯でも持たせましょうか」

「そうね、火鉢ももう一つ持ってこさせて。何か羽織るものもよ」

女房や侍女たちが、りつ様の指示で私と豪姫様の世話を焼く。

お客様への対応は、本当なら女房である私もすべきことなんだけどなあ。

うう、周りの視線が気になって落ち着かない。仕事にかこつけて下がれないかな。

豪姫様をそっとうかがってみる。彼女は優しげな笑みを浮かべて、さらにしっかりと私を抱き寄せた。

無理か……やっぱり……。


そこから先は、予定通りお茶会に移った。

思い思いにお茶やお菓子を楽しみ、和やかなお喋りに興じている。

序盤の戦いが嘘みたいに穏やかだが、偽りの平和ってやつだろう。

全員本心は別にあるとわかりきっているので、何をしていても心から楽しいと思えない。

懲りずにボス姫君は豪姫様に仕掛けているし、あちこちでも細やかなマウント合戦が聞こえてくるんだもの。

私にもまだちょっかいを出してくる人もいるので、気を抜けないったらありゃしない。

リラックスしていられるのは、りつ様と喋る時だけだ。

やっぱりこういうタイプの女子会は苦手だわ。お茶会が終わったら、豪姫様とりつ様とだけで仕切り直したいよ。

「なんとかぐわしいこと……」

ため息まじりの呟きが、心の中でぼやく私の耳に届く。

何かと首を巡らせると、またボス姫君の周りが賑やかになっている。

扇子を回して、匂いを嗅いでいる？　銀色の扇面に鼻先を寄せては、取り巻きたちがうっとりとしている。

「これは丁字《ちょうじ》かしら」

「でも、どこか甘さに深みがございませんこと？」

「確かに、香りが長く尾を引くようですわ」

取り巻きの一人が、扇子を仰ぐ。空気が動いて、私の元まで香りが漂ってきた。

なるほど、甘い。きついくらいの甘さとスパイシーさが混ざった匂いだ。

さてはクローブ《丁字》にシナモン《桂皮》をいっぱい加えたな。香調が八つ橋の匂いの強化版みたいになっている。

あと、鼻の奥にくっつくみたいな匂いの濃さのもとはなんだろう。一歩間違えたら臭いの領域にいきそうな危うさがある。

好みは人それぞれだけど、これは……大丈夫？　香水臭い人になりかかってるよ？

「梅姫様、こちらは一体？」

取り巻きの問いかけに、ボス姫君――梅姫様とおっしゃるらしい――が、楽しそうに目を細めた。

「麝香《じゃこう》を入れたの。丁字に決まった量を加えると、このように豊かな香りになるのですわ」

「じゃ、麝香でございますか⁉」

待って、麝香なのこれ⁉

「うふふ、たいしたものじゃないでしょう」

たいしたものですが⁉　自慢ですか⁉

海外からの輸入品である香料を手に入れられる、そしてそれを贅沢に普段使いにできる。

そういう人は、正真正銘のお金持ちだ。特に彼女が使っているムスク《麝香》を手にできる人は、ハイセレブと呼んでもいい。

周りがざわつくのも当然といえるし、私の胸もざわつきまくりだ。

だって天然ムスクとは、令和の世でも超が付くレアな香料だった。

原材料となる香嚢《こうのう》を持つジャコウジカが絶滅の危機に瀕していて、国際条約で商業目的の取引が原則禁止になってしまったためだ。

だから私も化学合成品ではない天然のムスクなんて、見たことも嗅いだことすらもなかった。

条約の制限がない天正の世《いま》ならばいつか、と密かに期待していたけど、ここで遭遇できるとは……！

「こちらで不自由しないように、と上の兄が贈ってくれたのよ」

返された扇子をもてあそび、梅姫様が自慢げに語る。

「離れていても、いつも心を砕いてくれるの。毛利に連なる姫として恥ずかしくないように、わたくしが心安らかに暮らせるようにとね」

「まあ、素敵な兄君ですこと！」

「持つべきものはやはり血の繋がった兄弟ですわね」

「やだわ、兄はただただ過保護なだけなのよ？　わたくしが同父同母の妹だからかしらねえ、ほほほほほ！」

露骨なヨイショに、高らかな笑い声。それとともに、ちらちらと視線が飛んでくる。

わかりやすい挑発だ。血の繋がった、というフレーズを強調するあたり、かなりえげつない。豪姫様と前田家の縁、私との関係。もしくはその両方かな。とにかく全方位を揶揄していて、はっきりと悪意が滲んでいる。

「誰ぞ」

おもむろに、豪姫様が手を叩いた。

「御簾を開けてちょうだい。きつい臭いで頭がくらくらしてきたわ」

「なっ」

さっと梅姫様の顔が赤くなる。

きつく睨まれてもまったく意に介さず、豪姫様は袖で鼻を覆う。

「ああ臭い。麝香のような香《か》の強いものを使いすぎるとこうなるのね、お与祢」

「え、まあ……そうですね、獣から取る香料ですし。多く使うと香りがしつこくなりますわね」

ムスクの正体は、ジャコウジカのオスがメスを誘うために出す分泌物だ。

ようはフェロモン。臭って当然、強烈であるほど良いという物質である。

しかも備わっている臓器の位置的な影響か、アンモニアっぽい臭いが強い。

適切な処理をする前の物の臭いは、うん、お察しください。

「もう少し薄めた方が、心地よく香るかと思いますわ」

「どのように？」

廊下側の御簾を上げて戻ってきたりつ様が、面白そうに尋ねてくる。

「南蛮では酒精の強い焼酎に麝香を溶かし、塵《ごみ》などを濾《こ》した後の汁を加減しながら香として使うそうですの」

「まあ、そうやって練香に加えるのですか」

「いえ、汁のまま香にするのだとか」

言いながら、私は懐を探る。指先に硬くて滑らかな物が触れた。

お試しで作ったやつ、持ってきておいてよかった。

安心して引っ張り出した陶器の香水瓶を、豪姫様たちの前で開ける。

「花……？」

不思議そうな呟きが、はっきりと二つ重なる。

「どうぞ、聞いてみてくださいな」

香水瓶を差し出して、そろそろと伸びてきた白い手に渡す。

豪姫様とりつ様が、香水瓶の口へと鼻先を寄せた。

「！」

それぞれに綺麗な形を作る二対の双眸が、瞬く間に大きくなる。

「御方様、いかがなさいました」

頬が淡い花びらの色に染めた豪姫様に、梅姫様が声を掛ける。

「香くらいで惚けてしまわれるなんて、え？」

「あなたも聞いてごらんなさい」

すうっと立ち上がった豪姫様が、嫌味を重ねかけた彼女の前に降り立つ。

有無を言わさず手に香水瓶を押し付け、聞きなさい、ともう一度重ねた。

「聞けばわかるわ、はやく」

「は、はあ……」

おそるおそる。そんなふうに、押し切られた梅姫様が香水瓶を鼻先に寄せる。

そうしてそのまま、彼女はぴたりと動きを止めた。

「姫君？」

取り巻きに呼ばれても、反応がない。

目は見開かれ、口もぽかんと半開き。フレーメン現象を起こした猫のような顔で、梅姫様は固まっている。

こうして見ると、わりと愛嬌のあるお顔だな。

「与祢殿……いえ、与祢姫様……これは何ですの……」

わなわなと、梅姫様は声を震わせる。

「瑞々しい甘さ、澄んだ爽やかさに……とろけるような果実の匂い……？」

信じられない物を見る目で、私を見つめる。

「こ、こんなの、まるで——花そのものではないの！」

「はい、花そのものですから」

正確に言うと、花の芳香成分をふんだんに使ったものですけど。

「薔薇と柚子の香油を合わせて、木犀《もくせい》を漬けた焼酎で溶きましたの」

今回の香水には、薔薇の中でも香料に使われやすいハマナスを漬け込んだインフューズドオイル《浸出油》と、柚子の果皮から蒸留した精油を使用している。

十分な芳香を備えたオイルを使用したので、香木の甘さとはまた違う、瑞々しいフローラルな甘い香りとなっている。

そして、ベースに使ったチンキに漬けた花は、木犀。

またの名をウスギモクセイというキンモクセイの近縁種で、キンモクセイよりは控えめながらもよく似た香りを含んでいる。

果実を煮詰めたかように甘酸っぱいキンモクセイの香りは、シトラス系の香りとの相性が良い。

柚子の香りの良さを引き出しつつ、ハマナスとの間も取り持って、果物と花を一緒に楽しめる香りに仕上げられたと自負している。

「このようなものに麝香の汁を少量足すと、艶やかな香になるかと思いますわ」

ムスクは少量ずつ他の香料と組み合わせ、調香するのがセオリーだ。配分さえうまくやれば、深みがあるセクシーな香りを得られる。

自信満々の私の語りに、口を挟む人は誰もいない。未知の香水の話は、この場の誰もを圧倒してしまったようだ。

「南蛮の香はこのように用いるのですが、どうかしら。お気に召しました？」

呆然としている梅姫様に話しかける。

呼吸一つほど置いて、彼女は何度も首を縦に振った。

「ではそちら、差し上げますわ」

「よ、よろしいの？」

「構いませんよ、手慰みにこしらえたものですので」

この香水は、寧々様のために香水を作った際に、練習がてら量産したものだ。

たくさん作りすぎて、消費のしどころに困っていたところなんだよね。

誰かがもらってくれるなら、とってもありがたい。

「あの……ありがとう、ございます……」

香水瓶を胸元に抱えて、梅姫様が絞り出すように礼を口にした。

わりと素直な態度だ。良いお家で大事に育てられているからだろうな。

高飛車に振る舞っていても箱入り姫なんて、可愛いもんだね。

「いえいえ、おうちでも香りを楽しんでくださいましね」

気に入ったなら、次回以降はとと屋で買ってね。来月から売り出すから。

与四郎おじさんが手ぐすねを引いて、皆様のご来店をお待ちしております。

「他の皆様もいかがでしょう」

羨ましげな取り巻きたちにも声を掛ける。

一斉に私へ向いた眼差しには、もはや一欠片の敵意もない。

「これとは別に、二つ、三つほど違う花の香りもありますの。持ってこさせましょうか？」

提案すると、嬉しさに満ちた歓声が返ってきた。

お姫様でも年頃の女の子だね。香水で釣れるとは、あまりにもちょろい。

微笑みで本音を隠しつつ、控えている同僚に声を掛けた。

別室に控えているお夏へ香水を包むよう伝言をと頼むと、彼女はにやりとしてから一礼をして退出した。

「さすがは私の妹姫ですわ」

同僚の背中を見送る私の耳元で、豪姫様がそう囁く。

見上げると、片目も瞑ってくれた。隣のりつ様も、今にもサムズアップしそうなお顔だ。

嬉しくなって、私も自然と笑みがこぼれそうになった。

そんな、タイミングだった。

「ねえ、あなた。もう少し離れてくださいな」

棘のある声が、はっきりと耳に届いた。

「あなたの臭いがきつくて、与祢姫様の香を邪魔しているの。あちらまで下がっていただけるかしら」

反射的に声の方、下座へと目を向ける。

回されていったのであろう、香水瓶を前に、二人の姫が揉めて……いや、違うな。薄紫の打掛を纏う姫君が、一方的に緋色の打掛の姫君に詰め寄っている。

「あ、あちらは、廊下、ですが……」

「ええ、それがどうかいたしまして？」

薄紫の姫君が、緋色の姫君を睨み据えた。

「下がってくださいましな、さあ」

強く言われて、緋色の姫君が絶句する。

「早くなさいな」

催促されても、緋色の姫君は微動だにしない。

薄紫の姫君の侮辱も同然の物言いに、心底驚いているのだろう。

こってりとした天正メイク越しにも、はっきりと顔を青くしてしまっている。

「なんとかおっしゃいよ、末摘花《すえつむのはな》気取りの君」

動けない緋色の姫君に、薄紫の姫君は苛立ちを隠さず重ねた。

「古臭い香を見せびらかすのも結構ですけれどね。今は控えていただきたいわ。ここがどういう場か、ご存じでいらっしゃる？」

棘の鋭さに、言われた緋色の姫君が黙り込む。

「それとも、備前の御方様と与祢姫様のご不興を買いたいのかしら」

「そ、そげなっ」

弾かれるように、緋色の姫君が顔を上げた。

「そげなこっ、あいもはんっ」

裏返った声が、大きく響く。

座敷の中が、しんと静まり返った。驚きに満ちた目が、緋色の姫君に集まる。

私だけじゃない。ボス姫君たちも、豪姫様とりつ様も。

その場の誰もが、凍りついた緋色の姫君を見つめてしまう。

(彼女、今、なんて?)

彼女の飛び出た言葉が、理解できなかった。

反論したのは、雰囲気でわかった。でも、発された言葉がわからなかった。

耳にしたのは短文だけれど、日本語と呼ぶには独特すぎるのだ。

イントネーションも単語も、私たちが使っている言葉と違う。

「何ですの、それ」

くすりと笑う声が静けさを破った。

「あ……」

「ねえ、なんとおっしゃったの? 今一度おっしゃって?」

薄紫の姫君が、緋色の姫君に訊ねる。

笑みを浮かべながらなのに、柔らかさは一切無い。冷たい嘲りが、これでもかと声音にこもっている。

「あなたがなんておっしゃったのか、わたくしわからなかったの。ねえ、お願いしますわ」

頬を真っ赤にして、緋色の姫君が言葉を詰まらせる。

「そ、そげ、っ、それ、は」

「言えないの？」

「っ、ちご……」

「はっきりとおっしゃいな」

ああ、それとも、と、薄紫の姫君が目を細めた。

「まともな言葉でお話しできないのかしら――薩摩《さつま》の方は」

堪えきれなくなったとばかりに、誰かが袖の下で噴き出した。

それにつられて、ひとり、ふたり。嘲笑《ちょうしょう》が次々と上がっては、項垂れる緋色の姫君に投げつけられていく。

（酷い）

いや、いやいやいや。ちょっとこれ酷すぎじゃない⁉

なんでみんな、こんなに笑うの。言葉が聞き取れなかったからといって、ここまで馬鹿にするなんておかしいよ。

「あれは島津の姫ですから」

困惑する私に、そっと梅姫様が耳打ちをしてくれた。

「先の九州攻めは覚えていらして？」

「え、ええ、はい」

あ、あの戦争ね。紀之介様も出陣なさったから、よく覚えている。

「みっともない口をきいた方が、賊将であった島津家の娘。嘲ったのは、土佐の長曾我部《ちょうそかべ》家の姫君ですわ」

　つまり、どういうこと？

　わからなくて、梅姫様とりつ様を見比べてみる。

　見比べられた二人が、顔を見合わせた。ややあって、りつ様がため息交じりに口を開いた。

「与祢姫様もご存じのとおり、戦場で島津は暴虐のかぎりを尽くしましたでしょ？」

　島津は恐ろしいほどに強い。有名な話だから、私もよく知っている。

　秀吉様率いる大軍勢を相手に一年も戦い続けたのだ。その精強っぷりは、折り紙付きと称していいだろう。

「ゆえに殿下の元で戦った大名家には、痛手を被った家も少なくないのです」

　当家も似たようなものですが、と梅姫様が苛立たしげに島津の姫を見やる。

「長曾我部家はね、島津にお世継ぎを討ち取られてしまいましたの。それで、ご当主様が傷心のあまりひどく惑乱なさったそうで……」

「御家中がそれはもう荒れに荒れて、今もとても大変なありさまだそうですの」

　だから長曾我部のお姫様は、島津に怨みがあるってことか。

　戦死は戦の倣いと言われてはいても、割り切れない感情というものはある。

　お兄さんが殺されて、お父さんがおかしくなって、家庭内もめちゃくちゃ。

　これで島津《元凶》を恨むなというのは酷《こく》だ。

「だとしても、いささか度を越しているのでは？」

人がたくさんいるところで、人を巻き込んでいじめるのはさ。

家としても、個人としても恨めしくてやりきれない。長曾我部の姫君の怒りは、痛いほどわかる。

でも、ここにいる島津の姫君は、たぶん長曾我部のお世継ぎを討った人ではないはずだ。

同族というだけで、拳を振り下ろされる先になるのは理不尽すぎる。

「そうね」

不意に、低い同意が側で呟かれた。

「姉姫様?」

「ほんに、見苦しいこと」

氷のような横顔で、豪姫様が吐き捨てる。

渦巻いていた嘲笑が、ぴたりと止まった。

「長曾我部の方、でしたか」

はっと息を詰める長曾我部の姫君を、豪姫様が冷ややかに見据えた。

「ここがどこか、ご存じかしら」

「び、備前の御方様、わたくしはっ」

「お答えなさい」

ひぅ、と無様な音が長曾我部の姫君の喉から溢れる。

「ここは、どこ?」

「……御方様の、お部屋でございます」

「そして、我が父母たる関白殿下と北政所様のお膝元ね」

柔らかに微笑み、ここはね、と豪姫様は噛んで含めるように続けた。

「お父様とお母様が調度や召し使う者たちを選りすぐり、細やかに整えてくださっているの。あたくしたちが心地良く過ごせるようにね。この意味、おわかりになる？」

かなり、ものすごくキツイ表現だけれども、おっしゃるとおりでぐうの音も出ない。

聚楽第はハイレベルなお城だ。人も、物も、すべて一流が求められる。

調子に乗って低レベルなことをしていたら、追い出されかねない空気がある。

「申し訳、ございません……」

長曾我部の姫君が、しおしおと平伏した。豪姫様の言わんとすることを、やっと察したらしい。

「以後お気をつけあそばせ。土佐の鄙《いなか》と勝手が違って、大変でしょうけれど」

余計な一言を加え、豪姫様は次のターゲットへ目を移した。

「島津の方でしたわね」

呼ばれた島津の姫君が、びくんと大きく肩を震わせた。

おずおずと顔を向ける彼女を、黒目がちな双眸がひたりと見据える。

「お振る舞いも、言葉遣いも、都のものとずいぶん趣《おもむき》が違いますわね。どうしてかしら？」

豪姫様の問いかけに、島津の姫君は言葉に詰まる。

答えたくても、答えられない。そう物語る彼女の様子に、豪姫様は息を吐いた。

深く、深く。たっぷりと、諦めのようなものを込めて。

「おかわいそうに、おうちできちんと躾をしていただけなかったの」

「待ってくいやんせっ、あたのやはっ」

「無理にお喋りなさらなくてもよくてよ」

はたはたと扇子を扇ぎつつ、豪姫様は否定を遮った。

「島津家はあなたに、他所《よそ》とお付き合いさせたくないのね」

「そげな……」

「都の言葉を学ばせないとは、そういうこととしか思えませんわ」

ねえ、島津の姫。

囁く声音は、酷く優しい。

「あなた、このような場はまだ早かったのではなくて?」

押し殺した嘲笑が、ひそやかに戻ってくる。

今度こそ、島津の姫君は顔を俯けてしまった。項垂れたその姿に、笑う声が大きくなっていく。

やっぱりか。やっぱりこうなるか。つんと澄ました豪姫様を横目に、頭痛を覚える。

他の姫君たちはともかく、豪姫様には一ミリも悪気はない。いたって真摯に、至らない相手をたしなめたつもりなのだ。

京坂の基準に合わせられないのに、社交の場に出てくるべきじゃない。

どうしても参加したかったら、恥をかかないように準備してからおいでなさい。

そんなふうに、気遣っているつもりでもあるかもしれない。

でも、うん。これは、ちょっとね。

(見てられないなあ)

茶卓から茶器を取って、ため息をお茶と一緒に飲み込む。

そして、腹を括って茶器から手を放した。

「あっ!」

狙ったとおりに小袖の胸元へ、飲み残しのお茶が飛び散る。

熱くないけど、ちょっと量が多かったかな!

「まあ、零してしまいましたわ」

思った以上にびしょびしょになった胸元を見下ろして、わざと大きめに言ってみる。

島津の姫君から私へ、その場の全員の意識が向いた。

「茶器が重くて粗相をいたしました、お許しくださいましね」

恥ずかしげに謝るふりをして、りつ様に拾った空の茶器を渡す。

二人しか見えない位置で笑みを交わしてから、私は唖然とする豪姫様に呼びかけた。

「姉姫様、私、着替えてまいります」

「お与祢?」

「すぐ戻りますので、ね。少々お待ちくださいな」

一気に言い切ると、返事を待たずに立ち上がる。

こういうのは勢いが大事! 人目も気にしないふり!

一直線に下座の島津の姫君を目指す。

「あなたさまも一緒にいらして」

「へ？」

泣き腫らしたお顔が、ぽかんと私を見上げてくる。

素早い反応はちょっと無理か。感情が乱れているし、仕方ないか。

膝の上に落ちていた細い両の手を掴んで、思いっきり引っ張る。

バランスを崩しかけながらも、島津の姫君は腰を浮かせた。

「まいりますよ」

手を引いて座敷の外へ誘導する。ほとんど私のなすがままだ。

いつのまにか戸口にスタンバイしていたお夏に、さりげなく目配せをする。

自然な動作で近づいてきたお夏は、島津の姫君を脇から支えてくれた。

二人がかりで背の高い姫君を引きずり、振り返らずに廊下へ出た。

そのまま無言で廊下を進んで、私の部屋へと飛び込む。

ひとまず島津の姫君を居間に通し、私はお夏をともなって寝室へ入った。

手早く着替えさせてもらいながら、侍女たちへクレンジングと洗顔の用意を指示する。

泣いたせいで、島津の姫君のメイクは完全崩壊していた。いったん、メイクオフしてあげた方がいいだろう。

「お待たせいたしました」

着替えを済ませて、居間に戻る。

「島津の姫君、御気分は……」

言いかけた言葉を、そっと止める。

聞かなくてもわかったから、黙ってうち伏せる姫君の側に寄る。

静かにすすり泣く彼女の背中を、そっと撫でてみた。

ひくりと震えが伝わって、すすり泣きがわずかに大きくなる。

「お辛かったですね」

泣く声が枯れるまで、私は震えるその背を撫で続けた。

◇◇◇◇◇

「あの」

遠慮がちな声に、御化粧箱を片付ける手を止める。

侍女に小袖を直されている島津の姫君が、おずおずと頭を下げていた。

「あいがと、もしゃげもした」

意外にもはっきりとした声が、言葉を紡ぐ。

ありがとう、とおっしゃったってことでいいのかな。たぶん。

「いえいえ、ご気分は落ち着かれましたか」

「はい……」

おかげさまで、と姫君が少し口元を緩めた。

すっかりと濃いメイクを落としたお顔は、思っていたよりも幼く見える。

ハイティーン、いや、十四歳の豪姫様やりつ様と変わらないお年頃かもしれない。

少なくとも、二十歳は超えていなさそうだ。

「あらためまして、与祢と申します。一応、北政所様の女房を務めております」

「亀寿《かめじゅ》ち、申しもす。あの、一応女房て……？」

亀寿と名乗った島津の姫君が、困ったように首を傾げた。

「もう自分でもよくわからないのですが、私自身は女房のつもりなのです」

「はあ」

深く考えないでくださいませ、と笑顔で流して、お夏が持ってきたハーブティーを勧める。

「こんた、なんやろか」

茶器の中身を覗き込んで、亀寿様が不安げに呟く。

「薔薇の実の茶ですわ」

「え、薔薇ん実？」

「こちらの花びらの蜂蜜漬けを入れて飲むと、甘酸っぱくてとってもおいしいんですよ」

このローズヒップティーは、最近寧々様がお気に入りの品だ。

ビタミンCたっぷりで、ハチミツと合わせると疲労と美肌によく効く。

香りだって、ローズペダル《バラの花びら》とオレンジピールをブレンドしてあるからとっても華やか。

リラックスタイムに最適なハーブティーなのだ。

「蜂蜜漬け、たっぷり入れましょうねー」

添えられていた瓶から、スプーンにいっぱい掬ったローズペダルの蜂蜜漬けを、亀寿様の茶器に落とす。

花びらごとゆっくり混ぜると、花の香りがふわりと広がった。

どうぞ、と勧めると、おそるおそるというふうに細い手が茶器を取る。

そうして亀寿様は慎重に茶器の縁に唇を付け、ゆっくりと傾けた。

「お口に合いましたかしら？」

「うん、甘か……！」

亀寿様が何度も首を縦に振る。

だいぶ良くなってきた顔色に安心して、私も自分の茶器を手にした。

はあ、おいしい。

「ほんのこて……あいがともしゃげもす」

長い息とともに、亀寿様が茶器を置いた。

「どうぞ、お気になさらず」

深く頭を下げようとする亀寿様を止めて、苦笑いをする。

「むしろ私の方が、亀寿様にお礼を申し上げねばなりませんのよ」

「与祢姫様《さあ》が？」

はい、と私は肩をすくめて頷く。

「亀寿様を口実に逃げ出したようなものなのです。ああした場は苦手でして」

ちょうど良いといったら悪いけれど、タイミングが合ったのだ。

居づらい場所から脱出できて、お互いよかったってことにしておこうよ。

そんなふうに言うと、亀寿様がやっと笑ってくれた。

「こげん立派《ぢっぱ》なお姫様でん、あや苦手なんじゃなあ」

「本当ですよ？　お城に上がったのはついこの前ですし、人前に出ることも少のうございましたゆえ」

「まあ、左様でごわしたか」

驚いたように、亀寿様が目を見開く。

くりくりとして可愛らしいおめめには、もうほとんど緊張も悲しみもない。

だいぶリラックスしてくれたようだ。

「亀寿様も、お家でお過ごしになる方が好きですか？」

「……はい」

ほんのこっもうしもすと、と言う声から元気が抜けていく。

「あんまい家《え》から出たこっも、こげん人んしと会《おっ》こっもなかで」

薩摩にいた頃の亀寿様はほぼ外に出ず、親族以外の人と会うこともなかったようだ。

そりゃそうか。普通のお姫様は、だいたい家の奥にいる生き物だ。急激な環境の変化に戸惑うのも、しかたがない。

でも、不思議なこともある。

「確か、島津家は近衛家とご昵懇《じっこん》の間柄でしたよね。こちらのことは、事前にお聞きにならなかったのですか？」

島津は中央の情報が入ってこない家ではない。公家の中の公家、五摂家の近衛家と深い繋がりがある。

以前、寧々様と孝蔵主様がそんな話をしていた。地方の家だけれど、ずいぶん雅な家風らしい、と。

おそらく、その推測に間違いない。亀寿様の所作を見るに、島津はかなり高い水準の教養を姫君に与えられる家だ。

言葉だけ訛《なま》らせておくなんて、ピンポイントの手落ちを起こすとは思えない。

「……父や叔父が、都ん様子《よし》を探《さぐ》いてくいやったんじゃが」

亀寿様が言い淀む。少し迷ってから、諦めたように息を吐いた。

「都がこげなこちなっちょったなんち、北政所様《さあ》の招待《おそよ》に預《あ》っかって、はいめっで知りもした」

「ええと、寧々様の招待があってから初めてお知りになった、ですか？」

「はい……家んもんもあたも、他家とん付き合《つっけ》いがあるんは、一緒《いっしょ》き在京しやる父や許嫁だろうと思《おも》ていて……」

なるほど、調査不足かぁ。

男性同士はともかく、女性同士の社交までが盛んになっているなんて、島津の人たちは想像もしなかったのだろう。

天正の社交界は、秀吉様が大名衆の妻子を人質として京坂に集める政策を取ってからできたものだ。女性は親戚以外の人間と交流をしないという、従来の認識では気づける余地がなかったってところか。

「殿下と北政所様へのお目通《めとお》いけすませた後は、屋敷《やし》で静かに過ごすとばかり思もちょりもした。薩摩ん城にいた頃と同《ひとつ》こちに、と……」

「でも寧々様からのお誘いがあるので、出ざるを得なかったんですね」

「恥を承知で申しもすと、そんとき初めっ気づきもしたの。衣装《べべ》や化粧《けしょ》に流行《はや》いがあって、薩摩とこげん違《ち》ごだなんち。見苦しかないよう努めても、一人《ひとい》でなあっぱって……」

泣きそうな声が、最後に向かって萎んでいく。

「お家の方に頼られなかったのですか？」

例えば、都言葉のレッスンを頼める講師を雇えないか相談する、とか。

流行りの服やコスメを買い揃えただけでも、少しは状況が変わったかもしれない。

「皆がずんばい苦労《くろ》しちょっ時に、あたのこっで面倒《めんで》掛けるんは気ぃがひけて。金子《ぜん》もかかっこっ
じゃっで」

「ああ……なるほど……」

負け戦の後って、資金繰りが大変らしいもんねえ。

特に今回、島津家は領地を削られている。その収入は、少なからず減っているだろう。

同時に、かなりの支出も発生しているはずだ。羽柴の天下に組み込まれるにあたって、検地をやったり何だったりと、しなければならないことが多い。

人質に関する費用だってそう。京坂は都会だ。当たり前のように、物価も人件費も高い。亀寿様たちの衣食住を整えるとなると、一体どのくらい掛かっているのだか。

まともな神経をしていたら、この状況で追加の出費を要求するのは気が引けるよね。

亀寿様が必要とするお洒落は、とてもお金がかかる分野だ。

服もコスメも最新のものをひと通り揃えるためには、まとまったお金が要る。

流行に遅れず継続していこうとすれば、出費は永遠に続いていく。

本当に、余裕がなければできない贅沢なのだ。

「大変ですね……まことに……」

「恥《げん》ねこって……」

また俯いてしまった亀寿様に、心底申し訳なくなってくる。

彼女の苦労の原因の一つは、間違いなく私だから。

私が自分の欲しいコスメや美容関連の商品を開発し、与四郎おじさんがブランド商法を駆使して売り捌く。

このサイクルが、京坂のお洒落事情に変化を生み出した。

身分によって使えるコスメがね……限定されがちになっちゃったんだよ……。

ブランド主義が尖ってしまった、といえばいいのだろうか。

京坂に住む上流の武家や公家の女性は、とと屋が売る高級ラインのコスメしか使わない。

庶民と同じプチプラランインのコスメを使うなんてとんでもない、と考えられている。

中身の質が基本的に同じでも、だ。

理由は、プチプラを使うと懐事情がバレてしまうから。

高級ラインとの差別化のため、プチプラランインにはラメやパールが使われていないんだよね。

ゆえに、まともに社交の場へ出入りしているとバレてしまう。

あの人、もしかしてプチプラしか使ってないいんじゃない？　って。

この天正の世は、ガッチガチの身分社会。身分がある人間は、それなりのファッションを求められる。

ぶっちゃけると、お金に余裕があるように見せなくてはならない。

よって残念なことに、好きでプチプラを使っているなんて言い訳は通らない。家の体面のためにも、お金がなくても高級品を買うしかないのだ。

それにね、高級ラインの方が何かにつけて特別扱いをされている。

カラーバリエーションや香りの展開が多くて、季節ごとに出る限定品の数も多い。

ゆえに女心的にも、買うなら絶対に高級ライン！　となってしまう。

そんな悪い流れの影響を、亀寿様はモロに受けているわけだ。

「どうしたものかなあ……」

天井を見上げて、ひとりごちる。助けたいけれど、これはかなり大変だ。

お姫様一人、トータルコーディネートするんだよ。必要になるお金も人手も、ちょっとでは足りない。今の私の手には余る。

「とりあえず、寧々様に相談を……」

「良いわよ」

あっけらかんとした提案が、いきなり飛んできた。

亀寿様の真後ろの戸が、すぱんと開かれる。

「ねっ、寧々様っ⁉」

「お邪魔するわね」

開け放たれた襖の向こうに、颯爽と寧々様が現れた。

後ろ手には、じたばたと抵抗する豪姫様を捕まえている。

真っ赤な豪姫様の目元には、ちょっと涙の跡が見えた。

どうやらすでに、お仕置きを受けた後のようだ。

「亀寿殿、ごめんなさいねえ」

言いながら、寧々様が居間に入ってくる。

唖然とする亀寿様の前に腰を下ろすと、豪姫様も自分の隣へ強引に座らせた。

「さきほどおりつに聞いたの、この子ったら貴女を大勢の前で面罵《めんば》したそうね。貴女に恥をかかせてしまって、ほんにごめんなさい」

「い、いえっ、そげんこつは」

「ほら、お豪。亀寿殿にお謝りなさい」

「お待ちください、お母様っ！　あたくしはっ」

「言い訳しないの」

デコピンを食らった豪姫様が、きゃんっ、と小さく悲鳴を上げた。

おでこを抑える彼女の頭を寧々様の手が掴んで、ぐいぐいと下げる。

「はいっ！　謝る！」

「うーっ」

「唸るんじゃありませんっ」

寧々様のゲンコツが振り下ろされる。

後頭部で良い音を出した豪姫様が、とうとう沈黙した。

「ほんにしょうがない子なんだから」

鼻を鳴らした寧々様が、亀寿様に視線を戻した。

「亀寿殿」

「はいっ」

呼ばれた途端、亀寿様の猫背気味の背中がピンとなった。

「後日ちゃんと謝罪し直させていただいてよろしいかしら？　きちんと娘に言って聞かせて、しっかり詫びさせますから」

「はいっ、北政所様の仰せんままにっ」

壊れたように亀寿様は首を縦に振る。

寧々様の迫力に気圧されたらしい。自分の方が謝りそうな勢いだ。

「かさねがさね、ごめんなさいね」

お詫びと言ってはなんだけれど、と寧々様が襖の向こうに扇子を振った。

控えていた孝蔵主様が、音も無く入ってくる。

「島津家に遣いをやって。しばらく娘御をお預かりします、とお伝えなさい」

「承知いたしました」

「うちの人は近づけないからご安心を、とよくよく申し上げてね」

とても心配なさると思うから、なんておっしゃる寧々様の悪戯っぽい笑みが、亀寿様に向けられる。

「亀寿殿が過ごしやすくなるよう、手を貸しましょう」

「手を、でごあすか？」

ええそう、と寧々様が私を見やる。

「あたくしの側にいれば、言葉やお洒落のコツくらいすぐ身に付くわ」

なるほど！　その手があったか！

寧々様はなんたって、天下人第一の妻。その身のまわりには、最先端かつ最高峰の人や物が取り揃えられている。

つまりただ暮らしているだけで、自然と洗練された都の流儀が身に付くような環境なのだ。

しばらく寧々様の側で過ごせば、亀寿様も自然とその恩恵に預かれるはず。

もともと、基礎となる教養はばっちりだもの。やる気を持ってがんばれば、きっとすぐに社交界を渡るスキルが身に付くだろう。

「お与祢もいいでしょう？」

「もちろんです」

元よりそのつもりです、と頷く。

亀寿様の人質生活は、この先もまだまだ続く。他家の貴婦人との社交を避けて過ごせないならば、少しでも楽になるようにサポートをしたい。

せっかく花の都や大坂で暮らすのだ。ずっと俯いたままじゃつらいし、何よりもったいない。顔を上げて、めいっぱい楽しく、いろんなことを経験して過ごしてほしい。

「亀寿様」

おろおろしている亀寿様の手を、ぎゅっと握る。

「私におまかせくださいね」

亀寿様が笑顔になれるようがんばりますよ。

そんな気持ちを込めて見上げると、亀寿様も小さく頷いてくれた。戸惑いはあるものの、しっかりと。ちょっとぎこちない微笑み付きで。

あら、可愛い。亀寿様、やっぱり綺麗なお顔をしているなあ。寧々様や竜子様とは違う、エキゾチックなタイプの美人さんだ。

磨き甲斐がありそうで、今からわくわくが止まらないよね！

「ご滞在いただくお部屋はいかがしましょうか」

侍女に指示を出していた孝蔵主様が、ふと寧々様に問いかけた。

「空いている屋敷は無いの？」

「ありますが……」

孝蔵主様が、少し口をにごらせる。

「あまり寧々様のお側から離れますと、その、島津の姫君をお守りしきれませぬ」

ああー……そうですね……。何からとは言わなくともわかったよ。

目新しい美人が城奥にいたら、絶対に秀吉様が口説きに行くよね。

寧々様の目が届かない場所に亀寿様がいたら、その危険は急上昇するだろう。

最悪の場合、亀寿様が永遠に島津の屋敷に帰れなくなる、なんて恐ろしい結果になる可能性も出てくる。

「極力あの人をこっちに来させないよう、佐吉に頼んでおかなくてはね……」

舌打ちをしつつ、寧々様が口元に指を当てる。

天井を睨みつけること、しばらく。そうだわ、と明るい声で呟いた。

「お豪の部屋を使ってもらいましょう」

「お母様っ!?」

痛みがやっとおさまったらしい豪姫様が、思いっきり悲鳴を上げた。

「嫌よ！　お部屋を他所の人に使わせるなんてやめてくださいなっ！」

「いいじゃないの、まだあんまり使ってないでしょ」

貴女も宇喜多の屋敷に住んでいるのだし、とすげなく寧々様が言う。

豪姫様のお顔が、ますますくしゃくしゃになる。

「で、でもっ！　あたくしのおうちの、あたくしのお部屋なのよっ⁉」

「さっき亀寿殿にいじわるした罰です、貸して差し上げなさい」

「そんなぁぁぁ――っ！」

寧々様の膝に取りついて、豪姫様が泣く。

よっぽど嫌なのだろうな。癇癪《かんしゃく》を起こすその姿は、小さい子供みたいだ。

おろおろと私を見下ろしてくる亀寿様に、そっと笑いかける。

「大丈夫ですから」

なんとかなりますよー。たぶん。

5　マイ・フェア・プリンセス【天正十五年十二月上旬】

意識して、口角を上げる。

「無理ですねえ」

「またそれか」

口に苦い薬を突っ込まれたみたいに、石田様の顔が歪む。

愛嬌がある表情だけれど、この人がやるとあんまり可愛いもんじゃないな。

なんて思っていると、膝下に書状の束を投げつけられた。

「読め」

短く命令され、しぶしぶ適当な一通を手に取る。

差出人は、島津の先代様。つまり亀寿様のお父様だ。

かめじゅ、かえして。

その一文に、乾いた笑いが出た。

亀寿様が城奥に滞在し始めて、二週間近くが過ぎた。

なりゆきで始まった亀寿様のプリンセスレッスンは、かなり順調に進んでいる。

マナーや立ち居振る舞いは、元から完璧だったのだ。細かい修正が入った程度で、あっという間に亀寿様は都のお姫様らしくなった。

その完成度たるや、凄まじい。寧々様の指示でお世話をしている孝蔵主様が、うっとりとした微笑みを見せるほどだ。

突然出現したこのパーフェクトな存在に、私の肩身がだいぶ狭くなったのは言うまでもない。

本題の言葉に関しても、だいぶ薩摩訛りが取れてきた。レッスンの発案者である寧々様と面白そうだと寄ってきた竜子様が、都風の武家言葉を教え込んでいるのだ。

最初は亀寿様も、かなり恐縮していた。天下人のご正室様と寵愛深い側室様が、接近してきたんだもの。

粗相をしたらと青い顔をしていたけれど、なんとかなった。

肩書はあれでも寧々様と竜子様は、寧々様と竜子様である。さくっと亀寿様の緊張を解いて、毎日楽しく構っている。

だが一番効いたのは、豪姫様との同居かもしれない。

あの後、豪姫様は城奥のお部屋に居座った。お部屋を亀寿様に使わせないためだったようだが、すぐさまその目論見は外れた。

寧々様がさっさと東様に指示をして、衝立や衣桁《いこう》で豪姫様のお部屋を半分に区切らせ、二部屋に

改造してしまったのだ。

居間も寝室も、綺麗に二等分された時の豪姫様のお顔はすごかったよ。怒りながら設置されたパーテーションを撤去しようとして、重くて動かせなくて悔し泣きしていた。侍女に命じず自分でやろうとしたあたり、妙に良い子でいらっしゃる。

結局豪姫様は、寧々様たちが自分の要求を飲んでくれないと理解すると、文句を言いつつ二等分された部屋に留まった。

亀寿様を追い出せないならば、近くで見張ることにしたらしい。

妙な真似はさせませんわ！　と息巻いているが、たぶんあれは嫉妬だろう。豪姫様は大好きな寧々様や姉と慕う竜子様が、自分以外の姫を可愛がることが我慢ならないのだ。

朝から晩まで亀寿様に張り付いて、ちくちく口出ししながら過ごしている。

内容はお小言でも、豪姫様がしょっちゅう話しかけるものだから、亀寿様がこちらの言葉を使う機会が増えるのも当然の成り行きだった。

やっぱり、語学学習は使ってこそだね。昨日見かけた亀寿様は、拗ねる豪姫様を自然な都言葉でなだめていた。

一緒に過ごしていて気づいたが、本来の亀寿様は落ち着いた人のようだ。おっとり微笑んで品良く振る舞うけれど、しっかり自分の軸をお持ちである。

環境の激変などの不運が重ならなければ、案外上手く社交界を渡っていたのでは？　と思う。

……それにしても、ね。豪姫様は気づいているのかな。

亀寿様が放つお姉様らしさを前にすると、自分がどんどん妹っぽくなっていることを。

こんな感じで、亀寿様の城奥生活には、特に問題がないのだけれども。

問題があるところには、ばっちりとあるわけでして。

「笑うな」

肩をひくつかせる私を、石田様の冷たい目が射抜く。

「すみません、でもこれはちょっと」

「何がちょっとなのだ」

「過保護がすぎて笑わざるを得ませんって」

このオーバーな内容には半笑いにもなろうってものだよ、石田様ァ。

亀寿が同じ屋敷にいなくて、もう何日も眠れていない。

心配で食事が喉を通らなくなった、死ぬかもしれない。

もし亀寿に何かあったら、気が触れてしまう。早く返して。

ざっとこんな感じのことが、細かい字で紙いっぱいに書かれているのだ。しかも繰り返し、何度も何度も。追伸にまで。

私を溺愛するうちの父様でも、ここまでじゃない。子離れできてないを通り過ぎて、ヤンデレに片足を突っ込んでるよ。

家にとって大事な嫡女《ちゃくじょ》を取り戻すため、戦略的に過剰演出してる。

もはやそう言われた方が、納得できるレベルの内容だ。

「おい馬鹿にするなよ、龍伯殿はまことに参っておられるのだぞ」

「盛ってらっしゃるんじゃないんですか⁉」

驚く私に、石田様が渋い顔で頷く。

マジか。本気で娘を拗らせているのか、亀寿様のお父様。

「亀寿様、苦労してるなあ……」

豪姫様の最初の指摘は、当たらずとも遠からじだったのかも。

きっと亀寿様のお父様は、気合を入れて愛娘を箱に入れていたのだ。

もちろん、人質には出しても箱に入れっぱなしにするつもりだったに違いない。

それが京坂の社交事情でおじゃんになって、亀寿様が予期せぬ逆風にぶち当たったってところかなあ。

亀寿様がお父様に困りごとの相談をしなかったのも、腑に落ちたよ。

愛する娘がいじめられたら、怒りで何をするかわからない親の気配がする。

まともな神経をしていたら、更なるトラブルを恐れて動けなくなるわ。

「だいたいな、こんな場所に未婚の姫を引き留めるのが悪いのだ」

「えー何故ですかぁ？」

聚楽第って、わりと面白いお城だよ？

建物は新しくて綺麗で、敷地が広くて色んなものがあって飽きがこない。

人間関係が必要以上にどろどろしていたり、権力争いがじんわりと物騒だったりする部分もあるけど。それはそれ。

寧々様のお側ならば、とりあえずは安全だ。

怖がりすぎなくても良いと思う、と述べると石田様がため息を吐いた。

深く、たっぷりと諦めを込めて。

「お前が年頃の娘を持つ親だったとして、だ。殿下のお側に娘を置いて、平静でいられるか?」

「あぁ……」

ぐうの音も出ないほど納得した。

秀吉様がいる時点で、ここは未婚の姫を持つ親にとっての魔窟《まくつ》だったな。

あの天下人の女癖は酷い。見境や節度というものが存在しないのだ。身分の上下に関係なく、気に入った女性にすぐ手を出す。身分が高い美人であれば、何を置いてもまず口説くのがマナーと考えている節がある。

しかも遊女や差し出された女性だけではなく、他家の奥方や私のような姫にまで甘い言葉を囁く。

その極めつけが、前田家の姫君に関するやらかしだよ。秀吉様は養女を兼ねた人質として預かった姫君を、あろうことか口説き落として側室にしたのだ。

自分と寧々様の親友である前田夫妻の娘で、愛娘の豪姫様の実のお姉様にあたる女性を、である。

当時とんでもない騒ぎになったのは当然だが、秀吉様の女癖の最悪さを世間に印象付けるには十分な出来事だった。

おそらくその件を知っているであろう島津の人たちの心の荒れ具合は、簡単に想像できる。

「大丈夫ですって、きちんと亀寿様はお守りしています」

「まことか？」

「もちろん！」

今朝も突撃してきた秀吉様を、寧々様が撃退してくれた。

私たち女房も、たまに竜子様も、サーチ・アンド・デストロイで不埒な秀吉様の排除に励んでいる。

亀寿様の貞操はきちんと守り抜かれているので、安心してほしい。

まあ、それでも秀吉様は諦めていないけどね。毎日最低でも五回は亀寿様への不届きな接触を試みて、寧々様の折檻を受けている。

命が惜しくないのかな。

「それで、寧々様はいつまで島津の姫を奥に引き留めるつもりだ」

私の説明にこめかみを抑え、石田様が尋ねてきた。

「満足するまで？」

「それはいつになる」

「わかんないですねえ」

「堂々と言うな！　馬鹿っ！」

苛々と石田様が声を張り上げた。

怒鳴らなくたって聞こえているのに、うるさい人だ。

「だって寧々様が亀寿様を気に入ってるんですもん。主の楽しみを遮るなんてできないでしょ？」

石田様だって、秀吉様のわがままに付き合うくせに。

私に寧々様の楽しみを邪魔させようとするなんて、ダブルスタンダードってやつだ。

納得がいきません、とはねつけると頭を小突かれた。

「いったた！　何するんですか！」

思いっきり睨みつけると、不満げに鼻を鳴らされた。

「できなくてもやれ。心苦しくとも、やらねばならん時もあるのだぞ」

「じゃあ石田様が直接寧々様に諫言《かんげん》すればいいじゃないですか」

持っているんでしょ、城奥に出入りする権利。他人を使うなんて手間をかけずに、自分でやってほしい。

いつも、何にでも、誰にでも、正面から粉砕しにかかる石田様らしくもない。

「それができておれば苦労せん」

「諦めたらそこで終わりなのですよ」

「お前は鳥頭か？　既に試みてダメだったと何度言わせるのだ？」

鳥頭は余計だ、石田様。

でもまあ、確かにそうだけど。石田様は、初手で寧々様に直訴した。

亀寿様の滞在三日目と五日目だったかな。

御殿に乗り込んでくるや、亀寿様を島津に帰してほしい、と寧々様に要求した。

島津家の人たちの悲鳴や、その立場への配慮の必要性、城奥に亀寿様を置くことの危険性。

それらをいつもの調子でずらずら並べ、石田様は亀寿様の身柄を渡すように迫ってきたのだけど、ね。


この人、速攻で寧々様に返り討ちにされていました。


一度目は渾身の甘やかし、二度目は迫真の涙でいともたやすく誤魔化されてしまったのだ。

石田様相手に話を逸らし、言いくるめて追い帰す寧々様の手腕は圧巻だったよ。さすが天下一の人たらしの妻、そこに痺れる憧れるってやつだ。

まあ、それで私を使っての説得を思いついたのだろうけど。

「じゃあ私にも無理ですねえ」

石田様に無理なものは、私にも無理に決まってるじゃん。

そもそも、寧々様を説得する気もないし。

「いい加減にしろよ、島津は姫の安否にだいぶ気を揉んでおるのだぞ」

「わあ、討ち入られちゃいます？」

「戯言を申している場合か！　馬鹿！」

「とにかく、今日は無理ですね」

寧々様も亀寿様本人も、納得してないから。

石田様の拳骨をかわして、さっさと席を立つ。

「おいっ、話は終わっておらんぞ」

「終わりにしてくださいな」

今日はまだ、やることがいっぱいある。石田様と不毛な平行線を辿っている暇はないのだ。

「もう少しがんばって、島津家をなだめておいてくださいませ」

がんばれ石田様。こないだ寧々様に甘やかしてもらった分くらいは。

馬鹿という罵倒を背に浴びつつ、私は部屋を飛び出した。

◇◇◇◇◇

「遅かったじゃない」

城奥に戻って豪姫様の座敷を覗いたら、不満げな豪姫様に出迎えられた。

「お待たせしてごめんなさい、姉姫様」

「まことによ、すぐ戻るって言ったのに何があったの？」

豪姫様がお菓子を摘まみつつ、じろりと私を睨んでくる。

雑に座敷の端へ避けられた文机の上には、筆や硯《すずり》、書きかけの紙などが放り出されている。私が中奥へ行く前は和歌のお勉強をしていたはずだが、どうやら飽きたらしい。

集中力が無い日なのかな、と思ったが指摘すると怒りそうだ。豪姫様って、人に指図されるのが好きじゃないしね。

サボりについてはスルーを決めて、もう一度帰りが遅くなったことを謝っておく。

「本当にごめんなさい、ちょっと石田様がしつこくて」

「治部？　あの者に何かされたの？」

「何かってほどではないですが」

亀寿様を返せと要求されて、ちょっと雑談しただけだ。

話がややこしくなるので、小突かれたことは伏せて軽く伝える。

豪姫様の細い眉が、きゅっと跳ね上がった。

「相変わらず嫌な男ね、あたくしの妹姫をいじめるなんて無礼が過ぎるわ」

「石田様は島津家の取次ですし、真剣に職務に取り組まれる方ですから。まあ、態度にちょっと癖があるのは否定できませんけど」

「ちょっとどころではないわよ！　あの平壊者《へいかいもの》、腹立たしいっ！」

苛立たしげに豪姫様が、ぺしぺしと扇子で脇息を叩く。

イライラする気持ちはよくわかるよ。石田様は嫌味なくらいに有能で、性格も鼻につく人だ。

でもね、あの人はなんだかんだで主張は正しいし、意外と面倒見も優しさもあるんだよ。

ごく僅かな身内や懐に入れた人限定で、ものすごくわかりにくいけどね。

だから秀吉様は、手が掛かるけど有能で可愛いやつ、と石田様を大事にしている。

寧々様だってそうだ。賢くてめんどくさくて可愛いなあ、って感じの目で石田様を見守っている。

……なんだか、猫ちゃんと飼い主っぽいな。猫ちゃんと思えば、腹も少し立たなくなる気がしてきた。

「まあまあ、姉姫様。石田様のことは置いといて」

キャットタワーから下界を睥睨《へいげい》する猫ちゃんのイメージを追い払い、隣へ続く襖に手を掛ける。

襖の向こうは、応接間。先日お茶会でも使ったその座敷を、首を伸ばして覗き込む。

所狭しと並べられた小袖、衣桁にかけられた打掛。色とりどりの帯は、あちこちに散らばっている。

間違いなく私が席を外す前より増えた衣類の、その真ん中。

力無く座り込んでいた亀寿様が、ゆっくりと振り返った。

「与祢姫様ぁ」

ちょっと潤んだ目が、私をとらえる。言われなくても、言いたいことがわかった。

「明日のお召し物、まだお決まりではないのですか？」

亀寿様ががくがくと頷く。側に歩み寄ると、きゅっと小袖の裾を掴まれた。

「どれもこれも、ふさわしい気がしないのです……もう、わたくしにはなにも似合わない……」

「あらー……」

かなり参っているな、亀寿様。

お洒落するぞって気合を入れるほど、逆に上手く選べなくなる時があるよね。そして自己肯定感が揺らぎ、自分のセンスのなさに頭を抱えるのだ。

私は貝になりたいならぬ、私はナメクジという心境への到達である。

「うぅ……どういたしましょう……」

「お気持ちはお察ししますけれど、ねえ」

今日のうちに衣装を決めてしまわなければならない。

なんたって明日は、外からお客様を招いた歌会――亀寿様の社交デビュー再チャレンジなのだ。


次の歌会に出てみなさい。

寧々様がそう提案したのは、亀寿様が滞在を始めた初日だった。しっかり準備を整えて、亀寿様の本領を発揮しましょって。

ようは、社交の失敗は社交で取り戻せばいい、という発想だね。

目標設定としては、かなり良いと思う。開催日は初日から数えて二週間後。準備のための時間をまとめて確保できて、なおかつ参加者の顔触れも違う。

目標となる歌会の招待客は、畿内から東側に領地を持つ大名家の婦人や姫君が多めなのだ。

当然島津家とは縁が薄い家ばかりで、家同士の因縁でトラブルになる心配が少ない。

西国の大名家の方々に囲まれるよりは、亀寿様も気を楽にして臨めるはずだ。

まさに、経験値を積むにはもってこい、というやつなのだ。

今の亀寿様は言葉の問題をあらかたクリアしていて、元々公家と縁が深いお家柄ゆえに和歌の素養が高い。

問題なく歌会に参加して、どんな人とでもスムーズに交流できるはずだ。

当日着る服さえ、決まればね……。

「なぁに？　まだお決めになれないの、亀寿殿」

襖の向こうから、豪姫様が顔を覗かせる。

悩める亀寿様を見て、呆れたように目を眇めた。

「手あたり次第着てごらんなさいなって、あたくし最初に申しましたわよね。そうしたら似合うものもいつか見つかりますわって」

「はい、お言葉に従ってやってみたのですが……」

手近な小袖を手に取り、亀寿様がため息を零す。

「どれを着ても、これ、という確信が持てなくて」

「そうおっしゃってもう三日。ぐずぐずしているのも結構ですけれど、泣いても騒いでも歌会は明日よ」

豪姫様、お菓子を食べながら人を野次るんじゃありません。

気合の入った優柔不断に付き合うのは、ちょっと大変だけどさ。

「姉姫様、そのお言葉、そっくりそのまま自分に返ってきますよ」

しおしおの亀寿様の代わりに、私が言い返す。

「明日までに和歌《うた》を三首は作らないと、歌会の席ですぐ詠めなくて困りますよ」

「つ、作っていますわよ」

さっと豪姫様の顔色が変わる。私も人のことは言えないが、笑っちゃうくらいわかりやすいな。

「まことですか？」

「今は思案しながら休んでいるだけよ」

怠けてなどいないわ！　と豪姫様は吠えているが、あの文机の上を見るとねえ。

豪姫様は和歌が苦手だ。大の苦手、と言ってもいいレベルかもしれない。

和歌の文法や枕詞、掛詞などはばっちり理解してらっしゃるよ？

ただ、びっくりするほど、センスがほぼ無いのだ。

先日なんて、もう酷かった。

その日はたまたま私の和歌のお稽古があって、豪姫様と亀寿様が同席した。

レッスン講師が、細川家の御隠居様だからだ。

幽斎様とおっしゃるこの方は、武家でありながら当代一の歌人として名を馳せている。聞いたところによると、古今伝授というとにかくすごい和歌に関する資格をお持ちらしい。

そんな方が、タイミング良く歌会の前に聚楽第に来たのだ。

私のついでにちょっと豪姫様たちの和歌も見てやって、と寧々様が幽斎様にお願いしてくれた。

歌会の前に、力量を把握しておきましょうってことだね。

それで、三人でお稽古をしてもらったのだけれど。

豪姫様だけ、赤点評価でした。

季節に合ったお題を提示されて、制限時間内に私たちが詠んで。

出来上がった作品をチェックした幽斎様が、開口一番に言ったのだ。

『備前の御方様は、まず何か歌集を一つお読みになると良いでしょう』

要約すると、先人が詠んだ和歌に目を通してセンスを拾ってこい、である。

返ってきた答案用紙も、たっぷり添削されて真っ赤っかだった。

さすがにその場で豪姫様が泣くことはなかったが、部屋に戻ってから半日くらい半泣きで落ち込んでいた。

なんとか及第点の私と、わりと高評価を受けた亀寿様が気まずくなったのは言うまでもない。

苦手と聞いてはいたけれど、ここまで苦手だとは思わなかった。

仮病を使っての欠席も検討されたが、豪姫様本人が断固拒否した。敵前逃亡は恥だと主張し、予定通り出席するといって差し出された手を叩き落としたのだ。

結局、事前にお題をカンニングして前もって何首か詠んでおく、という作戦になった。

ええ、まがうことなきズルですとも。今回の歌会は当座《とうざ》と呼ばれる、即興で歌を詠む催しだ。先にお題をカンニングしたら、ルール違反になる。

しかしルールを守っていたら、豪姫様もろとも羽柴家と宇喜多家が恥を掻く。名誉を守るためには背に腹を変えられないと、寧々様が肩を落としていた。

亀寿様の言葉の訛りと違ってすぐ矯正できないレベルの豪姫様のセンス、本当に困ったものである。

「正直に申して、姉姫様の方が亀寿様よりもずっとまずいんですよ？」

平安の世よりずっとマシとはいえ、天正の世でも和歌はお姫様の必須スキルだ。

歌会で壊滅したセンスの和歌を詠んだら、羽柴の沽券に関わる。

「うっ、わかっているわよ！」

「わかっていたら文机に向かう、ほら！　文机！」

「あなた、嫌なくらいお母様に似てきたわね!?」

そんなふうに睨んでも、何も解決しないよ？

冷めた目で見返すと、豪姫様が唇を噛み締めた。これ以上は反論できないらしい。

困った姉姫様だよ。しっかりしてくださいな。

「与祢様」

つい、と後ろから袖を引かれる。

亀寿様が口元を袖で覆い、苦笑いを隠していた。

「どうかそのあたりで。豪様は朝から懸命に和歌をお詠みでしたのよ、とてもお疲れなのですわ」

「だとしましてもねえ」

「少しだけ休ませてさしあげてくださいませ。和歌の方は、後でわたくしもお手伝いしますから」

そう亀寿様が言うと、豪姫様が目を丸く見開いた。

「手伝って、くださるの……？」

「はい、代わりに衣を選ぶのを手伝っていただけると嬉しいのですが」

いかがでしょう、というふうに、亀寿様が小首を傾ける。

豪姫様の表情が、ぱっと明るくなった。

「いいわ、任せなさいな！」

「うふふ、ありがとうございます」

急に元気になった豪姫様に、にこにこと亀寿様が頭を下げる。

お礼を言われて嬉しくなったのだろう。豪姫様はご機嫌でお菓子の載った高杯を避けて、こちらの座敷へ入ってきた。

上手く使われているなあ。にこやかな亀寿様の手腕に、ちょっと空恐ろしいものを感じる。

でも、きっとこれは言わぬが花ってやつだ。

「じゃあ、改めてお召し物を選びましょうか」

心のお口にチャックをして、座敷に散らばる小袖や帯を見渡す。

はてしなく思えるくらいたくさんあるが、三人いればなんとやらだ。すぐとはいかなくても、必ず良い感じのものを見つけられるだろう。

「亀寿様、何色がお好きですか」

「色ですか？」

「色に好みがなければ、お好きな柄でもよろしいですよ」

服は、心の鎧だ。一番自分にとって良いものを着るに限る。

だからまず、好みに合ったものを選ぶべきだ。自分の好みに合って、なおかつ似合う服。それを着ていれば、それだけで幸せになれるし、自信も持てる。

TPOも大事だけれど、折り合いをつけて自分好みに寄せることは重要なのだ。

「ええと、そうですね」

困ったように、亀寿様が足元に散らばる小袖に目を落とす。

「赤が好きなのですが、なんだか妙に合わないのです」

「赤ですね」

流行りなだけあって、ここには何着もの赤い打掛や小袖がある。

なのに、全部合わなかった？

「お夏」

「はい、姫様」

近くに控えているお夏を呼ぶ。

「ちょっとみんなで、赤いのだけ集めて」

承知いたしました、とお夏は他の侍女にも声を掛け、赤い打掛や小袖を集め始めた。

あっという間に、私たちの前へ赤い絹が並べられていく。

その、とりどりの赤の側に近づいてみた。直接手に取って、見比べて。注意深く観察をする。

寧々様が集めてくれただけあって、刺繍や織りも丁寧で美しい。上質な染料で丁寧に染め上げられているので、発色もとても良い。

特に茜色と緋色。これほど色鮮やかに出ている絹は、なかなかお目に掛かれない……ってことは、もしかして。

「亀寿様、失礼します」

手近な茜色の小袖を取って振り返る。

きょとんとしている亀寿様の肩口に当てると、やけになじまない。心持ちお顔の影が濃くなって、目元のうっすらとしたクマも目立って見えてしまう。

次に緋色の打掛も当てると、こちらも微妙だった。亀寿様の肌は白くて透明感があるのに、緋色が当たるとやけにくすむ。

「やっぱり」

ビンゴ。もしかしてって思ったけれど、これは大当たりだ。

「緋色や茜色がお似合いにならないようですね」

「え？　そうなのですか？」

亀寿様の目が丸くなる。これは口で説明するよりも、見てもらった方が早いかな。

お夏たちに頼んで、大きめの鏡を持ってこさせる。令和ではありふれていた全身を映せる姿見とは比べるべくもないが、距離を調整すればバストアップくらいは映る。

「ご覧ください」

侍女たちに持たせた鏡の正面に、亀寿様を誘導する。

茜色と緋色の絹を交互に肩口に当ててみせると、亀寿様の双眸がはっと見開かれた。

「顔色が優れないように見えるわ！」

鏡を一緒に覗き込んでいた豪姫様も、目をぱちくりとさせる。

「緋色も茜色も、肌に良く映える色よ？　どうしてこうなるの？」

「わたくしも、そのように聞いておりましたが……」

変だわ、と亀寿様も困惑気味に肩口の赤に触れて首をかしげた。

ちょっと意外だけれど、当たり前っちゃ当たり前か。この天正の世に、パーソナルカラーの概念はない。

ファッションに関する学問みたいなものは一応あるが、身分やＴＰＯ、季節に合わせた衣装の文様や襲《かさね》の色目などを規定したものだ。

令和のパーソナルカラーのように、個人に似合う色やファッションを提案するものではない。

だからなんとなく自分に合う色と合わない色は掴めていても、更に一歩踏み出せる人は限られてくる。

あまり興味が無かったり、ファッションは使用人に任せていたりするとなおのこと。流行りや季節、年齢に合わせた色をチョイスしがちになるのだ。

「姉姫様に似合うお色は、亀寿様には合わないのですよ。肌の色味とお顔立ちが違いますので。ちょっとお袖をまくってもらえますか？」

私の指示をすると、豪姫様たちが素直に従ってくれた。

袖から出した腕を、くっつくくらい近づけて並べてもらう。

どちらも深窓の姫君らしく白い肌だけれど、それぞれに色の雰囲気が異なる。

「腕をよくよく見ると、手首の近くに筋がありますよね。ご自分の筋は何色に見えますか？」

「緑、かしら」

「わたくしの筋は青に見えますわ」

まじまじと腕を見つめながら、ふたりが答えた。

私の目にも、同じ色に見えている。豪姫様の血管は緑っぽく、亀寿様の血管は薄青。肌が白いから、よくわかる。

「この筋の色に意味があるの？」

「ええ、肌の地色を判別できるのです。黄みの肌か、青みの肌か」

肌の下から透けて見える血管の色は、簡単なベースカラー診断に使える。

緑っぽければ、暖色が映えるイエローベース。

青っぽければ、寒色が似合うブルーベース。

確定でってわけではないが、どちらのベースカラーなのかあたりはつけられる。

ここから瞳の色や髪の色などを参考に調べれば、パーソナルカラー四シーズンのうち、どれに当たるか見極められるので、似合う色選びの助けにもなる。

「拝見したところ、姉姫様は黄みの肌ですので、暖かな色合いの緋色などが映えますの。でも亀寿様は青みの肌でいらっしゃいますから」

「冷たくて青っぽい色が合うということね？」

姉姫様、大正解です。ブルーベースの肌には、緋色のような黄みがかった赤は似合わない。代わりに合うのは、藤色やピンクあたりかな。青みを含んだクールな色が得意だ。流行りの黄み寄りの深い赤は苦手中の苦手なので、似合わなくてもしかたがない。

「赤はわたくしに、似合わないのね……」

茜の小袖へ、そろりと亀寿様が手を伸ばす。

艶やかな刺繍を撫でる横顔は、わかりやすくしょんぼりとしている。

わかる。わかるよ、その気持ち。合わない色の方が好みってあるあるだ。

イエベで似合わないってわかっているのに、青みピンクがほしくなったりするのが人の性《さが》ってやつだよね。

でもご安心を。そういう時の対策も、ばっちりご用意をしていますとも。

「すべての赤が似合わないとも限らないのですよ。たとえば、ほら」

ストロベリーレッドの帯を、亀寿様の肩に当ててさしあげる。

さきほどの緋色の時とは打って変わって、ぱっと明るい印象になる。

それに気づいた亀寿様のくっきりとした目元が、きらきらと輝いた。

「この明るく鮮やかな赤ならば、お肌がなお白く見えますでしょ?」

「ええ!　とても素敵だわ!」

「でも、大きく使うと少々派手になりすぎますので……取り入れるなら、やはり帯ですかね」

亀寿姫様はお顔の彫りが深く、睫毛の長いくっきりとした目元をしている。

輪郭はえらがしっかりしたベースタイプに近いから、より日本人離れをして見えるお顔立ちだ。

とてもゴージャスな印象を与える美貌なので、派手な色は慎重に使う必要がある。

着ていく予定の歌会は、寧々様が主催だ。寧々様やその姫の豪姫様より、目立ってはいけない。

かといって地味なコーデでは、他の招待客に侮られてしまうので、これもＮＧ。

派手過ぎず、地味過ぎず。絶妙なラインを狙わなくてはならないならば、ここはやっぱりアクセントカラーで攻めるにかぎるでしょう。

侍女に持ってこさせた衣装を、お夏が畳の上に広げてくれる。

身ごろから裾に向かって梅が描かれた打掛は、インクブルーに近い濃くて涼しげな青。

細やかな紋様が浮き織りになった小袖は、うっすらと青みを帯びた虹色《ピンク》。

全体的に落ち着いたコーデにして、細めのストロベリーレッドの帯を結ぶ。

「このような組み合わせは、いかがでしょう」

「素晴らしいわ！」

そうでしょう、そうでしょう。ウエストにポイントがきて、ちょうど良い感じに華やかでしょう！

私が見たところ、亀寿様のパーソナルカラーはサマータイプ。いわゆるブルベ夏という属性で、爽やかな明度の高い色、柔らかな淡い色が一番似合う。

虹色のような着こなしが難しい淡めの青みピンクなんて、得意中の得意と言っていいだろう。

こんなふうに濃いめのインクブルーと組み合わせれば、手軽に大人っぽくて可愛らしいコーデを楽しめる。

「他にご希望があれば組み合わせを考えますが、どうなさいますか？」

「ありがとうございます、与祢姫様」

でも、こちらで満足です、と亀寿様が微笑む。

「とてもわたくし好みですし、これ以上は思いつきませぬ……それに」

「それに？」

「とても見映えよく、赤を使っていただけておりますから」

そう言って、亀寿様が帯を手に取った。

ノーメイクでもくっきりとした目元が、柔らかに細くなる。帯の向こうに、愛しいものを見ているかのようだ。

「赤に思い入れがおありですのね」

「あら、わかりますか？」

そんなお顔を見せられたら、当然だよ。

頷いてみせると、亀寿様の頬が薄く桜色に染まった。

「実はね、わたくしの許嫁の君が好きな色なのです」

「まあ！」

豪姫様が、明るく声を弾ませた。

「許嫁がいらっしゃるの？」

「はい。こちらに赴《おもむ》くにあたって縁付いた方で、ほんの幼いころから親しい仲でもありますの」

「つまり筒井筒《つついづつ》なのね！」

頬の桜色を濃くして、亀寿様が小さく頷く。

亀寿様の許嫁の方は、二歳年下の従兄弟らしい。島津家の後継者になるために亀寿様と婚約していて、その関係で一緒に京坂へ人質として滞在しているそうだ。

「昔から優しい人で、近頃はことのほか頼もしくもありますの。だからますます、慕わしくてならなくて」

「素敵な方ですのね……」

うっとりと豪姫様が目を潤ませる。

めっちゃわかる。すっごく素敵だ。同意を込めて、ぶんぶん首を縦に振る。

幼馴染の男の子が婚約者になって、しんどい時にそっと寄り添ってくれる。

しかも、少し歳下でしょ？　可愛い男の子って感じだったのに、大人の男の人の顔を覗かせてきたってことでしょ？

どこの少女漫画か恋愛ドラマですか。できるかどうかは別として、すごくときめくし憧れるシチュエーションだ。

めっちゃきゅんきゅんくる……いいなあ……！

「姉姫様の背の君も幼馴染でしたっけ？」

そういえば、と思い出す。豪姫様と旦那様も、結婚前から顔見知りだったはずだよね。

「ええ、八郎様と初めて出会ったのは、あたくしが七つになる前くらいだったかしらね」

お父君を亡くされて、我が家に引き取られていらしたの、と豪姫様が目を細めて答えてくれた。

聞いた話によると、宇喜多家の先代様が亡くなる前に秀吉様に若殿様を託したのだったよね。

その頃はおりしも、信長公が進めていた中国地方の毛利家との戦いの最中だったとか。

秀吉様も好意だけで若殿様を引き取ったのではなく、人質としての役割も持たせていたに違いない。若殿様もきっと、心安らかになんていられなかっただろう。

改めて考えると、宇喜多の若殿様ってわりと重い過去をお持ちだ。

「あの頃は、お兄様ができたみたいで嬉しくてね。お兄様、お兄様っていつもお側を付いてまわって、食事の時も、寝る時もずっとご一緒したものよ」

お母様にあきれられたわねえ、なんて懐かしげにくすくすと笑う声が響く。

すごく心細い状況で、豪姫様みたいな可愛い子に寄り添われたのか。そりゃイチコロにならざるを得なかったな、若殿様。

でも、そういう幸せな幼少期を過ごして、結婚に至ったわけね。豪姫様たちも、亀寿様に負けず劣らず筒井筒だ。

「さようにお過ごしだったから、縁組が決まったのですか」

「あら、違うわよ」

違うんかい。亀寿様と、思わず顔を見合わせてしまう。

恋愛結婚をした寧々様と秀吉様なら、自然な流れで二人の結婚を決めたと思ったんだが。

私たちの様子を見て、豪姫様が困ったように頬を指で掻いた。

「元々八郎様は摩阿《まあ》姉様と縁組をする予定でしたの。あたくしではなかったのよ」

「どういうことですか？　摩阿様って、殿下のお側にいらっしゃる加賀の御方様ですよね？」

「ええ、その摩阿姉様よ。ふたりとも、小牧の戦は知っていて？」

「……関白殿下と、かの駿河大納言様の間で起きた戦ですわね」

亀寿様が答えると、そうよ、と豪姫様が長い睫毛を伏せた。

「戦の後のことよ、駿河殿を完全に臣従させたいとお父様は強くお望みだったの。そのために、大和の叔父様に相談をなさって」

言葉を区切るような、ため息が朱い唇からこぼれる。深く、長く。物憂げに。

「あたくしを駿河殿の継室として送ろう、という話が持ち上がったのよ」

継室、けいしつ。たしか、後妻のこと、だよね？

豪姫様が、駿河大納言——徳川家康の継室になる話が、持ち上がっていた？

耳から入った言葉が、頭の中で意味を結ばない。衝撃で思考が回らない私をよそに、亀寿様が青いお顔で、あの、と声を震わせた。

「駿河大納言様と豪姫様の縁組ですか？　まことに？」

「そう、恐ろしい話でしょ？」

恐ろしいわ！　文句なしに！　何を考えたんだ、あの猿親父たち!!

家康って、秀吉様とだいたい同年代だったよね？

豪姫様とは、二周りどころか、三周りは年上じゃん。良い歳のおじさんに中学生くらいの美少女をカップリングするってありえない。

政略結婚全盛期だとしても、こんな酷いカップリングなんてありえないと思いたいよ！

「と、徳川家には若君がいらっしゃいますよね？　姉姫様と御歳が近い方が、何人か」

「ご本人に若い継室をあてがった方が確実、とお考えになっていたようね」

「ああ……」

言われてみれば、納得できてしまうのが悲しい。

家康の若君は複数人いる。そのうちの誰かと豪姫様の縁組が成っても、その若君が後継者指名をされなければせっかくの豪姫様の価値が下がる。

だったら現在の徳川家当主で、絶対にその座を降りないであろう家康本人に嫁がせた方が良い。

嫁いだ豪姫様が家康の息子を産めば、その子をとっかかりにお家乗っ取りも夢じゃなくなる。

まさに、利用価値のストップ高。とっても戦国の世らしい発想だが、令和の価値観から言わせてもらえばゲスの極みである。

「寝耳に水という言葉を、嫌な形で思い知ったものよ」

重い息とともに、豪姫様が言う。

当時の豪姫様は、侍女たちの噂でそのとんでもない縁組が持ち上がったことを知ったそうだ。

本決まりではなかったのか、それとも豪姫様がショックを受けないように隠していたのか。

秀吉様たちの意図はわからない。けれども、不意打ちで知った豪姫様は、心の底から恐怖に駆られたそうだ。

大名の姫として、豪姫様は婚姻に夢を見てはいなかった。政略が絡むことも、理解していた。

それでも、ショックを受けた。

三十歳も年上の顔も知らないおじさんの元へ嫁がされるなんて、年頃の女の子にとって悪夢に等しい縁談だ。必要性は頭で理解できても、一個人としては身の毛がよだつ。

悪い未来しか思い浮かばなくなって、けれども豪姫様は寧々様たちに不安を打ち明けられなかった。

涙を飲んででも嫁げ、と言われたら、そうするしかなくなるのだ。

自分で未来を確定させるのは、とてつもなく怖い。八方塞がりの状況に陥った豪姫様は心をすり減らし、とうとう寝込んでしまった。

「そんな時でしたの、八郎様がお見舞いに来てくださったのは。あたくしを案じて、とても気遣ってくださって、つい、ね」

「お気持ちを零してしまわれた？」

両手で頬を包んで、豪姫様が小さな顎を引く。

だめだとはわかっていても、豪姫様は自分を止められなかったそうだ。

限界だったのだろう。豪姫様は若殿様に縋って、辛い気持ちを打ち明けた。

徳川家に行きたくない、寧々様たちの側から離れたくない。それを誰にも言えなくて、苦しい。

兄と慕う人の腕の中で、すべてを涙とともにさらけ出して。

「助けてって、言ってしまったの」

救いを求めて伸ばされた豪姫様の手を、若殿様は掴んでくれた。

どこにも豪姫様をやらない、必ず助け出すという誓いとともに。

「それから、すぐさま八郎様はお父様とお母様に談判してくださったわ。どうかあたくしを妻に、そのためなら何でも差し出しますって。懸命にお願いしてくださったから、とうとうお父様も折れてくださってね」

豪姫様が床上げをした時には、家康との縁組の話は完全になくなっていた。

まあ、縁組の話自体、元から本気の話ではなかったらしい。豪姫様のおっしゃる大和の叔父様――秀吉様の弟である大和大納言秀長様が提案したけれど、秀吉様はメリットを考えつつも消極的だったようだ。

なんだかんだで、秀吉様と寧々様は豪姫様を溺愛している。人質として嫁がせるなんて、という思いがあったから、これ幸いと二人は宇喜多の若殿様の申し出に乗った。

その結果、めでたく豪姫様は若殿様の婚約者の座を得て、今に至るそうだ。

「すごいですね……」

あんまりな話に、うっかり放心してしまう。

亀寿様も開いた口が塞がらない様子だ。一言も発しない。

「すごいでしょう？　三千世界を見渡しても、あたくしの八郎様ほどの殿方はいなくてよ！」

豪姫様が嬉しそうに声を上げて笑う。私の呟きを、褒め言葉として受け取ったらしい。

純粋にすごいとは思ったけど、あんまり褒めたつもりはないのですけれどね……。

若殿様の元の婚約者だった摩阿姫様、豪姫様の代わりに徳川家へ嫁いだ秀吉様の妹君。

少なくとも二人の人の人生に、多大なる影響を及ぼしたハッピーエンドだ。光と影の落差が激しくて、手放しでは素敵だと言い切れない。

色んな意味でスケールが果てしないよ、姉姫様。

「うふふ、少しお与祢には早いお話だったかしら？」

反応に困っていると、つんつんと豪姫様にほっぺを突かれた。

「ちょ、姉姫様、やめてくださいよ！」

「あらあら、恥ずかしがっちゃって」

「恥ずかしがってなんていませんっ」

揶揄《からか》ってくる手を払いのけて、しっかり反論する。

この程度で恥ずかしがるほど、私は初心《うぶ》な女ではない。

大人の女だった令和の頃には、何度か男性とお付き合いした経験がある。

酸いも甘いも、人並みに噛み分けてきた。それに、今だって。

「私だって恋くらいしておりますの」

「は？」

にやついていた豪姫様の頬が、一言で凍る。

あ、わりと良い気分かも。口元に指を添え、にっこりと笑みを浮かべてみる。

ありったけの不敵さをかき集めて、ですから、と胸を張ってもう一度。

「恋しく想う殿方が、私にもいるのです」

「まあ！　どのような方ですの？」

少し前のめりに、亀寿様が乗ってきた。

恋バナ、好きなのかな。かなり興味津々といったふうで、目にさっきとは違うきらめきがある。

「お名前は内緒ですが、大変お優しい大人の殿方ですよ」

「あら、では許嫁でいらっしゃる？」

「まだそうではありませんが、少しご縁がありまして……」

事実を掻いつまんで、紀之介様との馴れ初めをお話しした。

堺で危ないところを助けてもらって、それがきっかけに文通を始めたこと。

会えない代わりに手紙を交わし、声の代わりに文字で言葉を重ねてきたこと。

少しずつ心を触れ合わせるほどに、紀之介様に惹かれて恋に落ちたこと。

そんな事実を口にすると、だんだん頬が熱くなってくる。わりと私たちも、少女漫画をしてるかも。

「与祢様の恋もまるで物語ね」

「へへ、私にとってあの方は素敵な方なのです。物語の男君より、ずっと」

「あらまあ！」

言い切る私に、くすくすと亀寿様が笑う。馬鹿にしている雰囲気はなく、微笑ましさでついといという感じだ。

恥ずかしいけれど、悪い気分はしない。それどころか楽しい気持ちになってきて、つい私も笑ってしまう。

友達と恋バナするのって、やっぱりいいものだね。与祢になってから、こんなふうに気兼ねなく話せる近い年代の人はいなかったせいか、余計にそう思える。

「お待ちなさい」

好きな人の好きな部分のあるあるトークで盛り上がる私と亀寿様に、低い声が割り込んできた。

むすっとした豪姫様が、じっと私を睨んでいる。思いっきり曲がっていた唇が、再び開いた。

「その者、ちょっと怪しいわ」

「どこが怪しいのですか？」

紀之介様は身元も身分もはっきりしていて、性格も裏のない誠実な人だよ？

どこをひっくり返しても、怪しさの正反対のものしか出てこない。

もし紀之介様が怪しい大人なら、この世の大人はみんな危険人物だらけになると思う。

「だから怪しいのですわ。浪人を金で雇ってあなたを襲わせ、自分で助けて売り込んだのかもしれなくてよ」

「姉姫様って妄想が逞《たくま》しいのですね」

私のどこに、そんなベタな芝居を仕掛けてたぶらかす価値があるというのだ。

あの頃の私は、ただの小大名の姫だ。寧々様の御化粧係なんて肩書も持たず、ぷらぷら遊んでいただけの七歳児だった。

誘拐して身代金を要求したら小金になったかもしれないが、エリートの紀之介様にはまったくメリットがない。

「あなたはあたくしの妹姫になることは、一昨年から決まっていたとお母様がおっしゃっていたわよ？」

「でもそんなこと、簡単に洩れると思います？」

「だったらなおのこと怪しいわ。あなたを垣間見て、妙な欲を覚えたのやも。幼子しか目がいかない不埒者っているそうですし」

「不埒者なんて失礼な！」

なんてことを言うのだ。紀之介様はロリコンじゃない。

だって私がどれだけアピールしても、まったく意識してくれないのだ。

好きになってもらえた自信はあるが、それでも可愛い小さな子として好かれたに止まっている。

恋愛感情を含んだ好きではないのだから、ロリコンなどでは絶対にない。

「失礼なものですか」

即座に反論をした私に、豪姫様が眉間の皺を深くした。

「文であったとしても大の男が幼い姫に言い寄るなんて、尋常ではなくてよ。後ろ暗いものを抱えた悪人か、さもなくば幼子に欲情する獣に違いないわ」

「姉姫様、私を怒らせたいの？　あの人は悪人でも獣でもありません。撤回してください！」

紀之介様は悪人でもなければ、ロリコンでもないって言っているでしょ。人の好きな人を邪推で貶すなんて酷い。

それに邪推を全開にしていいなら、宇喜多の若殿様だって怪しいじゃん。

だって、摩阿姫様を捨てて豪姫様を選んだんでしょ？

せっかく羽柴の養女をお嫁さんにもらうなら、溺愛されている方をもらえばお得と考えた可能性がある。

秀吉様は豪姫様が可愛すぎて感覚が狂っている、という話は昔から有名だったらしいしね？

豪姫様が結婚したら、不自由しないよう嫁ぎ先へ手を尽くすということは、深く考えなくてもわかったはず。

実際、現在の若殿様は政権内ですごく贔屓されていて、いろんな優遇措置を享受している。すべて、豪姫様のお婿さんになったがゆえだ。

そういう背景を踏まえると、ドラマチックな嫁取りストーリー自体が怪しい、という結論に至るのは自然だ。

当時の豪姫様は、若殿様が狙える範囲で最大級の美味しいカモだったのだもの。

若殿様が豪姫様を落とすために、縁談の噂をわざと豪姫様の耳に入るよう仕向けたとしても不思議じゃないよね。

豪姫様が弱ったタイミングで優しくして自分に縋りつかせ、それに乗じて婚約者の入れ替えを秀吉様たちにお願いしたのやも。

まんまとほいほいされたカモかもしれないくせして、紀之介様を貶さないでくれますか。

「八郎様がそんなこと企むわけないでしょ！」

「じゃあ私の片想いの君も同じです」

「あなたが心配なのよ！　どうしてわからないんですの⁉」

「わかりたくもないですっ」

「あなたをたぶらかしたのはどこの誰！　今すぐおっしゃい！」

「言いません！　あとたぶらかされてもいませんっ！」

紀之介様の名前を知ったら最後、迷惑を掛けに突撃するのが目に見えているじゃん。

ぜっったいに豪姫様には教えませんから。

「お、おふたりとも、落ち着いて」

亀寿様がおろおろと間に入ってきた。互いに掴みかかりそうな勢いに、危険を感じたのだろう。

一生懸命に体を割り込ませて、私たちを引き離そうとする。

「落ち着けませんわ！　この子は八郎様を貶したのよ⁉」

「豪様も与祢様のお慕いする方を悪しざまにおっしゃっていますよね」

「それはそれ、これはこれよっ」

亀寿様の冷静な指摘に、豪姫様の癇癪が炸裂した。

「姉妹喧嘩に首を突っ込まないでちょうだいな！」

姉姫様が言っていいセリフじゃないと思いますー！

◇◇◇◇◇

明くる日は、朝から気持ちよく晴れた日だった。

十二月らしくきんと冴えた空気は冷たいが、冷える分だけ清々しくもある。

着替えを終えて部屋から出、深呼吸をしてそう思った。


とうとう、歌会の日がやってきた。


豪姫様と亀寿様は、私のメイクとヘアセットを受けると、連れだって前田家のまつ様を出迎えに行ってしまった。

実母のまつ様や生家である前田家と豪姫様の関係は、すこぶる良好らしい。前田のお母様に亀寿様を紹介するのだと、豪姫様は楽しそうに言っていた。

それと、まつ様とともに招かれている豪姫様の実のお兄様の奥方、信長公の四の姫様に会うのも楽しみなようだ。

なんでもかの姫君は豪姫様とお歳が近く、平素から親しくやり取りしているのだとか。

ようは、あれだな。久しぶりに会う家族に、新しい友達を見せびらかしに行ったんだな。

新しい妹の私も、一緒に連れていかれそうになったが拒否した。

寧々様のメイクが、まだだったのだ。一応女房として、仕事を放り出すことはできない。

断った時は豪姫様がぐずりかけたが、すぐに亀寿様が上手くなだめてくれた。

慰めて、ちょっぴり持ち上げて。豪姫様の大切な方々にご挨拶がしたいとか言って、さくっと私から豪姫様を引き離すさまは、手慣れたものだった。

どうやら亀寿様は、この二週間で都風のお姫様になっただけでなく、豪姫様のリードを握れる人にもなったようだ。

ちょっとどうかなと思わないでもないが、助かったのは助かった。

無事に私は寧々様のメイクの仕事に向かうことができ、自分の身支度に使う時間を確保することができた。


そうしてやっと部屋で着替えを済ませて、会場へ向かうその道中。

見覚えのある後姿を見つけたのは、御殿の玄関近くだった。

「もし、りつ様ではありませんか」

「あら、与祢姫様！」

振り返った顔は、やっぱりりつ様だ。寧々様に挨拶を済ませた帰りのようだ。

「ご機嫌麗しゅう、先日来でございますね」

小走りに近づく私に、りつ様がふわりと頬をゆるめてくれる。相変わらずとても可憐な人だ。

しかも、今日のコーデはいいね。りつ様の持つ愛らしさに、とびきりマッチしている。

白に近いグレーの打掛に、花びらのような淡いライラックの小袖。小柄な背丈と相まって、立ち姿がすみれの花のような風情だ。

福島様の趣味だろうか。だとしたら、奥さんの良さをよくわかっていらっしゃる。

透明感がある、耳に心地よい声音に微笑み返して、私も会釈をした。

「お会いしとうございましたわ、ご息災でしたか」

「もちろんですとも」

このとおり、とりつ様は力こぶを作る仕草をする。

ああ、可愛い。癒される。良い意味で無邪気な人って、本当に貴重だよ。側にいると、たまったストレスが解けていく気がする。

立ち話もなんだから、どちらともなく足を動かして、私たちはお喋りしながら玄関へと向かった。

あっという間に、目と鼻の先の玄関に到着する。

「そういえば、ですが」

侍女に履物を用意させている合間、ふとりつ様が思い出したかのように言った。

「先ほど、島津の姫君をお見かけしましたわ」

「亀寿様を？」

「ええ、こちらの御殿へうかがう道すがらに」

そう言って、りつ様が口ごもる。

言葉を探しているか、優美な眉を軽く寄せ考えるふうになった。

ややあって、何と申しますか、と私に顔を寄せてきた。

「ずいぶんと、雰囲気が変わられましたね？」

「わかります？」

「ええ、とても快活になられたかと」

細い顎を深く引いて、りつ様はほんのりと目を細めた。

変わった亀寿様を、良いものとして受け入れてくれている。そんな気配を感じ取った途端、喜びが全身に広がった。

亀寿様が、友達が人に認められた。自分のことのように嬉しくて、たまらなくて。

私は自慢するように、まだ小さな自分の胸を張った。

「奥にご滞在の間、とてもがんばられましたからね！」

二週間かけて、亀寿様は自分を目いっぱい磨き上げていた。

言葉も、ファッションも、メイクも。何もかも。

一生懸命学んでいたのだから、より良く変わっていないはずがない。

そして、今日がその集大成。がんばりの成果を発揮するための日だ。

亀寿様の再デビューを彩るために、私が腕によりをかけてトータルコーディネートさせていただいたのだ。

人目を惹きつけてやまない、魅力たっぷりのお姫様になっているのは当然である。

本日の亀寿様のファッションは、昨日選んだインクブルーの打掛と虹色《青みピンク》の小袖。ストロベリーレッドの帯でばっちり決めて、令和風のメイクもしている。

せっかくだからと、寧々様が令和メイクを限定解禁してくれたのだ。

イメチェンするなら、思いっきりやった方が亀寿様の気分も上がるし、ついでにちょっとしたコスメの販促にもなるからね。

前日の肌のお手入れから、気合を入れて腕を振るわせていただきましたよ！

ベースは十代のお肌を活かして、ファンデーションは無し。軽めにピンクのカラーベースで血色を添えて、フェイスパウダーをテカリ止め程度にブラシで叩いて終わりにした。

シェーディングの色みは、ブルベース向けのアイスグレージュをチョイス。エラと顎先だけを軽く調整をして、お顔の彫りがはっきりしているのでノーズシャドウは特に無しとした。

チークはごくごく淡く、控えめに。ベビーピンクのパウダーチークを内側を意識して目の下にぽんと添えるだけ。

十代っていいね。たったこれだけで、自然な血色と可愛らしさが溢れ出る。

アイメイクとリップメイクは、亀寿様のリクエストで、大人っぽくそれでいてガーリーな色使いだ。ふんわりしたくすみピンクでまとめて、アイラインもパウダーでふんわり甘く可愛く仕上げてみた。

香水についても、ぬかりはない。華やかさ重視で、ニオイコブシの香りをチョイスしました。

ニオイコブシは、モクレンの仲間で花の香りが良いことで知られる高山の木だ。とっても不思議な花木でね。枝や葉っぱを蒸留して精油にすると、甘みのあるレモンに似た香りが取れる。

薔薇のインフューズドオイルとブレンドすると華やかな芳香になるので、特別感を演出するにはもってこいなのだ。

今朝も亀寿様が歩くと、はっと振り返る女房や侍女が多かった。

香水を付けた亀寿様の袂《たもと》が揺れるたび、甘く澄んだ香りが微かに漂うのだ。

それに気づくとみんな驚いたり、うっとりとしたり。人それぞれだけれど、亀寿様から目が離せなくなっていた。

初手のイメージをさりげなく特別にする作戦、大成功である。

豪姫様のずるいコールをBGMに、一生懸命に調香した甲斐があったというものです。

「とことん手を入れられたのですねぇ」

「もちろんですよ、寧々様のお指図もありますが、とっても楽しかったのですもの」

若い女の子を着飾らせる楽しさは、プライスレスだよ。

寧々様や竜子様には使わないテクニックやカラーも使えたし、少女っぽい可愛げがある反応をしてくれるし。

十代にしかないきゃぴきゃぴ感っていいよね。見ているだけでこっちも元気になれる。

「りつ様もどうです?」

ちょうどいいので、期待を込めて誘ってみる。

「え、わたくし?」

「よろしかったらお化粧直ししませんか」

「……もしや、今からですか」

「はい！　今から！」

りつ様は、亀寿様や豪姫様ともまた違うタイプの美少女だ。

薄めだけれど、あまり捻りの少ないメイクのままでいるなんてもったいない。

ぜひとも私にいじらせてほしい。例えば妖精メイクとかどうですか。

ラベンダーベースとセミマットなパウダーで肌の透け感を上げて、アイシャドウはアイスグレーをメインにパールでキラキラさせてみるのはどうだろう。

アイブロウは淡いパープルを足して薄めに仕上げて、リップは薄い桜色だな。

パール入りのグロスでうるうるキラキラの唇にしたら、きっと宝石の翅《はね》を持つ妖精のようになるはずだ。

どうですか。福島様と並ぶと美女と野獣を通り越して、妖精と野獣になってみませんか。

めっちゃ良いと思うのですが、どうでしょう⁉

「どうですか」

「ど、どうもこうもないですよ」

「そうおっしゃらず」

はみ出しそうな勢いの気持ちを込めて、後退りするりつ様の手を握る。

「ちょ、与祢姫様、お待ちくださいっ」

「ねえねえ、紅だけでも変えませんか」

「変えている間に、歌会が始まってしまうやもしれませぬよ」

「大丈夫ですって。ちゃちゃっとやりますし。すぐですから、ね？」

タイムオーバーは望むところなんですよ。歌会をサボる理由になってくれませんか。

私はサボりたいのよ、歌会を。朝からの仕事で疲れているのだ。この後、愛想笑いしながら和歌を詠むのはだるい。

たぶん、豪姫様のお世話係もやらなきゃならないだろうしさあ！

「だめよ」

きっぱりとした声が、不埒な私の思考を斬り捨てた。

「そんな時間はないでしょう、早く座敷へお行きなさい」

振り返ると、そこには寧々様。孝蔵主様を従えて、にっこり微笑んでいらっしゃる。

どうやら、お着替えなどの支度が済んだらしい。金糸で刺繍を施した柔らかなミストグリーンの打掛を捌いて、するすると私の側に寄ってきた。

「ね、寧々様？」

「あなたも歌会に参加するの。お化粧のことはまた今度にね」

「え、えぇ……」

そこを何とかなりませんかね。気持ちを込めて見上げたら、両手で頬を挟まれた。

顔を固定されて、じぃっと笑顔で見下ろされる。

「わかったわね」

「急にお腹が……」

「痛くないでしょ」

むにむにと頬を揉まれて、逃げ道を塞がれる。

「おりつ、お与袮をよく見ておいてね」

「承知いたしました」

寧々様の指示に、苦笑交じりでりつ様が頷く。

そうして流れるような動作で、細い手が私の手を握ってきた。指を絡めて、それはもうしっかりがっちりと。

「それじゃああなたたちも歌会を楽しんでね」

繊手《せんしゅ》なんて言葉がぴったりな手なのに、めちゃくちゃ力が強い。こんなのもう、逃げられないよ。

絶望している私の頬を満足げに解放して、寧々様はくるりと背を向けた。

本日の歌会は、招待客が二つのグループに分けられているのだ。

亀寿様たち若い姫や奥方たちは、豪姫様と私。まつ様たち大人の奥方たちは、寧々様がもてなす。

それぞれの歌会が終わったら合流をして、みんなでお食事会という流れである。

大人の歌会会場へと向かう寧々様の足取りは、はっきりわかるくらい軽い。

あれは絶対に、私が思い通りになっているのを楽しんでいるな。

酷い寧々様だよ。そういうところも魅力的なのだが。

「参りましょうか」

「はい……」

にこにこしたりつ様が、私の手を引いて歩き出す。

有無を言わせない力で引きずられ、私はすぐに諦めた。抵抗したら、抱えて連れて行かれそうな気配がしたからだ。

はあ、しかたない。

（せめて、何事もなく終わればいいなあ）

◇◇◇◇◇◇

歌会の会場は、少しだけ池に近い水仙で彩られた亭《はなれ》である。

ずるずるとりつ様に引きずられて会場入りすると、すでに招待客の姿がいくつか見えた。

上座はまだ空っぽ。豪姫様と亀寿様はまだ来ていないようだ。

まつ様たちとの会話が弾んでいるのかな。よくよく室内を見渡せば、豪姫様の兄嫁にあたる信長公の四の姫様らしき姿も見えないし。

ちょっと心配だが、豪姫様も一人前のお姫様だ。イベントの開始時間くらいは、ちゃんと守れると信じよう。どうしてもやばい時は、側にいる亀寿様がちゃんとコントロールしてくれるだろうしね。

そう結論付けて、ひとまず私は上座よりの席へ向かった。

下座に座りたいところだが、私も豪姫様のおまけで主催者側だ。上座の方へ座らないと、豪姫様がうるさくなるに違いない。

「どのあたりに座りましょうか」

こっそりと隣を歩くりつ様に相談する。

素人判断で日和った席に座って、人前で叱られるのはごめんだ。

そう訴えると、りつ様はちょっと立ち止まって口元に指を当てた。

「豪姫様のお側はお嫌ですか？」

長い睫毛に縁どられた目でそろりと室内を見渡し、耳打ちしてくる。

「できるかぎり離れたいな、と」

「どうして？」

「茶で胃が痛くなりそうなのです」

そう答えると、りつ様が悟った顔になった。わかってくれたようだ。

「で、あれば、そうですねえ」

「ごきげんよう、与祢姫様！」

軽く眉を寄せて思案をするりつ様と私に、後ろから声が掛かる。

振り返ると、先のお茶会で知り合ったボス姫君、もとい、梅姫様がいた。銀刺繍が入った薄い朱《あか》の打掛が、ぎらぎらと眩しい。

「ごきげんよう、梅姫様」

あいかわらず派手だな。

まばゆさに目を細めながら、笑顔を作って挨拶をする。

「嬉しいわ、いらしてくださったのですね」

「当然ですわ、与祢姫様のお招きですもの！　誰だって、何を置いても参りますわよ？」

微笑みを浮かべて、梅姫様がさらりと持ち上げてきた。

おーっと、梅姫様ったら手のひらくるっくるですね。香水が手首の潤滑油になったのはいいが、効果が抜群すぎやしないか。

私が指名で招待状を出して呼んだから、嬉しくて友達認定してきたのかな。ボス女子でお喋りな彼女に、イメチェンした亀寿様を見せたかっただけなんだけど……どこか憎めないね、この反応。

単純な梅姫様に、つい口元を袖で隠して苦笑いしてしまう。

「そうだわ」

同じく苦笑いのりつ様とご機嫌で挨拶を交わす梅姫様の姿を見ていて、ふとひらめく。

「梅姫様、今日は近くでお喋りしませんか」

「まあ！　よろしいのですか？」

私の誘いに、梅姫様が身を乗り出してくる。

「もちろんですよ、またお話ししたいなと思っておりましたの」

あなたの立ち位置が、ちょうどいいからね。

前回のお茶会後に調べて知ったが、梅姫様は吉川家の姫君。中国地方の雄である、毛利家の親族だ。毛利本家に人質として出せる子女がいないから、ご当主の従兄弟にあたる梅姫様とその次兄に当たる方が京坂に滞在しているらしい。

つまり彼女は毛利家の人質でもあるため、こうした場での席次も低くはならない。

今回も上座に近い席に座るだろうし、そんな彼女の近くにいれば豪姫様も文句は言わないよね。たぶん。

「あちらのお席が空いているようですね」

私の意図を察してくれたりつ様が、良い感じの席を示してくれた。

上座のすぐ近くだけれど、豪姫様の席からは絶妙な距離がある席だ。

ナイス、りつ様。あそこなら、豪姫様の妹姫が親しい人だけ集めて座っています、で通りそうだ。

「いいですわね、梅姫様、まいりましょう?」

豪姫様が来る前に、既成事実を作りましょうね。

私はすばやく梅姫様の手を取って、半ば引っ張るように空席へ向かった。

左右を梅姫様とりつ様で固め、逃げられないようにお茶とお菓子も用意させる。

取り巻きが作りたいわけでもないので、入り込めない雰囲気の演出にも手を抜かない。

一生懸命に場を作っているうちに、室内の席がほぼ埋まっていった。

そして、何人かの姫君の挨拶を受けて、ちょっと面倒になってきた頃。

「備前の御方様のお成りです」

何人目かの姫君の挨拶を受けた直後、入口に控える女房から声がかかった。

耳触りの良い衣擦れともに、豪姫様が戸口に現れる。

丁寧に梳《くしけず》られた黒髪に、目元のイエローのアイシャドウがポイントの令和メイク。いつにも増して華やかになったお顔には、自信に満ちた笑みが浮かんでいる。

しなやかな身を包むのは、山吹色の打掛。豪奢の一言に尽きるそれは、金糸や蘇芳の糸で縫い取られた花が照り映え、少し動くだけできらきらと存在感を際立たせている。

下に合わせた、マリーゴールドみたいな明るいオレンジの小袖との相性も抜群だ。

袖や襟元の重なりは、まるで秋に燃える銀杏を映し取ったかのようだ。

その鮮やかに人の目を引く彩りは、ため息が出るほど似合っている。

これぞ、羽柴の姫君。その風格を余すことなく放つ彼女は、文句無しに美しい。

亭内の姫君たちが、一斉に深く頭を下げた。

「与祢姫様」

私もみんなに合わせようとしたら、右手のりつ様から脇腹を突かれた。

名を呼ぶ小声が、少し渋い。私は頭を下げちゃダメってことですね……はい……。

自然な動作で姿勢を元に戻し、軽い会釈に切り替える。

豪姫様が、堂々と爪先を室内へ入れた。その後ろに、亀寿様を含む華やかな女人が幾人も続く。

知らない顔は、一人、二人。それから三人。亀寿様や豪姫様と似た年頃の姫君が二人に、竜子様に近い年回りの貴婦人が一人だ。

誰だろう。少し面長の整った面差しが似通っているので、姉妹だろうか。

まじまじと見つめるわけにはいかなくて、軽く目を伏せたまま彼女らの正体を考える。

そうしている間に、絹の衣をさわさわと、風に揺れる笹葉のような衣擦れが止まった。

伏せた視線を上げる。豪姫様は上座の席、亀寿様たちはその側の席へ腰を下ろしていた。

「お待たせいたしましたわね、皆様」

「いいえさほどでも」

別の人が私より先に声を掛けたら豪姫様が怒りそうなので、私から豪姫様へ声を掛ける。

「あらお与祢ったら、なぜそんなところにいるの？　もっと近くに寄りなさいな」

「今日はここがいいのです、りつ殿と梅姫様とお話ししたいんですの」

「この子ったら、わがままを言って」

そうお小言を言いながらも、豪姫様はわかりやすくご機嫌な態度を崩さない。

この対応で、とりあえず間違いはなかったようだ。

「それはそうと、姉姫様」

私の席のことより、気になることがあるのですが。

「お側の御方様方は、どちらさまでいらっしゃいますか」

「永様たち？　亀寿殿と前田のお母様をお迎えした時に、偶然居合わせたからご一緒してきたの」

年若い姫君の片割れ、永姫様――豪姫様の兄嫁に当たるらしい、をお出迎えした際に、たまたま永姫様の妹君の詔姫《あき》様がいらしたそうだ。

挨拶を交わしがてら歓談をしていたら、そこへ年長の貴婦人、冬姫様もいらした。

冬姫様は、蒲生《がもう》という大名家の御正室だそうだ。永姫様と詔姫様の姉君で、先月までは夫君の領地である伊勢松ヶ島という地におられたそうで、今回は上洛して初めての聚楽第だった。

そのため、永姫様も詔姫様も、冬姫様との再会はひさびさだった。せっかくだから姉妹の仲を温めましょう、となるのは自然の成り行きだったのだろう。

寧々様の方の歌会に出るはずだった冬姫様を、豪姫様の勧めでこっちに引っ張ってきたらしい。

「ま、良い折ね。紹介いたしますわ、お姉様方」

豪姫様が嬉しげに夫人と姫君たちを見回す。

「こちら、新しいあたくしの妹となった与祢姫ですの」

「お初におめもじつかまつります。山内対馬守が娘、与祢にございます」

微笑ましげに見守られる中、できるかぎり丁寧に頭を下げる。妹設定を否定するのはあきらめたので、紹介されるがままにだ。

「ちょっと、何言っているの」

すっきりとした柳眉を寄せ、豪姫様が口を挟んできた。

完璧なご挨拶ができたはずなのに、何かミスっちゃったのだろうか。

「永様と冬様はともかく、韶様は初めてでもないでしょ」

「はい？」

間抜けた返事に、とうとう豪姫様は睨んできた。

「ここの奥にお住まいじゃない。まさか、存じ上げていないなんて言わないでしょうね」

そんなこと言われましても、知らないよ。今まで会ったこともなければ、名前を聞いたこともない。

私の行動範囲は、寧々様の御殿と竜子様の御殿、時々中奥だ。それ以外のところに住む人のことは、良く知らない。

困って豪姫様を見つめていたら、慌てて隣からりつ様が耳打ちしてくれた。

「織田の五の姫様でいらっしゃいます」

「五の姫様……五の姫、様」

織田の五の姫様。記憶に結び付くものがあって、はっと口元を覆う。

それって、以前に孝蔵主様から聞いた呼び名だ。城奥に住まう御側室の一人で、確か、お父上が。

「もしや、先右府《さきのうふ》様の……？」

おそるおそる問いかける私に、三人の女性は顔を見合わせる。

冬姫様が、悪戯っぽく笑って頷いた。

「いかにも、我らの父はかの織田信長公じゃ」

さほど大したものではないがな、と続いた冬姫様の言葉に、くすくすと忍び笑う声を重ねる。

いやいやいや、信長の姫って、思いっきり大したことですが⁉

信長、織田信長。秀吉様の元主君で、一つ前の天下人である。

底辺から拾い上げてもらった恩、出世街道を走る中で培った愛着。色んな思い入れがあるためか、今なお秀吉様は信長公に敬愛を持ち続けていることは有名だ。

そのため羽柴政権下において、織田家の人々は、下にも置かない扱いを受けている。例外は幾つも存在するが、基本的には、ね。

例えば城奥に住まう織田の五の姫様こと詔姫様。身分こそ秀吉様の側室となっているが、実際は預かりものの姫として恭しく扱われている。

彼女らの兄にあたる現織田家当主のお殿様なんて、ちょっと微妙な能力なのに高い官職と広い領地を許されているほどだ。

そんな当代きっての華麗なる一族のお目にかかる日がこようとは、思ってもみなかったよ。

「ぼーっとしないの、みっともない」

唖然とする私に、豪姫様が不満げに頬を膨らませる。

「あたくしもあなたも、皆様に引けを取る存在ではなくてよ。しゃんとなさい」

「え、ええー……はい、そうですね」

否定したい気持ちを、寸前で飲み込んで同意する。うっかり反論をしたら、豪姫様はまたうるさくなるに違いない。

羽柴の姉妹は揃って驕《おご》っている、と思われてないかな。さりげなく意識を周囲に向けてみるが、誰も彼も笑顔だった。

織田三姉妹も、亀寿様も、他家の招待客たちも。りつ様は気配を殺して存在感を消しているし、梅姫様はちょっと鼻白んでいるが、うわべだけは穏やかだ。

薄皮一枚の下が非常に怖い。だが、暴いたところで良い結果が出るわけでもない。

しかたなく、私は周りの空気なんて知らぬふりで居住まいを正した。

「さあ！　皆様、そろそろ始めるといたしましょう！」

満足げにそれを見ていた豪姫様が、パン、と両手を胸の前で打ち合わせる。

準備のために立ち上がった女房たちの衣擦れが、さわさわと零れ始めた。

いよいよ、歌会の始まりである。

不安を胸にしまいつつ、上座をうかがう。

華麗なる姉妹と亀寿様の真ん中ではしゃぐ豪姫様は、いつもどおり華やかで可愛らしい。

……何事もなく、無事に終わりますように。頼むから、ほんと。

◇◇◇◇◇

「では、次の番にまいります。それでは右方、加賀の若御前様」

進行役の女房が、柔らかな声で告げる。

永姫様が短冊を手に、ヒバリのような声で和歌を詠み上げ始めた。

本日の歌会は、即興で和歌を詠む当座《とうざ》。

左右というペアを組んで、互いに一首ずつ詠んでその優劣を競う、歌合《うたあわせ》というスタイルだ。

本来は審判や詠み上げる役などを揃えて行う歌合だが、今回は緩《ゆる》い変則ルールで行うことになっている。

だってこれ、お遊びだからね。進行役と記録係を女房に任せ、和歌の詠み上げは詠者《えいじゃ》自身。勝敗判定は参加者全員の投票形式となっている。

ペアの選定については、ちょっとだけ配慮がされた。身分差が激しいペアで、勝敗判定でトラブルになったらまずい。

同等の身分で組まされて、亀寿様は梅姫様、豪姫様は秀吉様の側室である五の姫様がペアになった。

ちなみに私はわがままを言うフリをして、りつ様と組んだ。せめて優しい相手とペアにならないと、胃に穴が空きかねない。自分のためなら子供のフリもするさ。

ペアが決まったら、歌題が発表されてシンキングタイムである。

今回のお題は冬らしく、『雪』。ポピュラーで詠みやすいタイプのものだから、参加者はみんな特に悩む様子も見せず制限時間内に筆を滑らせていた。

カンニングであらかじめ和歌を用意していた豪姫様は、一番最初に筆を置いていた。

すごく得意げにしていたが、あれは一番に書き上がったのが嬉しかったのだろう。予習が上手くいった低学年の小学生の子みたいだった。


シンキングタイムが終わったら、いよいよ発表会だ。

下の身分のペアから順に披露して、参加者全員で勝敗にはしゃぐ。

勝負事だからか、やってみるとかなり面白いのだ。言葉選びのセンスに個性が出るし、何に興味があるかも透けて見える。

正面から技巧で圧勝する和歌もあるけれど、技量を凌駕した表現力や情感で競り勝つ和歌もある。

上手くても、下手でも会話の花の種になるって面白いものだ。

これまで紀之介様とのマンツーマンの贈答歌しか経験がなかったけれど、複数人と詠むのも悪くはない。

もし今後、気安い友達が増えたら、個人で集まるのもいいかもしれないね。城奥にいると、そんな機会ほぼないと思うけれど。

なんてとりとめもなく考えている間にも、滞りなく順番が巡っていく。

私とりつ様の番の勝敗が心なしかの忖度《そんたく》込みでつき、亀寿様と梅姫様の番もつつがなく終わる。

意外にも、亀寿様たちの対戦は盛り上がった。亀寿様は当然のこと、梅姫様もお上手な詠み手だったのだ。

まさに、正統派同士のガチ勝負である。判定の際の議論がそれまでのどのペアの時より大きくなった。

舌を巻いたり、感心したり。ああでもない、こうでもないと感想を交わして、みんなで票を投じた。

結果は、僅差で亀寿様が多く票を得て勝利。

見下していた相手に負けた形になったけれど、不安視していたほど梅姫様は悪い感情を見せなかった。亀寿様の力量を見て、ある程度受け止める度量はあったようだ。

でも、悔しいものは悔しかったらしい。次は勝ちます、みたいな捨て台詞を吐いて亀寿様に苦笑されていた。

そんな白熱の勝負の次は、ラスト一歩手前。永姫様と冬姫様の番が来た。

仲の良い姉妹による競い合いであるためか、直前と打って変わって、空気が穏やかなものに切り替わる。

彼女らの父である信長公には苛烈なイメージがあるけれど、その性質は姫君たちにまったく遺伝していないみたいだ。

「続きまして左、松ヶ島の御方様」

ほのぼのとした雰囲気の中、進行役の女房が柔らかに冬姫様をお呼びする。

妹と目を合わせて微笑んでから、冬姫様が朱い唇を開いた。

「しろたへの」

しろたへ、白妙。白いものにかかる、定番の枕詞だ。

雪を詠む時のありふれたチョイスなので、この後どう詠むかが腕の見せどころになるんだよなあ。

……なんて、のんびりした考えは、次の瞬間吹っ飛んだ。

「袂に触れて消《き》ゆる花」

ゆったりと詠み上げる声音に、音を立てて血の気が引いた。

しらたへ、袂、消える花。覚えのありすぎるキーワードが、全部揃っている。

視線を豪姫様に走らせる。お人形のようなかんばせが、どことなく青い。

だめだ、やっぱり上の句が同じ内容なんだ。

大変なことになっちゃったよ。まさかの展開だよ。

よりにもよって、豪姫様の事前に作った和歌にそっくりなものが詠まれるなんてさあ！

いや、多少雰囲気が似た和歌が出てくる可能性は、もちろん考えていたよ。

でも、ここまでそっくりな和歌が出てくるのは想定外だったわ。

非常に不味い。この後、豪姫様が用意していた和歌を詠んだら、間違いなくパクリ疑惑でヒソヒソされかねない。

ついでに冬姫様のものと比較されて、笑われるだろう。豪姫様の和歌は、亀寿様の添削が入ってもまだぎこちないのだ。

せめて、別の内容の物に変更しなきゃまずいが、豪姫様の顔色は悪くなる一方だ。

予備に詠んでおいた和歌が、パニックで頭から吹き飛んでしまったのかもしれない。

(どうしよう！　どうしよ！　ほんと‼)

焦りを必死でお腹の底に沈めて、頭をフル回転させる。

カンニングペーパーを作って、こっそり渡す？

無理。席が遠い上に、私に即興でそんなものを作る才能はない。

亀寿様の時みたいに私が粗相をして、豪姫様を引っ張り出す？

ダメ。主催者が揃って会場から消えるのはアウトだ。

あかん、詰んじゃったよ。私じゃ豪姫様を助けられない。

上座の豪姫様を見れば、先ほどよりも固くなっている。まるで氷でも飲んだかのようだ。

それでも笑顔を維持しているが、かなり危うい。ちょっと突いたら、粉々に砕けそうだ。

「大丈夫ですか？」

りつ様が声を掛けてくる。表情は、どことなく険しい。

私の様子から、緊急事態だと気付いたらしい。

「大丈夫……じゃないかもです」

姉姫様が。反対隣の梅姫様に聞こえないよう、意識しながら答える。

すでに冬姫様が和歌を詠み終えて、投票タイムに入ってしまった。

焦っている間に、豪姫様たちの番が来てしまう。時間なんてほぼ残されていない。

(どうしよう)

このままじゃ、豪姫様が恥を掻いてしまう。

基本的にわがままで、こうと思ったら修正が効かなくて、とても気が強い豪姫様。

癖の強い人だけれど、悪い人ではない。気を許した人には優しいし、どんなことにも一生懸命で常に正面突破をしたがるまっすぐな人だ。

そういう可愛げがある人だから、ここで嫌な思いはしてほしくない。

でも、どうしたら。自分のことのように胸が痛くなる。

投票が終わって、判定が出た。僅差で、お姉様の冬姫様が勝った。

負けた永姫様は口で少し悔しがりながらも、嬉しそうに冬姫様を讃えている。

冬姫様も永姫様の詠んだ和歌を褒め、目を細めて機嫌よく語らっている。

できれば、私と豪姫様もあんなふうに和やかに終わりたかったのに。

(どうしたら)

手に余るから、りつ様には助けを求められない。梅姫様には、弱みを見せられない。

近くにいるのに、豪姫様を助けられない自分が嫌になってくる。

「次の番にまいります、よろしゅうございますか」

歓談をそっと終わらせるように、進行役の女房が口を挟んだ。

「それでは最後の番にございます。右、五の姫様」

歓談の声が引けた中、韶姫様が自らの和歌を詠じる。

朗々と下の句まで披露し、その手にあった短冊を置いた。

（終わった）

豪姫様の番が来てしまう。上座の豪姫様を見やる。青い顔は、白になりつつある。

どうしよう。心の中で繰り返しても、答えはまだ出てこない。

氷のような血が、ざっと下がる心地がする。女房の口が開く。豪姫様の名前が呼ばれる。

その、直後だった。

「備前の御方様、豪様」

唐突に、亀寿様が豪姫様を呼んだ。

「……いかが、なさいまして、亀寿殿」

振り向く動作も、発された声も、わかりやすくぎこちない。

緊張を隠せない豪姫様を気にすることなく、お願いがあります、と亀寿様がおっとりと言った。

「お願いって、何かしら」

「豪様に代わって、わたくしに和歌を詠ませていただきたいのです」

「え？」

今度こそ、豪姫様が固まった。

豪姫様に代わって、亀寿様が和歌を詠む。もしかして、亀寿様がヘルプを出しているってこと？

え、大丈夫なの？　それって許されることなの？

「島津の姫君、あなた、僭越ではなくて？」

鋭い声が、戸惑う私の側から上がった。

ほっそりとした眉を寄せた梅姫様が、不愉快そうに亀寿様を睨んでいる。

「僭越、でございますか」

「ええ、そう。備前の御方様の前に立とうなど、差し出がましいわ」

「あら、そんなつもりはないのですよ」

くすくすと、亀寿様が袖で口元を隠して笑う。

笑い飛ばされてむっとした梅姫様が、何か言おうと口を開きかけた。

「古来宮中では」

牽制するように、亀寿様がはっきりとした口調で言う。

「貴いお方に代わり、臣下が和歌を詠みたてまつることは珍しくありませぬ。例えば、万葉の額田《ぬかたの》王《おおきみ》などかしら」

「それがなんだとおっしゃるの？」

「わたくし、大和歌《やまとうた》には少々覚えがありますの」

漢籍には詳しくありませぬが、と言い添えて亀寿様は笑い声を転がす。

そうしてその明るい笑みを、豪姫様に投げかけた。

「わたくし、額田王のひそみに倣いたく存じますが、よろしゅうございましょうや」

「あなた……」

目を見張り、豪姫様は亀寿様を見つめる。ようやく、亀寿様が差し出した手に気付いたようだ。けれど、なぜヘルプが出されているのか理解できない。どうして、というように亀寿様を見つめている。

戸惑いを漂わせた豪姫様の眼差しと、揺らがない亀寿様の眼差しが交わる。

「よろしくてよ」

ややあって、豪姫様が頷いた。何かを思いきったように、しっかりと。

「ぜひ、お願いしますわ。あなたのお和歌《うた》は素敵だもの」

「ありがとう存じます」

一礼をして、亀寿様の目がするりと室内を滑る。

焦っているわけではないようだ。他の参加者から不思議そうな視線を受けても、落ち着いた態度が崩れることはない。

「そこの方、よろしいかしら」

やおら、亀寿様が控えの女房を呼んだ。

「あちらの花器を、こちらへ寄せてくださる?」

ほっそりとした指先が、上座の床の間に飾られていた花器を指し示す。

追加の短冊を頼むのかと思ったが、違うらしい。

何をするつもりだろう。そう誰もが囁き合っているうちに、花器が亀寿様の前に据えられた。

一輪の白い水仙と、艶やかな赤い実をつけたヤブコウジ。

銅でできた首の長い壷にも似たそれには、季節の花が彩りよく活けられている。

じっと見下ろしていた亀寿様の手が、やおら、ヤブコウジの枝を手折った。

「あしひきの、山橘《やまたちばな》の実は赤き」

霞む桜の色の唇がゆるやかに動く。

しっとりとした声は、大きくないのにはっきりとした輪郭を持っている。

ヤブコウジを手に、亀寿様が立ち上がった。ためらいなど一切見せず、上座の豪姫様の元へ行く。

「かざしにしてな、雪を待ちつつ」

しんと静まり返る中、赤い実の枝が恭しく捧げられる。

形の良い豪姫様の双眸が、みるみる大きくなっていく。

白い水晶でできたような手にある枝が、豪姫様の髪に添えられる。

葉と実に手を触れる豪姫様のそのさまに、亀寿様はにこりと笑みを深くした。

「冬をお届けにまいりました」

水を打ったように、という言葉のお手本のように場が静まり返った。

「お見事」

ほのかに低い声音が、静けさを破られる。

品の良い面差しを微かに緩め、お見事です、冬姫様が亀寿様に眼差しを据えていた。

「良き趣向にございますな、島津の姫君」

「もったいなき言葉にございます」

お耳を汚していなければ良いのだが、と亀寿様が応じる。

その表情は和やかで、けれども自信に満ちている。二週間前の姿と比べると、嘘のように明るい。

「謙遜なされますな、冬姉様のおっしゃるとおりです」

「昨今にあっては珍しきものをお見せいただけて、楽しゅうございましたよ」

姉の冬姫様に釣られるようにして、二人の妹姫様たちも続いた。

亀寿様に向けられた眼差しには、確かな敬意が込められている。

「……素敵ね」

特に身分が高い三人の賞賛が、波紋のように他の姫たちにも伝わっていく。

「あなたもそう思われる？」

「ええ、もちろん」

「花器を目にしてすぐ和歌を詠じられるなんてね、あなたできる？」

「とても無理ですわよ、清少納言でもあるまいし」

「そうよねえ。島津の方ってどのような方かしら、と思っていたけれど」

ため息を溶かしたような声が、あちらこちらで咲きこぼれる。

「さすが、鎌倉以来の家門の姫君でいらっしゃるわ……」

みんな亀寿様のことを口にしているが、嘲る人は一人もいない。

亀寿様が注目を集めているのは、あの茶会と同じ。なのに、空気はまるで逆。

綺麗に反転した光景は、冬の晴れた空のように胸がすく眺めだった。

「当然ですわ、あたくしのお友達ですもの！」

豪姫様が声を弾ませる。笑みを浮かべる頬は、先ほどと打って変わって血色が良い。

一気に取り戻した元気の勢いのまま、豪姫様は亀寿様の手を取った。

「亀寿殿はあたくしの一番のお友達。あたくしにふさわしい、輝かしい方なのよ」

繋いだ手とは反対の手で受け取ったヤブコウジの枝を振り、豪姫様は自信たっぷりに言ってのける。

その浮かべている笑みは得意げで、一番大切な宝物を自慢する小さな子供のようだ。

以前の亀寿様への態度を知る人から見れば、現金だとか、気まぐれだとか取られるかもしれない。

それでも豪姫様の笑顔には、亀寿様への純粋な好意が込められている。

豪姫様には、裏も表もない。どんな感情も素直に出す。昨日悪いと認識して批判したものでも、今日になって見直すべきと思えば賞賛する。

子供っぽいそのこだわりのなさは眩しくて、嘘偽りのなさが憎めない。

腕を取られた亀寿様が、はしゃぐ豪姫様に目を細めている。私と同じ気持ち、なのだとも思う。

口を開くとこはないけれど、俯くこともなく、豪姫様を見守っている。繋がれた指先を、しっかりと絡めながら。

「あの方、あんな方でしたの……？」

それに気づいた梅姫様が、呆然と呟く。

激変した亀寿様自身と、豪姫様との関係が、信じられないのだろう。

可笑しくなって、私は彼女の袖を引いた。

少し、悪戯したい気分だ。

「知らぬとは」

背伸びをして、梅姫様の小さな耳にそろりと吹き込む。

まんまるになった目が、私に向けられた。

「をしくもあるかな末《すえ》に摘む」

片目を瞑ってから、そっと上座の側へと視線を移す。

頬を薄紅の色に染め、亀寿様が微笑んでいる。

ほら見てよ。美しい花は、薔薇や牡丹ばかりじゃないんだよ。

そんな気持ちを込めて、私は詠《うた》う。

「花色めきて――――艶《えん》なることを」

末摘花《すえつむはな》だって、魅《み》せ方ひとつ。

薔薇に劣らず美しく、輝くばかりに咲き誇れるのだ。

幕間　同じ時代に咲いたのだから【豪姫と亀寿姫・天正十五年十一月上旬】

「まだ帰らないの？」

かたわらの友人に尋ねられ、亀寿はおっとりと笑みを浮かべた。

「もう少し、豪様とお話ししてから帰ります」

それに、と手元の茶碗を見下ろす。

「与祢様の花茶《かちゃ》、心ゆくまで味わいとうございますしね」

野薔薇の花と実、それから陳皮《ちんぴ》を煎じた、山吹色の花茶。甘酸っぱくて爽やかな口あたりのこれは、北政所様ご愛飲の一品だ。

亀寿もとても好きな茶だけれど、調合の配分は与祢が秘している。島津の屋敷に戻ればしばらくは飲めなくなるので、最後の一杯は大切に飲みたい。

都の花たる聚楽第で過ごすこと、十四日あまり。

本日ようやく、亀寿は島津の屋敷へ帰ることとなった。亀寿自身はもう少し滞在したかったが、父が帰って来いとうるさいのでしかたなしである。

まあ、父のためだけではない。少し、許嫁の又一郎が恋しくもなっていたからだ。

聚楽第は学べることが多く、興味を引かれるものもたくさんある。けれども、楽しい気持ちを分かち合いたい又一郎がいない。それが寂しくてならなくて、ひとまず帰ろうと決めたのだ。

それで、帰ります、と返事をしたら、大喜びで父が自ら迎えに来た。来るかもしれない、と思ってはいたが、本当に来るとは思わなかった。

しかも対面するなり滂沱《ぼうだ》の涙を流して抱きしめられたせいで、北政所様に笑われた時は消え入りたいほど恥ずかしかった。

恥ずかしさに任せて帰ってもよかったが、いざとなると名残が惜しくなる。

なかなか腰を上げる気になれなくて、亀寿は豪を誘って茶を飲みがてら別れを惜しむこととした。

気を揉んで待っている父の存在は、しばし忘れることとする。娘に恥ずかしい思いをさせた分、もう半刻くらいは大目に見てもらおう。

「図太くなりましたわね、あなた」

「豪様を見習いましたの」

「それは嫌味?」

横目で豪が軽く睨む。いいえ、と亀寿は澄ましたままで茶器を傾けた。

「与祢様が申しておりましたの、豪様になったつもりでいれば気楽に生きられるそうで」

「あの子、あたくしのことを何だと思っているのかしら」

先に奥へ戻っていった妹姫を、豪は思い出す。

軽く舌を出した顔が浮かんで、少しばかり腹が立った。

「よいではないですか、年相応で」

「年相応の使いどころが小賢しくありません？」

「そういうところも含めて、与祢様らしいかと」

言われてみれば、そんな気もする。

妙に大人で、おかしなところで童っぽい。そういう妹であるからか、目が離せなくて愛おしい。

例えるならば、真新しくて、珍しい絹に触れたような。与祢とともにいると、そんな爽やかなもので胸がときめく心地がする。

「あの子のそういうところ、悪くはありませんわね」

「さようですね」

どちらともなく、忍び笑いを零す。

さんざめくようなそれが引いた時、ふと会話が途切れた。

話題が尽きたのか、それともなんとなくか。落ちてきた沈黙の理由は思いつかなかったが、不思議と豪は気まずいとも思わなかった。

冬を迎えた庭を、亀寿とともにただ眺める。午後の光を浴びた山茶花の葉が、目映《まばゆ》く照り映えて美しい。

吹き抜けていく風は冷たいのに、どうしてだか心は温かいような気がする。

そうだ。今ならば、言える。

「ねえ、亀寿殿」

意を決し、豪は呟いた。

小さくて、どこか頼りない声。豪に似合わないそれに、亀寿は目を瞬かせた。

「いかがなさいました」

「その……初めてお会いした茶会のこと、ですけれど」

初めての茶会、半ば無意識に亀寿は口の中で繰り返した。

それを聞き取ってか、豪の美しいかんばせが、くしゃりと歪む。そんな叱られた子供のような顔で、あたくしは、と膝の手を握りしめた。

「あの時のあたくし、思慮が足りなかったわ」

言葉に訛りがあった。たったそれだけで、豪は亀寿のことを知った気になってしまった。

京坂の流儀を無視し、きちんと自らを磨かこうともしない怠惰な田舎者。そんなふうに断じて、叱責したつもりでいた。

自分は正しいのだと、信じて疑おうともしなかった。

「いきなりきつく言うのではなく、まずはあなたのお話を聞くべきだったって後悔しているの」

ちょっと立ち止まって考えれば、妙だと思えたはずなのだ。

言葉を発するまで、亀寿の所作に不足はなかった。あの場の姫たちと比べても遜色なく、洗練されたものだったのだ。

そんな姫の言葉だけがおかしい。これほどわかりやすい不自然もあるまい。

軽蔑するよりも先に、すべきことがあるのは明白だった。

「でも、ちゃんと後で豪様はわたくしの話を聞いて、事情を知ってくださいましたわ」

「そうだけど、与祢が先でしょう。あなたに必要だった心遣いは、すべて与祢が先んじてしていたわ」

追い詰められた亀寿を庇うこと、亀寿の言葉に耳を傾けること。

そして、苦境にあった亀寿に手を差し伸べて、助けること。

羽柴の一の姫たる豪がすべきだったことは、すべて二の姫にあたる与祢が先んじてやった。

小さな妹に気付かされるまで何もしなかった自分が、豪は心底恥ずかしい。

「ごめんなさい」

きつく握りしめて白くなった手の甲に、涙の雫が滴る。

これほど何かを悔いたことなんて、十三年も生きてきて一度もなかったかもしれない。

「まことに、ごめんなさい……っ」

細い謝罪の最後が、冬の空気に溶けていく。

濡れた手に、そっと冷たいものが触れた。閉じていた目を、豪は開く。

雪でできたような亀寿の指先が、労わるように豪の手を撫でていた。

「過ぎたことにございます」

「許してくれるの?」

不安げに揺れる瞳を、静かな瞳でまっすぐに見つめる。

そうしてから、亀寿は柔らかく微笑んだ。

「これからも、仲良くしてくださいますか」

「っ、ええ！　あたくし、あなたをお友達と思っておりますもの！」

勢いよく豪が頷くと、亀寿のえくぼが深くなる。

それを見た途端、温かいものが豪の胸の内にふわりと灯った。嬉しい、という感情に近い。けれども、それ以上に心が明るくなる。先ほど覚えたものと、同じ温もりだ。

冷たい指を湯に浸したように、友を得た喜びで、じんと心が痺れる。

「島津の姫君様、よろしゅうございましょうか」

控えていた女房が、遠慮がちに亀寿を呼んだ。その後ろに、ちらりと僧形の男――おそらく、亀寿の父だろう――の姿が見える。

名残惜しいが、ここまでらしい。

「また、お会いできますかしら」

やっと腰を上げた亀寿が、見送ろうと後に続いた豪を振り返る。

「もちろんですわ。次はぜひ、当家の屋敷へお越しになってね」

「まあ嬉しい」

目が合う。はにかむように、ふたりは声を重ねる。

「ごきげんよう」

また、会える日まで。

6　病は癒えて、そして【天正十六年一月】

火鉢の中で、炭団がいこっている。

激しくはないじんわりとした熱が優しい。冬はこれがないともう生きていけないな。

網の上に並べたスコーンを温めながら、しみじみと思う。

この冬の聚楽第では、炭団が大ブームだ。

炭団は比較的安い。侍女クラスでも気軽に購入できて、ついでに長く燃えてくれる。寒くなるにつれ、あっちこっちに炭団を入れた火鉢が出現したのは自然の摂理みたいなもんだった。

高品質の炭を贅沢に使える寧々様ですら、炭団を使った火鉢を使用する時があるほどだ。

使う炭団はただの炭団じゃなくて、香木の粉を練り込んだ超高級品だけどね。火を入れるととても良い香りがして超リッチな空間が演出される、暖房兼ルームフレグランスみたいなノリだ。

発案者の与四郎おじさんの商売センスはすごいね。

高級ラインと庶民ラインの使い分けが上手い。この冬は城の外でも、上から下まで炭団を売り捌いて大儲けしている様子だ。

従来の炭商人界隈に打撃を与えまくっていて大丈夫？

与四郎おじさん、いつか刺されるんじゃない？

ま、基本的に消費者にすぎない私が気にしたってしかたないか。

スコーンが香ばしい香りを漂わせ始めた。そろそろかな。菜箸で返すと、良い感じの焼き色が付いている。

高坏の上にスコーンを移して、初物の柚子ピールのジャムを盛った小皿を添える。

同時並行でクロモジのハーブティーをセットした急須に、別の火鉢で保温していた鉄瓶のお湯を注ぐ。

柔らかなクロモジの香りが部屋に満ちて、ほっこりとした気分になってくる。

こうして食べ物や飲み物の温め直しが気軽にできるようになったのも、炭団のおかげだね。

今日みたいに寒い日には、体の中から温めるのが大切だ。

女性は基本的に冷えやすく、体を冷やすとすぐ不調に繋がる。しっかりと温活して体を温めておかないと、健康ではいられない。

炭団はその温活に大活躍してくれる、ありがたいアイテムであるのだ。

整ったアフタヌーンティーセットに、保温のため厚めの布を掛ける。

それを侍女に運ばせて、お庭の方へと持っていく。

キンと冷えきった廊下を足早に歩いていると、弓を射る小気味良い音が聴こえてきた。

あ、今歓声が沸いた。的の真ん中に当たったのかな。聴こえてくる音からして、一発も的を外していない。

ブランクがあっても、腕は鈍っていらっしゃらないんだな。

感心しながら廊下の角を曲がる。

目の前に現れたのは、広めの庭とそれに面した廊下。廊下には色鮮やかな人集りができていて、庭に設けられた弓場を見守っている。

人集りを構成する女房や侍女たちの視線の集まる弓場には、女性が一人。

黒髪をきりりと高く結いあげていて、まだまだ細い身を黒い小袖に真紅の筒袴で包んでいる。

シャープなラインの横顔が美しい麗人の、切長の瞳が見つめるのは遠くの的のみ。矢を番えた弓を大きく引いて、静かに狙いすましている。

冬に白く染まった呼気が、ふ、と漂った。

弓弦を掴む指が、ぱっと離れる。矢が空気を裂く、細く鋭い音が耳に届く。

瞬き一つにも満たない半瞬の後。

的の中央に的中した矢が、その場の私たちの胸を清々しく打った。

「お見事にございます！　また命中でございますわっ！」

矢柄を抱えた萩乃様が頰を真っ赤にして、射手――竜子様に弾んだ賞賛を送った。

人集りからも黄色い声がわぁっと上がる。声援と称賛を一心に受ける竜子様は、あいかわらず表情が少ない。

だが、まんざらでもないようだ。口角がほんのり上がっている。ちらりと人集りへ振り向いて、軽く片方の手を挙げた。

次の瞬間、悲鳴に近い歓喜の叫びが庭に満ちる。

いつものことながらすごいわ、ここ。

竜子様の治療が始まってから、はや四ヶ月と少し。

食事回数を増やすことで、食事量が改善したのとともに、竜子様はどんどん元気になっていった。

一日五食を始めてから、一ヶ月ほどで病的な体型から脱出。これと前後して、毎日寧々様と一緒に朝夕のお散歩を始めた。

動くようになったら食事量が増えて、さらに竜子様は体を動かすようになった。やっぱり竜子様は体を動かすのがお好きなようだった。

でもその時点では激しい運動はお勧めできなかったので、負荷の軽いドローイング《深呼吸》と膝突きプランクを伝授した。

ドローイングとは、要は深呼吸だ。

仰向けに横になって、腹式呼吸を何度かして呼吸を整えて、それからお腹を限界までへこませて息を吐ききる。

その状態を浅い呼吸をしながら三十秒キープすると、腹横筋とインナーマッスルが鍛えられるのだ。

運動をほとんどしない人でも手軽にできて、運動不足解消とぽっこりお腹撃退ができる。

膝突きプランクは筋トレダイエットで名を馳せた筋トレの一種だ。

うつ伏せで横になって肩の真下に肘を突き、足は軽く開いて膝を地に突き、つま先と腰を浮かす。

これを十から三十秒キープするを一日五回ほど繰り返すと、基礎代謝が上がって体が引き締まっ

て姿勢が良くなる。

正規のプランクよりしんどくなくて、腰も痛めにくいメリットもありだ。

どちらも体力のない人に最適なトレーニングなので、竜子様にもばっちりマッチした。

この二つを始めてから竜子様の筋力はガンガン回復し、とうとう年が明けた今では弓を再開できるほどまでになったのだ。

それにともなって、本人も御殿の雰囲気もエネルギッシュになってきた。

上品なんだけれど、力強い。竜子様へ向ける女房や侍女の様子も、そんなふうに変わった。

令和の某歌劇団の超人気男役とその熱狂ファンの集団、って言えばわかりやすいかな？

良い具合に女房や侍女たちが、かっこいい竜子様に狂っている。

実質上のトップになった萩乃様に影響されたのか。それとももともと、彼女たちに素質があったのか。とにかく、主人へ向ける熱量がすごい。

寧々様の御殿とはカラーが違いすぎて、ちょっと笑えてくる。

こっちの方が氏素性の良いお家の人が多いのに、雰囲気が可愛らしい。

「京極の方様、八つ時のお菓子をお持ちしました」

咳払いをして、大きめの声を出す。

和気藹々とした空間に割って入るのはしのびないけれど、ぐずぐずしていられない。スコーンとハーブティーが冷めちゃうしね。

気が引けるが、切り替えてもらわなきゃ。

「おや、もうそのような頃合いか」

振り向いた竜子様が、驚いたふうに言った。

女房から厚手の打掛を着せ掛けてもらって、きびきびとこちらへ歩いてらっしゃった。

以前よりもずっとふっくらした頬は、ほんのりと上気している。

薄化粧を施した肌の色艶は良くて、コンシーラーに頼らなくてもいいくらいクマの名残もない。

体付きはまだまだ細いが、筋肉を取り戻しつつあるせいだろう。しなやかな印象が強くなってきている。

「ご苦労、今日は何だ」

竜子様が、廊下の端に腰掛ける。無造作だけれど、どこか品が良くてかっこいい。

印象もだいぶ変わったなあ、この人。最初に出会った頃の儚げさが、今はもう見る影もない。

「椎の実入りの固焼きのパオンでございます。柚子皮の甘煮を塗ってお召し上がりください」

今日のおやつはビタミンC三昧だ。

柑橘類の柚子はもちろん、椎の実もビタミン爆弾みたいな食べ物なんだよね。

ナッツ類にしてはビタミンCがびっくりするほど多く、ビタミン不足になりがちな冬向きなのだ。

食べやすい蜜柑がまだあまり手に入らない今の時代には、ありがたい存在だよ。どんぐり。

今日お出ししたものは、秋のうちにいっぱい集めて貯蔵してある一部だ。

しっかりと炒らせて、粒を大きめに砕いてスコーンに練り込んだので、食感が楽しくなっていると思う。

私の渡した消毒用アルコールを含ませた布巾で手を拭いてから、竜子様が直接高坏のスコーンを一つ取った。

最近は見慣れた、ちょっとしたお行儀の悪さだ。両手でスコーンを割って、匙で柚子ピールのジャムをたっぷり塗りつける。

そして竜子様は、ぱかっと口を開けてスコーンを齧った。

「美味だな、腹に染みる」

「ようございました、飲み物もどうぞ」

「ん」

差し出した茶器を受け取って、てらいもなく竜子様は唇を付けた。

もう慣れたが、竜子様とそのまわりは私に無警戒だ。信用されすぎていてちょっと怖い。

「変わった味だな」

一口飲んで、竜子様が小首を傾げる。

「お体を温めるクロモジと生姜の茶です」

「生姜か、どうりで舌がひりつくわけだ」

「お口に合いませんでしたか？」

心配になって、お顔色をうかがう。ジンジャー系は健康にいいけれど、好みが分かれる味だ。

だが竜子様はいいや、と首を振った。

「美味ではないが、体がぬくもるので良い」

良薬だの、と二口目をすっと飲んでおっしゃる。

よかった。飲んでもらえるなら、今後はジンジャー系ドリンクを増やしてみるか。

妊活するなら冷えは大敵だからね。

「それにしても」

竜子様がスコーンを飲み込んでから、吐息とともに呟く。

「ずいぶんと変わっておるな、お与祢は」

しみじみ、といったふうに竜子様が零した言葉にちょっと笑ってしまう。

何を今更って感じだ。お代わりのハーブティーを注ぎながら、そうですね、と同意する。

「否定せぬのだな」

「変わっていなければ、九つで奥勤めなどしておりませぬ」

「まあそうだな。しかし、変わり方が尋常ではないぞ」

「さようでしょうか」

どういうこと？　意図をはかりかねて、私は首を傾げる。

私が尋常じゃないのはわかっている。色んな意味で、この時代の規格外だ。

けど、竜子様の口振りはちょっとニュアンスが違う気がする。

そんな私を竜子様はしげしげと眺めて、ちょっと目を細めた。

「そなた、殿下と北政所様と妾の仲を、いかが思っておる？」

急にぶっこんできてどうしたの？

そこ一番デリケートな話題だから、一度も触れてこなかったんですけどぉっ⁉

自分から話のネタにしてくるとか正気か、竜子様。

私はもちろん、萩乃様もお夏もぎょっとしているよ。

「言うてみよ、怒らんから」

声も出せない私に、竜子様がおかしげに催促してくる。

下手な返事には怒りますって予告にしか聞こえないんですが。

でも返事をしなかったら、それはそれで怒られそうだ。

しかたない、腹括るか。

「……お仲が、よろしくてらっしゃいますね」

「世辞かえ」

「お世辞ではなくて、そう思うのですけれど。よく揉めませんね、京極の方様たち」

ここ数ヶ月側で見ていて、心底そう思う。

羽柴夫妻と竜子様は、不思議な三角関係だ。仲の良い姉夫婦と歳の離れた妹、と表現すれば良いのだろうか。

彼らが城主とその正室と側室である、と知らずに一見すれば、そんな印象を受けるだろう。そのくらい気安くて身内的な雰囲気がある。

いくら一夫多妻が認められる時代であっても、ここまで良好な関係を築いている例は珍しい。

でも別に悪いことじゃないから、私としてはずっと仲良くしていてねと思っている。

そう話すと、竜子様が嬉しそうに笑った。

「ほら、それよ」

心底喜ばしいって響きが声にある。

何を喜んでらっしゃるのやら。怪訝な顔をする私に、竜子様は笑みを深くした。

「城奥にはな、波風立てたがる者どもが多いのだぞ?」

言わんとするところがなんとなくわかった。

おっしゃる通り、人はゴシップが好きな生き物だ。

正室と側室の関係が良好であるなんてつまらない、と考えるゲスはわりと珍しくない。

外野が勝手に双方を担いで権力争いをやるなんてことも珍しくないのが、この城奥という世界だ。

そんな城奥の空気に影響されない人は、実のところ少数派なのだ。

「変わった者であるからこそ、北政所様もそなたを信用なさるのであろうな」

「でしたら、ありがたいことですわ」

「ふふふ、もそっと誇らんか」

つん、と竜子様が私のおでこを突く。

楽しげな目で私を映しながら、ハーブティーをまた一口飲んだ。

「さてそなた、妾たちがなぜ揉めぬか、と申したな」

「はい、申しましたが」

「その理由を知りたいか？」

また答えにくい質問をなさることだ。

知りたいっちゃ知りたいが、素直に知りたいと言って良いものか。迷いに迷うが、興味に負けて私は小さく頷いてしまった。

竜子様の笑みに、満足げなふうが加わった。

「妾はな、殿下と北政所様のお二人に惚れておるのよ」

「はい？」

秀吉様だけじゃなくて、寧々様にも惚れている？

えっ、竜子様って性別関係なく好きになれる人なの？　夫婦揃って好みで両手に花的な？

「言うておくが、単なる色恋ではないぞ」

他人の思考を読むって、上流階級の女性の必須スキルか何かなのか。

うっかり顔を引きつらせてしまったら、くつくつと笑われた。

「妾にとって、お二人は恩人であるのだよ」

「恩人と申しますと」

「妾の最初の夫が何故死んだか知っておるか？」

ええと、確か本能寺の変の折に明智光秀に味方しちゃったんだったな。

旧領回復を狙ってのことだったけど、全力で賭けた明智光秀は速攻で秀吉様に沈められた。

焦った竜子様の元旦那は秀吉様に頭を下げようとしたが、許されるわけがなくて討たれた。

そして残された竜子様は子供ごと捕縛され、秀吉様の前に引きずり出されたそうだ。

「何故こんな目に、と亡夫を恨んだものさ」

「でしょうねえ」

「子らの命を危うくしおってからに、地獄まで追いかけて殺し直してやろうと思ったな」

茶器を持つ竜子様の手の甲に、青筋が立つ。

不動産投資で全財産を溶かした上に、巨額の借金まで作り出したみたいなやらかしだ。

ブチギレて当然だよ。やらかした奴に制裁を加えた上で縁を切っていいレベルだと思う。

制裁を加えたい元旦那にさっさと死なれて、竜子様はさぞ怒りのやり場を失ったことだろう。

実際、捕縛直前までキレ散らかしていたらしい。

それでも現実は止まってくれないわけで、捕まったあたりで竜子様は腹をくくった。

母親の自覚で冷静を取り戻したに近いかもしれないそうだ。

子供の命を救うことに専念しなきゃ、と奮起して竜子様は秀吉様に談判した。

できたら子供たちを助命してほしい。もし無理なら母子一緒に殺してくれ。

不甲斐ない夫を殴りに地獄へ行きます、と。

そんな主張が、秀吉様にウケた。

思い切りが良すぎる言動と、覚悟のガンギマリっぷり。

実に寧々様っぽいと気に入られて、食事に誘われた。

そこで酒を出されて、うっかり竜子様は溜め込んだ愚痴を吐かされた。

実家の兄が頼りなくて心配だとか、死んだ夫がプライドばっか高くて参っていたとか。

名家だからと色眼鏡で見られたり、体面を保ったりで疲れるとか。

子供や周りの者のために我慢していたが、実は全部面倒くさいっ！　つまらないっっっ!!　と思っていたとか。

秀吉様の話術で誘い出されるようにして、竜子様は全部ぶちまけてしまった。

それらを秀吉様はうんうん聞いてくれたらしい。時に一緒に怒り、時に慰めてくれ、ただの女の竜子様に寄り添ってくれた。

こんな男性は、竜子様にとって初めてだった。

成り上がりと蔑まれる秀吉様だが、身分ばかり高い男よりずっと話ができる。会話はウィットに富んでいて、軽い話も重い話もできる。

しかも、女だからと適当に対応してこない。女だからと竜子様をぞんざいに扱うところがあった夫より、ずっと素晴らしいと思った。

秀吉様が下手にイケメンじゃないのもよかった。愛嬌たっぷりな風貌で親しみやすく、気負わず一緒にいられた。

だから、コロッと竜子様は秀吉様に落ちた。

まだまだ髪を下ろす歳じゃないでしょ？

わしと一緒にもうちょっと人生を楽しまない？

そんなふうに口説かれて、そうですね！　と乗っかっちゃったらしい。

竜子様の人生において未だかつてない大胆な行動だったが、それで得た結果は最高だった。

竜子様の子供たちは、あっさり助命された。適切な家に預けて、ちゃんと育てるという確約付きでだ。

やっぱり見込んだとおりの男だったと、竜子様は秀吉様を選んだ自分に喝采を送るほど喜んだ。

そんな竜子様の高揚した気分は、寧々様の元へ連れてこられて一回砕けた。

紹介された席で、寧々様がぽかんとして呟いたのだ。

聞いてない、と。

竜子様は、一気に青ざめた。側室に上がる件が、正室の寧々様に通っていない。

これは竜子様にとって、かなりやばい状況だった。

意外だけれど、天正の世では正室の許可が無しに側室を作れない。事後承認を求めるなんて、横紙破りもいいところだ。

正室が側室候補を拒否って、奥に通さないならまだ良い方。最悪、流血沙汰すら発生しえる。正室が側室候補をぶちのめす、という方向でだ。

「心底焦ったものさ、自分の命一つで済むかとな」

「お子様のこともありますもんね」

「ああ、だが妾が何かする前に、寧々様が動かれた」

え、寧々様は何したんだろう。

不安げな私に、竜子様がくつくつ笑う。

思い出し笑いだろうか。懐かしげに遠くを見つめて、竜子様は話を続けた。

「殿下の顔面にな、拳を一発入れられたのだよ」

寧々様にとって、秀吉様の女絡みの暴走は当たり前だ。お仕置きはしても、そこまで怒らない。

だが竜子様の時は、段違いにキレた。捕まえた立場の弱い未亡人に、子供の助命と引き換えで手を出した。

親や本人の意思で売り込んできた娘をもらったとか、色っぽい街の女を口説いて連れ帰ったとかじゃない。

選択肢が無い女性をうまうまゲットした行為だと認定して、寧々様はブチギレた。

鬼だとか畜生だとか罵って、柱に秀吉様を縛りつけたそうだ。

そして恐れおののく竜子様に、手をついて謝った。女の敵の鬼畜生を野放しにしていたばかりに、酷い目に遭わせてしまって申し訳ない、と。

竜子様は困惑した。こういう事態は想定していなかった。

すぐに家に帰すと言われても、実家は絶賛秀吉様に反抗中だった。

帰る家がないから、いさせてくれと竜子様がお願いした。すると事情を聞いた寧々様はならば、と快く羽柴に竜子様を置いてくれた。

そればかりか、何くれとなく気に掛けてくれた。新しい家だから伝統なんてない、と好きなことを好きにさせてもくれた。

弓を射れば凛々しいと褒めてくれ、たくさん食べてと美味しいものをくれる。

竜子様をまるまる受け入れてくれる寧々様には、すぐ親しめるようになった。

秀吉様は以降も変わらず、竜子様に良くしてくれる。夫や主人というより頼れる伯父のようで、一緒にいて楽しくて安心できる。

その妻の寧々様は、竜子様を可愛がってくれる。おおらかな歳の離れた姉のように、何くれとなく気にかけてもらえてくすぐったい。

その二人の作った家は、明るくて賑やかで、とても温かい。

いつしか羽柴家は、竜子様にとって呼吸がしやすい場所になっていた。

「あのお二人が、妾に居場所を作ってくださった」

喉をハーブティーで潤して、竜子様が唇をたわめる。

「ゆえに妾は、お二人ごとお慕いしておるのよ」

本気でそう思っているお顔だな、これ。

そりゃ揉めないわ。竜子様は秀吉様と寧々様という夫婦を慕っているのだもの。

色恋ではなくて、たぶん家族愛に近い。

夫と妻と愛人という属性が付いているだけで、この人たちは家族なのだ。

「子もな、絶対に産みたい」

私の顔を覗き込んで、竜子様は宣言する。

「この腹からお二人の子を産む。これ以上ない恩返しになる」

そうだろう？　と問われても困る。

私はそういう特殊な状況を経験したことがないのだ。無茶言うなや。

でも悪いことだとは思わない。竜子様たち三人が納得しているならば、一つの幸せの形だ。

幸せに定型はないのだからね。

「でも、そうなら」

だからこそ、疑問が湧いてくる。

「なんだ」

「どうして竜子様は、体を損ねるほど食事を細くなさったのですか？」

心身を削って、生理を狂わせてしまうほどに。

子を望む以前に、秀吉様や寧々様が悲しむことをしてしまうなんておかしい。

ありのままの竜子様を、二人は受け入れていた。痩せてほしいなんて、思いもしてなかっただろう。

それがわからなかったなんて、ありえない。

「そのことか……」

竜子様が深く息を吐く。

私はじっとお返事を待つ。萩乃様たちもじっと聞く姿勢に入っている。

このことは、みんな気になっていたことだ。よっぽどのことなのだとは思うが、わからないから
こそすごく心配したのだ。

そろそろ話してくれても良いんじゃないだろうか。

茶器に唇を当てながら、竜子様が目を彷徨わせる。睫毛の影がかかった目元に、何か重たいものが漂う。

「そろそろ、話しておかねばなるまいか」

たっぷりと時間を置いてから、竜子様が呟く。

ひたりと私に視線が戻される。弓と向き合う時のような目だった。

しゃんと背筋を伸ばして、居住まいをただす。

竜子様の口元が、ゆっくりと開いた。

「竜子様！　竜子様っ！」

息を切らした侍女が、庭に駆け込んできたのは同時だった。

全力の早足で来たのだろう。冬にもかかわらず汗をかいて、顔を真っ赤にした侍女は、滑り込むように竜子様の側に平伏した。

息切れて今にも倒れそうな彼女に、竜子様のまなじりが上がる。

「いかがした、何があった」

息も絶え絶えな背に手を当てて、竜子様が侍女を起こす。

侍女は口を戦慄かせ、うまく喋れそうにない。

落ち着かせないとまずいな。急いで予備の茶器に注いだハーブティーを渡してあげると、侍女はそれを一気飲みした。

侍女がふはっと大きな息を吐き出す。

「落ち着いたか？」

竜子様に問われて、こくこくと侍女が頷く。

先ほどよりも息がましになっている様子だ。

「焦らんでよい。ゆっくり申せ、何があった」

「は、はい」

竜子様に背中を摩られながら、侍女がふたたび口を開く。

「あ、あ、浅井の、一の姫様が、参られました」

侍女の言葉が、庭の空気を一変させた。

全員の表情が硬くなる。誰もが動きすら止めた。

えっ、ちょっと何これ。急にどうしたの？

戸惑う私をよそに、竜子様が舌を打った。

「……あの女か」

「取次の者が対応しておりましたが、その、振り切られまして」

「ここへ来るのだな」

今朝私が整えた眉の頭を寄せて、ぐっと唇を噛む。

どう見ても良い感情があると思えない態度だ。一の姫という人が、相当嫌いか何かなのかな。

あからさますぎるほど歪んだお顔を呆然と見上げていると、竜子様が立ち上がった。

「萩乃」

「はいっ」

「お与祢を隠せ」

きょとんとしていると、萩乃様が私の手を引いた。

「姫君、こちらへ」

「え、ええ？」

「お早くっ」

ぐいぐい引っ張られて、庭に面した座敷の中へ引きずり込まれる。

お夏が追いかけてこようとしたが、竜子様が何か言って止めた。

その間に、萩乃様が更にその奥の襖をすぱんと開く。

襖の向こうに女房の控えの間によく似た、少し狭い部屋があった。

萩乃様は、そこへ私を放り込んだ。

「声をお出しになられませんよう」

「あの、お夏たちは⁉」

「姫君の侍女のことは、萩乃にお任せを」

いつになく硬い声で、部屋から出ていく萩乃様が言う。

真剣みというか、凄みみたいな萩乃様に似合わない強さだ。

押し負けて、ぎこちなく頷く。萩乃様は少しだけ安心したように頬を緩めて、襖に手を掛けた。

「良いと竜子様が申されるまで、じっとしていてくださいね」

では、という言葉とともに襖が閉ざされる。

静まり返った部屋に、ぽつんと私だけが取り残された。

（な、何が起きたの……？）

座り込んだ私の耳に、微かな衣擦れが届いたのはしばらくしてからだった。

エピローグ　そして、役者は出揃った【京極竜子・天正十六年一月】

面倒な者が来てしまった。

京極竜子は頭痛を覚えながら、きょとんとした少女を奥座敷に押し込めるよう萩乃に命じた。

少女は、北政所様ご鍾愛の御化粧係だ。

これからやってくる者の目には、極力触れさせたくない。

存在に気づかれたら最後、妙な興味を持たれて少女が難渋するに違いない。

少なくとも、竜子はそう確信している。

「姫様っ」

「そなたはここにおれ」

萩乃と少女を追おうとする、少女の侍女の行く手を竜子は阻んだ。

脇をすり抜けようとした侍女の腕を掴む。座敷に放り込まれる少女から見えないよう、軽く侍女の腕を捻って止めた。

侍女の顔が歪む。痛みではなく、怒りによって。

キッと睨み上げてくる目には、敵意がこもっていた。一介の女房の侍女が、天下人の側室に向けていい目ではない。

だが、だからといって不快ではない。忠臣よな、と褒めてやりたい気持ちすら湧く。

身を省みないで主を助けようとする者は、そうそういないものだ。

「落ち着け、そなたの主を守るためだ」

「でしたらなぜ姫様を一人でっ」

訝しげな侍女に顔を寄せて、竜子は囁きかける。

「いいか、これからここに来る女は少々厄介だ。お与祢には、できるかぎり関わらせぬ方がよい」

「だから隠したのですか」

「左様。そのついでだ、そなたが北政所様の御化粧係と誤認させようと思う。さすれば、あやつの興味は逸れるであろうからな」

「相手が何者でも、騙し続けるのは難しゅうございますぞ」

「百も承知よ。今しばらくで良いのだ」

睨んでくる侍女に、竜子は言って聞かせる。

「移り気なところがある女ゆえな。取るに足らぬと思わせれば、すぐ別のことに興味を持つ。そなたも左様に振る舞えよ」

「……承知しました」

わずかに間を置いて、侍女がこうべを垂れる。

それから懐から赤い襷《たすき》を取り出して、さっと斜めに掛けた。

北政所様の侍女用の浅黄のお仕着せに、襷一つで絶妙な存在感が備わった。

ずいぶん用意の良い侍女だ。感心しながら、竜子は縁の上がり口に腰掛け直した。

華やかな衣擦れが、近づいてきている。

気をしっかり持たねば、と自分に言い聞かせて茶器を侍女に差し向ける。意を得た侍女が、土瓶を手に茶を注ぎ足した。

淡い薔薇色がかった茶が、とろとろと茶器に落ちていく。

「お姉さま、こちらにいらしたのね？」

最後の一雫が滴るのとともに、弾んだ声が竜子を呼んだ。

ちらりと横目を向ける。見覚えがありすぎる女の姿に、久方ぶりの弓で高揚していた気持ちが萎えていく。

吐き出したいため息を腹に収めて、竜子は素っ気なく挨拶した。

「茶々殿、しばらく」

茶器に唇をつけ、できるかぎり相手を視界に入れない。

行儀がはなはだなっていない行動だが、そうでもしないと竜子は調子が保てそうになかった。

調子を狂わせたら、また以前のようになる。せっかく取り戻した本調子だ。守らねばならない。

さいわい、相手が相手だ。浅井の一の姫——茶々は竜子の不快を読み解ける女ではない。

ぞんざいに扱っても、たいした反応は返されないはずだ。

「はいっ、おひさしゅうございますわ」

ほら、やはり。

すとんと竜子のすぐ側に腰を下ろして、茶々はおっとり微笑んだ。

ほのかに輝く白雪のような肌と、すんなりとした柳のような長身。朱華《はねず》色の打掛に流れる髪は、日ノ本の者にしては珍しい淡い色合い。

小さめな丸い輪郭の中の目鼻立ちの彫りは深く、目尻が垂れた瞳は大粒の黒い白珠《しらたま》のようだ。

美しい、と謳われる容貌では、けっしてない。

けれども、見る者の目を引き寄せる華がある。

そんなこの母方の従姉妹が、竜子はなんとなく苦手だ。

「して、何をしにきた」

「何って、お姉さまに会いにきたのよ？」

単刀直入に踏み込んだ竜子に、茶々はこてんと首を小さく横に倒した。

黒めがちな瞳にかかる、けぶるような睫毛を瞬かせている。子猫のような仕草が、可愛らしい。

「妾に、会いに？」

「ええ、お具合が良くなったって聞いていたから。お祝いしたいなって思って来たの」

「それはかたじけないことだ」

竜子は茶々の方へ体を向けた。大仰に両の腕を広げてみせる。

「これこのとおり、もう妾は本調子さ」

「ふふ、よかった。とってもお健やかそうね」

袖で口許を覆って、茶々がころころ笑う。もう二十歳になるというのに、あどけない少女のようだ。

つい、つられて微笑みそうになるが踏みとどまる。

「弓を引いてらしたの？」

茶々が、竜子の右手の弓懸に目を止める。

気づかれたか。億劫な気持ちになるが、気取らせないように表情を変えない。

弓懸を撫でながら、視線は弓場へと向ける。

「少しな。体が鈍っておったゆえ」

「まあ、さすがお姉さま」

茶々が瞳をきらめかせる。胸の前で両手を合わせて、頬を桜色にする。

「凛々しくって巴坂額《ともえはんがく》みたい」

きた。構えていても、じんわりとくる。

淡い墨を垂らしたようにどんよりした気分が、胸の底に滲んだ。

「……そうか」

「以前のように逞しくって素敵よ。お名前のように猛々しい竜みたいだわ」

じろりと隣の女に目を戻す。

少し棘を含ませた視線に晒されても、茶々はにこにことしている。

竜子を眩しげに見つめて、茶々も見習いたい、とまでうそぶく。

やはり、発言に他意は無いらしい。不愉快に思う方が間違いのような気にさせられて、覚えた感情の行き場が無くなる。

本当に、いつもながら始末に負えない女だ。

崩れそうな平静を立て直すため、高坏のパオンを手に取る。割ったパオンに柚子皮の甘煮をたっぷりと塗って、少々乱雑にほおばった。

甘酸っぱさと、香ばしさが舌を包んでくれる。好みの味に少しだけ気持ちがほぐれた。

「お姉さま、お馬さんみたいでお行儀が悪いですよ？」

まだ剃っていない眉の端を下げて、茶々が嗜めてくる。

竜子は無視して、茶も雑に煽った。茶々の後ろに控える女房までもが目を丸くする。

だが、それがなんだというのだ。そういう気持ちで、竜子は茶を喉へと滑らせた。

「いったいどうされたの、お姉さまったら」

「見逃せ、ここは妾の御殿よ」

「でも、大飯局に見られたら叱られてしまうわ」

「あれはもうおらん」

また不快な名前を。不機嫌に鼻を鳴らして、竜子はパオンを噛み締めた。

「まあ、里に帰したの？」

「寺に押し込んだ」

「寺に？　一体どうして、寺になんて……」

「北政所様の御前で無礼を働いたゆえ」

淡々とした竜子の返事に、茶々が悲しげな顔になる。

「そんな……大飯局がそんなことなさるなんて……」

「そのうちやると妾は思うておったがな」

「酷いわ、お姉さま。庇ってあげなかったの？」

黒目がちな瞳が、ゆらゆら潤む。

すぐこれだ。軽い頭痛すら覚えて、竜子は肩をすくめた。

「庇いきれぬ痴れ者もこの世にはおるのだぞ」

「でも、でも、身寄りのあまり無い方だったじゃないの」

「だったら大飯は自分の身の程を弁えるべきだったな」

少なくとも、京極の家にいる間に。

大飯局は、元々息子と娘につけて実家に預けていた女房の一人だった。

しかし昨年の初めに嫁いだ兄嫁と問題を起こし、兄に泣き付かれて竜子が引き取った。

そこからだ。竜子が調子を狂わされたのは。

一応知ってはいたが、本当に手を焼く老婆だった。とにかく若狭武田の血筋をかざして、驕慢《きょうまん》な振る舞いをしたのだ。

側室仲間には呼吸をするように、時には北政所様相手にまで慇懃無礼な態度で出た。嗜めても、叱りつけても止まらなかったのだ。

この結末は、当然だった。

「間違えてしまったけれど、大飯局はお姉さまのことを想ってらしたじゃない」

いだの。

弓を引くなんて高貴な女性《にょしょう》のやることではないだの。食事を楽しんで好きに食べるのははしたな
ゆえに竜子がやることなすことに口を出しまくっていた。

この女の目はどこに付いているのだ。大飯局が想っていたのは高貴なる血筋だ。

涙ぐむ茶々に、竜子は目を見張った。

「そなた、本気で言っているのか?」


とにかく、大飯局が考える高貴なる女性という形に竜子を嵌め込もうと躍起だった。

それを竜子が最初は嫌がっていたことも、茶々はよく知っているはずだ。

唖然とする竜子をよそに、茶々は俯いてはらはら涙を零す。

その濡れた目元を、茶々の側に控えた彼女の乳母が拭って肩を抱いた。

「姫様、お泣きなさいますな」

「あんなに一生懸命に仕えてらしたのに……大飯局がかわいそう……」

「致し方ありませぬよ、北政所様のご機嫌を損ねたのですもの」

「忠心ゆえに誤ったなんて哀れだわ……っ」

茶々たちのやりとりに、堪えきれないため息が竜子の口から飛び出した。

目の前の愁嘆場は演技ではない。茶々も乳母も本気でやっている。

それがわかるから、余計に面倒くさい。

「そんなに哀れに思うなら、最初からそなたの元に引き取ればよかったろう」

「え？」

「妾の兄からあれを引き取らんかと水を向けられたのは、茶々殿の方が先だったではないか」

竜子の兄は、先に兄嫁の姉である茶々に大飯局を引き取ってくれないかと打診していた。

しかし話はまとまらなかった。

茶々が断ったのではなく、大飯局が望んだ結果だったと聞く。

「大飯局は、茶々よりお姉さまが良いって言ったのよ？　無理矢理引き取るなんて酷いこと、茶々にはできないわ」

「ずいぶんお互いを気に入っておったくせにか」

「茶々、気に入られていたの……？」

不思議そうに茶々が首を傾げる。

とぼけているふうでもないのに、苛立ちが竜子の背中を撫でた。

大飯局は茶々を大いに気に入っていた。竜子の元に来てからもずっと、血筋はいまいちでもあてなる姫君と褒めそやしていた。

勝手に竜子の御殿へ茶々を招き入れては、したくもない茶の席を用意するなんてしょっちゅうだった。

だから、あんなことが起きたのだ。

ほとほと心が疲れ切っていた竜子が、茶々の無邪気さと大飯局の驕慢に惑わされる。

そんな、今にして思えば悪夢のような日々が。

思い出した恨みを込めて、茶々を睨む。

「お姉さま、目が怖いわ」

おどおどと茶々が竜子を見つめ返してくる。

「ごめんなさい。茶々、何かしたかしら？」

意味がわかっていないのだろう。竜子の激しさに心底戸惑って、不安げに表情をかげらせている。

また、これか。矢が的にいつまでも当たらない時のような、焦れと腹立たしさが冷静さを揺らがせる。

「京極の方様」

平坦な声に呼ばれる。

御化粧係の侍女が、澄まし顔で土瓶を手にしていた。

「お注ぎいたしましょうか」

見上げてくる侍女の視線に、我を取り戻す。

茶々に引きずられるところだった。空恐ろしさが肌を粟立てる。

しかしそれに気付かぬふりをして、竜子は空の茶器を侍女に渡した。

「そちらの御方は、いかがいたしましょうや」

竜子の茶器を満たしてから、侍女が伺ってくる。

ちらりと茶々を見ると、きょとんと侍女を見つめていた。どうやら、興味が逸れたらしい。

それとなく、侍女に視線を戻す。竜子にしか見えない位置で、にぃ、と侍女が若い娘らしくない笑みを浮かべた。

あの御化粧係の実家は、つくづくできる侍女を娘に付けているものだ。

「くれておやり」

「承知いたしました」

軽く頭を下げて、侍女が予備の茶器を用意し始めた。

その手元を物珍しげに茶々は見つめてから、竜子の方へ向き直った。

茶々のかんばせには、もう先ほどのかげりはなかった。代わりにいとけない子供のような興味に満ちている。

「お姉さま、これはなぁに?」

「北政所様のお手元の者だ。今日は北政所様の選ばれた茶と菓子を持ってきておる」

「まあっ、素敵なものをいただいたのね!」

「そうだな。菓子はやらんが茶は飲んでいけ」

「ありがとう、お姉さまっ。大好きっ」

きゃあきゃあはしゃぐ茶々の前に、侍女が茶器の乗った茶托を出す。

楚々とした所作は、堂に入ったものだ。幼い御化粧係よりも洗練されている。

それなのに、侍女の存在に対する印象は不思議と浅い。ただあるもの、という程度にしか周りの者に認識させてこない。

あまりのさりげなさに、茶々の興味は茶器の中身にしか向いていないほどだ。御化粧係という存在自体に興味を持たせないよう、この侍女は事を運んでいる。

こいつ、と竜子が舌を巻く側で、茶々が薄い茶器の縁に口を寄せる。

子猫のようにこくりと一口含んで、不思議そうに目を瞬かせた。

「……変わった味……」

「クロモジと生姜の茶だそうだ。体が温まって、体を健やかに保つ滋養に富んでおる、らしい」

「へぇえ、でも美味しくないわね？」

侍女の正体が気になったが、それよりも茶々だ。

興味を茶に集中させようと、竜子は御化粧係がしてくれた説明を思い返して話した。

「薬湯のようなものよ」

「お薬がまだ必要なの、お姉さま」

「そうとも、まだ少し本調子ではない。しっかりと滋養を付けぬといかんでな」

竜子は頑健であらねばならない。

先月やっと、月のものは戻ってきた。もう二度と、懐妊以外で絶えることのないよう体を整えていかねばならない。

関白殿下と北政所様の望みを叶えるためにも、もっと、もっと。

茶の好き嫌いをしている場合ではないのだ。

「すごいお覚悟ね……」

「殿下と北政所様に賜《たまわ》った大恩をお返しするためだ。これしきどうということでもないさ」

感心しきった茶々に、顎を上げて答える。

いつまでも無垢な少女のままの茶々には、わからないだろうがと思いながら。

「では珍しいお化粧も、そのため？」

茶々が竜子の顔をまじまじ見つめてくる。さぞ目新しくて、興味を惹かれるのだろう。

さもあらん、と良い気分になる。今日の化粧は日延べにしてきた、北政所様お気に入りの化粧なのだから。

「さよう。北政所様に勧められたのだ」

「寧々さまに？」

「そうとも、殿下がこういう化粧をお好みだとな」

関白殿下は、この薄い化粧がお好きだ。

今日の竜子は、肌の色に近い練白粉を塗って、雲母で煌めく粉をはたいている。

眉は元の位置に細く引き、まぶたは淡く洗朱《あらいしゅ》の眼彩《アイシャドウ》で彩り、目の輪郭に沿ってなぞった樺《かば》色の眼彩によって、眼差しに色香も足している。

そして口元には玉柱紅。白珠のような箔の入った珊瑚色を刷いた唇は艶やかで、竜子自身の心もときめく仕上がりだ。

今日の中食の席でも、関白殿下にずいぶんと褒めていただいたものである。

近く閨に行くと言われたほどだから、北政所様のおっしゃるとおりに事が運んで嬉しくなった。

御化粧係に存分に腕を振るってもらった甲斐が、たっぷりあった。

「いいなあ。茶々もそのお化粧、したいな」

「ふふん、よかろう」

「どの女房にやらせたの？　茶々にも、その者を貸して？」

茶々の眼差しに、わかりやすいほどの羨望が浮かぶ。

子供っぽいそれは微笑ましいが、だからといって叶えてやれはしない。

御化粧係はすぐそこにいるが、紹介してやりたくない。

なにより北政所様の許しがないから、ねだられても頷けない。

「教えてやらぬ、秘密だ」

「お姉さまったら、いけず！」

「いけずではない」

「いいもん、茶々も寧々さまにお願いするもん」

「さて、お許しいただけるかな」

無理だろうが、と思って笑みを口元に浮かべてみせる。

北政所様は、茶々をいずこかの公家に嫁がせようと考えている。

一昨年に茶々と竜子の兄との縁談がダメになってからは、特に急いで、だ。

そんな中で、関白殿下の興味を惹かせる化粧を許すはずがない。

「そんなことないもんっ」

白い頬を膨らませて、茶々が唇を尖らせる。

「だって茶々、殿下の側室になるんだもん」

「……は？」

茶々の言葉に、竜子は目を剥いた。

意味が、理解できない。いや、頭が理解を拒んでいる。体が凍てついたように、硬くなる。

周りの者も皆、同じだった。茶々と、茶々の乳母や女房たち以外は。

「どういうことだ、茶々殿よ」

何をやった、と言外に潜ませて竜子が問う。

その問いに、茶々は微笑んだ。

陽だまりでほころぶ桜の花のように、ふんわりと。

「ふふ、あのね、殿下が約束してくれたの」

淡く染まった頬に手を添えて、夢を見るように双眸を細めて。

「来月には茶々も、殿下の側室にしてくれるって！」


やられた。

竜子の心に悔しさと恐怖が走る。

その感情が、手にした茶器に、びしりと罅《ひび》を入れた。

きたのまんどころさまのおけしょうがかり

書下ろし番外編

ありのままに、わがままに

——京極竜子・天正十五年十一月中旬

弓の弦を引く。引き絞って、矢を放つ。

高く澄んだ音を連れた矢が、的へと吸い込まれていく。

「ふむ、いかんな」

的を見つめて、竜子はひとりごちた。

矢は的に当たった。だが、わずかに中央からずれている。

去年の今頃ならば、中央を射抜けた。矢の勢いで、的を割ることさえもできていた。

この腕は、明らかに衰えている。

業腹だ。腹立ちまじりに、竜子は足元の小石を蹴った。

「あっ！　竜子様っ！」

石が飛ぶと同時、咎める声が背中に浴びせられる。

慌てて声の方へ振り向く。目を吊り上げた乳母子が、縁の廊下の上にいた。

しまった、見つかった。竜子が思うよりも早く、萩乃は庭へ飛び降りてくる。

そのまま裸足で弓場にいる竜子の元へ駆け寄ってきて、竜子様、と怒った声で呼んだ。

「こんな薄着で弓場にお出ましになって！　おやめくださいって申しましたよね⁉」

「ああ、すまぬ」

「またそれ！　ご無理をなさらないでくださいませっ！」

病み上がりなのですから、と萩乃が頬を膨らませる。

乳母子でもあるこの娘は、ずいぶんな心配性だ。竜子が体を動かすと、大げさに案じて騒ぐ。

それが少々うるさくはあるが、わずらわしさはない。

裏表のない心からの気遣いはくすぐったくて、素直に嬉しい。

「悪かった、以後改めよう」

「そうおっしゃっても一向に改まらないですよね？」

疑わしげな眼差しに、竜子は黙って微笑みを返した。

萩乃の言う無理は、竜子にとって無理ではない。

よくよく説いても納得されないので、反論はしないが。

「して、如何した？」

話を逸らすと、萩乃の瞼が半分落ちた。

にこにこと見つめてやると、諦めたように萩乃は口を開いた。

「……昼餉が整いましてございます」

「左様か！」

昼餉。その言葉で、鬱屈としていた気持ちが、ぱっと明るくなっていく。

こうしてはいられない。早く座敷に上がらねば。

「では膳が冷める前に戻らねばな」

「はい、では……」

侍女を、と言いかけた萩乃の前に跪く。

見上げた子犬のように丸い目が、さらに丸くなる。

にやりと笑って、竜子は萩乃を横抱きに抱き上げた。

「きゃぁっ⁉」

「よし、参ろうぞ」

悲鳴じみた声を無視して、竜子は大股に歩き出す。

「お、降ろしてくださいましっ」

「じっとしておれ、舌を噛むぞ」

「嫌ですっ、だめですっ」

「何故じゃ？　足が汚れるではないか」

「わたくしの足などどうでもいいのですっ」

きゃんっ、とばかりに萩乃が吠える。

「わたくしは重うございます！　お体に障りますよ！」

「案ずるな、そなたは軽い」

萩乃は小柄だ。さして重くはないので、衰えた腕でも抱えられる。

(そう申しても、この様子では承知せんか)

しかたない。じたばたと抵抗する萩乃に、竜子は顔を近づけた。

「大人しく、妾に身を任せよ」

鼻先で、低く囁きかける。その一言で、言い募ろうとした唇は閉じた。

わかりやすく頬を赤らめる萩乃に、竜子は満足げに頬を緩める。

妾の乳母子は、今日も愛《う》い。

◇◇◇◇◇◇

「今日も美味そうだな」

供された膳の上には、色とりどりの小皿が十五。

凍豆腐などの菜《さい》が少しずつ載っていて、見た目にも可愛らしい。

どれもこれも気になるが、まずは汁か。朱塗りの椀を取り上げると、竜子はためらいなくその縁に口を付けた。

「うん、美味い」

ほどよい塩味《しおみ》が、疲れた体に染み渡る。

出汁は昆布だろうか。具の鯛の切り身によく合っている。肉厚の身を噛み締めるほどに、出汁の旨味と鯛の甘みが口に広がる。

まだ十分に温かく、胃の腑が温もるのもありがたい。

たまらない味わいに背を押され、すいすいと箸が進む。

(不思議なものだ)

飯碗によそわれたひじきの混ぜ飯に箸を付けながら、竜子はしみじみ思う。

あれほど食べられなかった食事が、今はするすると口に入ってくれる。

砂を噛むような心地も、吐き戻したくなるような気分の悪さもない。

何を食べても、ただただ美味い。腹の底から、満たされていく。

「しかし、足りんな」

「おかわりなさいますか」

萩乃がくすくす笑って尋ねてくる。

竜子が頷くやいなや、萩乃は手を叩いた。

すぐに今しがた食べきった膳と同じものが、竜子の前に据えられた。

「用意が良いの」

「うふふ、山内の姫君のご助言ですわ」

「お与祢のだと?」

ええ、と飯碗におかわりをよそいつつ、萩乃が微笑む。

「朝のお散歩の後の菓子を食されたでしょう?　その折の竜子様が、物足りなさげだったと申されていたのです。だから今日のお昼はおかわりなさるやも、と」

「なんとまあ、よう見ておるな」

思い返せば、確かにそうだった。

今朝は朝食の後、北政所様や御化粧係の少女と、池の畔《ほとり》の庭を散策した。

途中の四阿《あずまや》で休んだ際に菓子を摘んだが、茶菓子ゆえにあまり量が無かった。

それで、なんとはなしにもう少し食べたい気分になっていたのだ。

「帰ってからも鍛錬をしたしなあ」

散歩だけではどうにも足りなくて、御殿に戻ってからも体を動かしていた。

深い息を吐く鍛錬と体を支える鍛錬、それから体ほぐし。

御化粧係の少女に教わったそれらは単純で、そのくせ体のあちこちを使うから疲れる。

だが、着実に竜子に力を戻してくれてもいる。

近頃は散歩程度では疲れを感じなくなり、今日はとうとう鍛錬をしてから弓を引く余裕すらできた。

「それだけお体を動かされたら、お腹も空こうというものですわ」

「さもあらんの」

笑い飛ばす竜子に、萩乃はあきれたような顔になる。

「すっかり元の竜子様ですわね」

「悪くはなかろう？」

「もちろんですとも」

即答だった。

「大飯様が去られて、まことにようございました」

しばらくぶりに耳にした名に、胸の奥が少しざわつく。

先に寺へ押し込んだあの老女には、ずいぶんと苦しめられた。

武田のためになれ。婦人の鑑であれ。

あらゆる手段で責め立てられ、ついには生きた屍のようにされかけた。

兄の頼みとはいえ、預かるのではなかった。いくら後悔をしても、し足りないくらいだ。

竜子と大飯局の付き合いは、若狭武田の正室だった頃までさかのぼる。

分家筋の彼女は、初めて会った時から矜持と驕慢をはき違えていた。

亡夫には信頼されていたが、嫁いできた竜子にとっては煙たい存在だった。

それでもまだ、あの頃は小うるさいで済む程度だったのだが。

「甘かったのう……妾も……」

「さようでしたねえ……」

萩乃とともに、遠い目をする。

武田が落ちぶれたせいか、はたまた、京極家での扱いが不満だったのか。

竜子が知らぬうちに、大飯局は性質《たち》の悪さに磨きがかけていた。

のちに兄を締め上げて聞いたところによれば、実家《じっか》で大暴れしていたらしい。

具体的には、兄に嫁いだ従妹のお初に、早く孕《はら》めとせっついていびった。

もちろん、京極家を思ってのことではない。竜子が兄に預けた亡夫との間の娘に兄の子をあてがい、武田家を再興させるためである。

大飯局の激しさに、兄嫁はあっという間に気鬱の病寸前になった。

兄も止めに入ったが、いまいち押しが弱い性格なので止めきれなかった。

そしてどうにもならなくなって、竜子が引き取ることとなったのだ。

「お初殿よりは、ずっと心が強いつもりであったのだが」

「どれほどお強くても無駄だったと思いますよ?」

まったくもって、そのとおりである。萩乃の指摘に、竜子は重いため息を吐いた。

大飯局は、武田のためになる子を孕む、高貴な女に執着していたのだ。

お初や竜子の人格などどうでもよく、むしろ必要無いと考えていた。

ゆえに相手が心身を壊すまで追い詰めても悪いと思わず、同じことを繰り返した。

「ああはなりたくないものよの」

思っていたことが、口からこぼれる。

自らの欲に囚われた人間は、かくも醜い。

人を人とも思わなくなり、思いのままに振る舞って、何もかもを傷付ける。

そんな、禍《わざわ》いを招く化け物に成り果てるのだと、こたびのことで思い知らされた。

「妾は」

だからこそ、不安になる。

「このままで良いのであろうか」

竜子にも、欲がある。大飯局を笑えぬ欲を——秀吉と寧々の子を産みたいという悲願を、この身の内に飼っているのだ。

自覚があるから、恐ろしくなる。

いつか自分も、大飯局のようになるのではないか。

そんな考えが浮かんで、どうにも否定ができなくて。

とても、怖い。

「竜子様は、あの方と違います」

萩乃が、きっぱりと断言した。

「思うままに生きることと、欲に囚われて生きることは似ているけれど違います」

伸びてきた萩乃の手が、竜子の手を握る。

「今の竜子様が、わたくしは好もしゅうございます」

「萩乃……」

「皆様だって、ここにいる竜子様を好もしくお思いです」

側仕えの女房も、侍女も。殿下と北政所様も。

御化粧係の、あの少女も。

「あるがままの貴方様こそ、この世の何よりも美しくて――尊いです」

真摯な眼差しが、竜子をとらえる。

まっすぐに胸の真ん中を貫かれたような感覚が、竜子の体を走り抜けた。

「……妾を甘やかしすぎではないか」

「甘え下手な竜子様にはちょうど良い塩梅にございましょ？」

確かに、そうかもしれない。

どちらともなく、竜子と萩乃は吹き出した。

明るい笑い声に、不安は消えてゆく。日向に当たった雪よりも、あっさりと。

それとともに、気持ちが晴れていく。晴れた冬の朝のように、すがすがしく。

「ならば、そうだな」

天を仰いで、竜子は笑う。

「もそっと、わがままになってみるか」

あとがき

底冷えの京都からこんにちは、笹倉のりです。

このたびは『北政所様の御化粧係二巻』を手に取ってくださり、本当にありがとうございます。ｗｅｂ版や一巻から読んでいてくださる方、感謝してもしきれません。大好きです、マジで。


今回は、ｗｅｂ版にも掲載した竜子様編に加え、豪姫&亀寿姫編を書き下ろしました。文字数にして、約六万字。正気じゃないですね、六万字。

この豪姫&亀寿姫編、もとはｗｅｂ版の二章『聚楽第の御化粧係』の構想を練っている段階では、竜子様編の後に入れる予定だったエピソードなのです。

しかし、大谷さんの病欠期間が長くなりすぎると忘れられてヒーローとしての立場が危うくなる、というしょっぱい理由で削りました。

それでもどこかで絶対に書きたい！　と思ってプロットを残していまして、チャンスとばかりに二巻の書下ろしとして書かせてもらいました。やりきった感たっぷりです。

さて、そんな豪姫様と亀寿様のエピソードですが、この二人を主役に据えたのは完全に好みです。

まず豪姫様は、天下人の最愛の娘として華やかな前半生を生きたお姫様。秀吉による溺愛エピソードがたくさん残っているお姫様なので、御化粧係にもがっつり関わらせたいと思っていました。

書いてみたら、プライドが高くて気が強く、溺愛されて育ったがゆえにちょっとわがままで可愛げがある。そんな悪役令嬢っぽいけど根は良い子な豪姫様になりました。

対になった亀寿様は、島津家の惣領姫であったお姫様。若くして仲睦まじかった夫と死別し、癖の強い（婉曲表現）夫の弟と結婚して、その二番目の夫と不仲で死後まで苦労したり、根拠もなく超絶不美人説を作られたりで、いろいろと不遇な要素の多い方です。

こんなことを言うと思い上がりかもしれませんが、そんな亀寿様を幸せにしたかったので、与祢と出会っていただきました。

作中でも嫌なことは起きたけれど、これから先は自己肯定感を持って亀寿様らしくストーリーに絡んでいってもらいたいと思います。関ヶ原の時とかね！

そして、素敵なお姫様パラダイスを描いてくださったＩｚｕｍｉ様には感謝しかありません。竜子様がイメージぴったりなイケメン美女で拝みました。萩乃さんとペンライトを振りたい。二巻の作業に当たってたくさんお世話になった担当編集様や家族友人も、ありがとうございます。

次巻は、徳川家康と政略再婚した旭姫と聚楽第行幸にまつわるお話となります。

今年の大河は家康が主役なので、すごくタイムリーですよね。良いタイミングで三巻が出せることになったものです。

魅力たっぷりな徳川夫妻と、与祢の華やかな活躍を楽しみにお待ちいただけると嬉しいです。

それではまた、次巻もよろしくお願いします！

キャラクター設定集

京《きょう》極《ごく》竜《たつ》子《こ》

秀吉が現在一番寵愛している側室。
武家の名門である京極家の出身。
二十三歳（満年齢二十二歳）。
凛としていてとても豪胆な性格で、
並みの男性よりも男前である。
秀吉と寧々が大好きで、二人のため
秀吉の子供を産みたいと願っている。

［通常時］

［運動時］

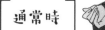

豪《ごう》姫《ひめ》

前田利家の娘かつ羽柴夫妻の養女。
現在は宇喜多秀家の正室。十四歳(満年齢十三歳)。
天下人の最愛の娘かつ羽柴の一の姫である自覚を持つ
誇り高い性格。美しいものや派手なものが大好き。
意地っ張りなところもあるが、根は面倒見が良くて優しい。
一種のツンデレ。

亀《かめ》寿《じゅ》姫《ひめ》

薩摩の大名・島津家の三の姫。十七歳(満年齢十六歳)。
背が高く、都の人から見るとかなり濃いめの顔立ち。
ブルーベースでパーソナルカラーが夏×冬。
元はお姫様らしいおっとりした性格だが、都に人質として
来てから方言やファッション、メイクなどを田舎者っぽい
といじめられ、すごく引っ込み思案になってしまう。

茶《ちゃ》々《ちゃ》

史実における羽柴のファムファタール、
淀殿その人。二十歳(満年齢十九歳)。
おっとりとして無邪気すぎるほど無邪気なお姫様で、
容姿は天正美人の基準から外れるがとても
愛くるしい。本性は無自覚に、呼吸をするように
人を陥れ、自分に都合よく事を運ぶ魔性の女。

コミカライズ
2023年
連載開始
予定!!!!!
CHECK
み、帝の
お母様から
呼び出し
……?
聚楽第行幸《一大イベント》を
メイクで成功に導け!
美容大好き能天気姫の
本格歴史ファンタジー第三弾!

北政所様の御化粧係《きたのまんどころさまのおけしょうがかり》 3

～戦国の世だって美容オタクは趣味に生きたいのです～

［著］笹倉のり
NORI SASAKURA

［絵］Izumi

2023年発売予定！

漫画配信サイト
CORONA EX
コロナEX
TObooks
OPEN!!
詳しくはこちら!
https://to-corona-ex.com/

TOブックス
コミカライズ
連載最新話が
読める!
月額400円(税込)で
全作品が読み放題!

北政所様の御化粧係２
～戦国の世だって美容オタクは趣味に生きたいのです～

2023年3月1日　第1刷発行

著　者　笹倉のり

発行者　本田武市

発行所　TOブックス
〒150-0002
東京都渋谷区渋谷三丁目1番1号　PMO渋谷Ⅱ　11階
TEL 0120-933-772（営業フリーダイヤル）
FAX 050-3156-0508

印刷・製本　中央精版印刷株式会社

ISBN978-4-86699-764-3

Printed in Japan